AF398456

FSC
www.fsc.org
MIX
Papper från
ansvarsfulla källor
Paper from
responsible sources
FSC® C105338

P-M Johansson-Sutare

HUSET LANGDON

Tidigare utgivet av Johansson-Sutare:

Öststatsteknik för Svenskar – Fakta och roman om Svensk hyresreglering. 2006 (Magnus Sutare)
Kamprad och Räven. 2013
Historier från Småland. 2013
Mitt mödosamma liv 2013
Svensk bostadsbrist för dummies 2015
Norge - Rikest i verden - eller bare en uhorvelig mange avgifter og forbud?

© P-M Johansson-Sutare 2015
www.sutare.se
Tryck och förlag: BoD
ISBN: 978-91-7463-652-9

Jag kan inte komma ihåg att vi någonsin tackade Ron för att han lät oss bo i Langdonhuset. Jag antar att det blir så. Tiden går och man växer in i ett sammanhang och utan att man tänker på det tar man plötsligt allting för givet, som om det alltid har varit så. Det närmsta man kommer en känsloyttring kanske är att pika någon för en utmärkande egenskap, trots att det man egentligen hade velat säga är att man beundrar personen i fråga. Det var i Langdonhuset vi formades som människor. Vi var unga och omogna när vi kom dit och hade var och en helt olika förhoppningar och förutsättningar, men en sak är säker. När vi flyttade därifrån hade vi utvecklats i helt andra riktningar än vi nånsin hade kunnat föreställa oss.

Trots att vi bodde på behörigt avstånd från Campus, levde vi ett väl så aktivt studentliv med fester och olika slags engagemang. I mångas mening umgicks vi för mycket med varandra och bildade en egen exklusiv klick. Det var nog ändå inte så vi såg på oss själva. Visst höll vi ihop, men det fanns verkligen tillfällen då flisorna yrde. Det är naturligt att det uppstår slitningar när sex vuxna personer bor tillsammans, men jag tror ändå inte att det var slitningarna som fick saker och ting att gå snett. Det var nog snarare det faktum att vi tyckte allt för bra om varandra och gick lite väl långt i våra föresatser att skydda och ta hand om varandra.

Tanken var väl egentligen att vi skulle studera och skaffa oss karriärer. Det gjorde vi också. Vi blev läkare, jurister, arkitekter och skådespelerskor, bland annat. Det är inte många av oss som har hållit kontakten, men såvitt jag vet har det gått bra för allihop. För Bridget också, på sätt och vis.

Efter allt som hände den sista tiden i Langdonhuset, kände jag att jag behövde få distans. Både till människorna, huset och staden. Stan och jag gifte oss och flyttade till Seattle. Något år senare föddes vår dotter Liannah. Det tog nästan tio år innan jag bestämde mig för att vända tillbaka. Jag körde genom allén och parkerade bilen vid änden av Camden Street. Allt var borta. Huset hade jämnats med marken och gett plats åt tre villor av modernt snitt som alla var på pricken lika. Jag visste att det var så Ron ville ha det. När alla hade flyttat ut fanns det inget liv kvar i huset, hade han sagt. I stället byggde han en ny och luxuös villa bland klipporna ute vid havet, bland likasinnade.

Nu är minnena det enda som fanns kvar. Festerna i balsalen, samtalen i soffgruppen framför brasan, intrigerna vid det långa köksbordet. Man skulle säkert få helt olika svar beroende på vem man frågade. Så är det nog om man skulle ge sig på att beskriva oss som bodde där också. Själv förknippar jag Merrakess med alla sina erövringar, Bridget med söndagsstekarna, Brad med träningskläder och breda axlar, Skylar på catwalken och Ron som allas storebror. Hur såg de andra på mig? Jag vet inte, kanske som den hjälpsamma helylletjejen som aldrig helt vågade ta ut svängarna, men ändå var nöjd. I alla fall så är det här historien om oss sex, under den tiden vi bodde i Huset Langdon på Camden Street.

/ Marielle

I

Hon vred på huvudet, men lät kroppen vara kvar i samma position, vänd mot de andra i sällskapet. Hon gav honom ett leende som varken sa ja eller nej, medan läpparna formade en stum avskedsfras.

"Vi ses."

Han var på väg ut, men skulle säkert höra av sig igen. Snart nog. Hon tog upp en Marlboro ur väskan, vände sig bort för att tända den och fortsatte sedan att konversera med de andra. Kvällen hade avlöpt som förväntat. En av många sent-på-jobbet-fester som egentligen var tillägnad en eller annan av företagets kunder. Som vanligt var det allt för många som tog tillfället i akt att agera rekvisita. Det såg antagligen bra ut att lokalen var fylld med glada människor, trots att de flesta knappast hade något med saken att göra. Hon hade nöjt sig med ett par drinkar efter maten och kände att det började bli dags att bryta upp.

Svagt rödhårig, på gränsen till blond. Det halvlånga raka håret låg som oftast i sidbena, utan hjälp av hårspänne. Diskret makeup som knappast avslöjade att hon redan hade fyllt 30 och mer därtill. Smala armar och handleder som effektivt kontrasterade en i övrigt feminin och klädsamt kurvig kropp. Marielle. Marielle Craven. Vid det här laget var hon en del av staden. En urban personlighetstyp som kände varenda sten som stadens gator och lokaliteter var uppbyggda av.

Det var likadant med Skylar. Hon och Marielle var som ler och långhalm när det gällde party, men det var ändå Skylar som överlägset avgick med segern. Det fanns knappast någonstans hon inte hade varit, men det var inte bara en fråga om att veta vart man skulle gå. Det var ännu viktigare att ha de rätta kontakterna. Skylar hade skådespelarambitioner och visste hur viktigt det var att känna personer som betydde något och kunde dra i trådarna när det behövdes. Hon kände sig absolut inte som en simpel snyltgäst. Hon bidrog till gemenskapen minst lika mycket som hon tog för sig av den. Det gällde att ta tillfället i akt och passa på. Fribiljetter till premiärer, mässor och utställningar. Det fanns alltid sammanhang där det inte var en nackdel att vara ung och ha utseendet med sig, och det hade Skylar verkligen. 178 centimeter över havet, smal och modellik med rådjursögon och kastanjebrunt hår. Det kunde hända att hon kom i sällskap av mer eller mindre betydelsefulla personer eller lokala småkändisar, fast bara på skoj. Det var egentligen inte sådant som triggade henne. Hon var trots allt en ganska jordnära person som inte lät sig imponeras av yta och pengar eller tillfälliga förbindelser. Hon bara kastade sig på när det passade henne själv. Hennes vänner kunde ibland tycka att hon betedde sig både ohövligt och blaserat, när hon varken tycktes uppskatta uppvaktningen eller ens förstå sig eget bästa och ta vara på de möjligheter som infann sig. Som om det växte sedlar på träden som hon vägrade plocka och i stället lät dem tyna bort i regnet.

För Marielle var det annorlunda. Visst, hon gillade att parta med Skylar och gå på flashiga tillställningar, men innerst inne var hon mer den hemvävda typen som trivdes lika bra med att sitta hemma med en kopp te och filosofera eller läsa en bok. När allt kom omkring var hon egentligen fortfarande den där lilla osäkra tjejen som stod ensam på Centralstationen, en grådaskig lördag för bortemot 10 år sedan. Nyanländ från en småstad på prärien, utan erfarenhet av det mesta som gjorde livet värt att leva. På de åren hade mycket förändrats. För tillfället hade hon inga bestämda mål i sikte. Hon hade helt enkelt kul och tog dagen som den kom. Så småningom skulle hon säkert sätta ner båda fötterna på jorden och leva ett tryggt och lugnt familjeliv. Som alla andra.

 "Vi ses snart."
"Hälsa Michael"
"Vi måste hitta på nånting efter Thanksgiving"
"Hör av dig"

Marielle hejdå-kramade dem som stod närmast och gick sedan ut ur huvudentrén. Ensam. I vanliga fall tog hon taxi, men den här kvällen kände hon för att gå. Hösten hade inte kommit på allvar och det var fortfarande behagligt varmt trots att det var mitt i natten.

Det var egentligen inte långt hem. Ungefär 20 minuters gångväg. Hon hade gått samma väg tusentals gånger. Först genom stadskvarteren där ett eller annat kafé fortfarande höll öppet, trots att klockan hade passerat midnatt. Gatorna var i stort sett tomma, sånär som på det fåtal själar som var ute i samma ärende som hon själv. Sedan vidare längs parken med tennisbanorna, över Alleytown Drive och till slut in på Camden Street. Det var en typisk gata i ett typiskt bostadsområde. En sådan man kunde finna i vilken stad som helst. En boulevardliknande väg som kantades av mäktiga lövträd på båda sidorna. Marielle gick på trottoaren som löpte ett par meter in från vägkanten, mellan trädraderna och garageuppfarterna. De flesta husen var från samma tidsepok. Tvåvåningshus med knapp antydan till staket. Inga höga murar eller galler, som var mer vanligt i moderna områden. En del av husen hade klassiska långsmala verandor där den som ville kunde sitta i en gungstol och se dagen passera förbi. Mot slutet av Camden, innan gatan svängde och gick över i Wakefield Street, låg huset där Marielle hade bott de senaste åtta åren.

Huset Langdon stod där det alltid hade stått. Långt innan staden expanderade och började exploatera utkanterna för att förse en allt mer köpstark befolkning med bostäder. Huset hade fått namn efter den ursprunglige ägaren, som på den tiden använde egendomen till jordbruk och djurhållning, men än i dag refererade folk till huset som Langdonhuset eller Huset Langdon. Marielle tog fram nyckeln ur handväskan och gick uppför den korta trätrappan, men i stället för att låsa upp den tunga ekdörren sjönk hon ner i korgstolen på verandan som löpte en bra bit längs med husets framsida. Att sitta och varva ner i halvmörkret en stund var ett effektivt sätt att låta både kroppen och hjärnan slappna av. Då skulle det bli lättare att somna.

Marielle tänkte på hur fort tiden gick. Under collegetiden hade allt varit nytt och spännande. Nu, tre år efter examen, när hon var ute i arbetslivet, gick det rutin i det mesta och det var också då det brukade kännas som att tiden rusade iväg. Det gick heller inte att komma ifrån att hon var i den åldern då jämnåriga vänner började binda sig och slå sig till ro. Plötsligt var de försvunna från sociala sammanhang och skickade flyttkort från någon avlägset belägen förstad, där de förmodligen var strängt upptagna med renovering och trädgårdsskötsel. För att inte tala om de små liv de hade satt till världen. Visst var de söta där de lyckligt ovetande om föräldrarnas exhibitionistiska lusta, smilade åt publiken från framsidan av ett julkort.

Hur skulle det då bli för henne själv? Det var ingen brådska med någonting. Hon kände inte den där starka dragningen åt att reproducera sig. Det kanske var livets mening, men inte just nu. Det fick vänta. Dessutom var hon knappast beroende av att slå till på en lämplig äkta man bara för att en sådan råkade anmäla sig. Det skulle finnas gott om alternativ även i framtiden. En del av de gamla vännerna verkade redan ha gett sig på sidosprång och småaffärer. Varför var det då så viktigt att stadga sig med någon som skulle marknadsföras som den rätte med stort R? Bättre då att fortsätta vara singel och vänta in den där ryttaren i skinande rustning. Kanske kunde det till och med komma flera. Det var ett tag sedan nu, som hon hade varit tillsammans med Chesney. Det var första året på College. Hon hade kommit direkt hemifrån prärien med begränsad erfarenhet av killar och det hade passat väldans bra med en pojkvän just då. En framtidsutbildning på college och ny pojkvän. Det hade varit hur mysigt som helst. Alla hade blivit förvånade när de skilde på sig. Efter att det tog slut hade hon inte haft något fast förhållande, men det var inte av besvikelse hon hade låtit bli att skaffa någon ny. Det hade bara blivit så. De senaste åren hade hon varit ute i svängen en del, och visst hade det blivit en och annan affär, men hon var långt ifrån den typen som var på ständig jakt efter sällskap och bekräftelse. Hon såg på sig själv som en jordnära person som varken jagade eller ville låta sig jagas. Det som kom fick komma naturligt.

Marielle hade nästan slumrat till när en eldfluga landade på armbågen och påminde henne om att det skulle bli en dag i morgon också. Hon reste sig, öppnade ekdörren och gick in i Langdonhuset. Ingen verkade vara vaken. Det kunde hända att någon fortfarande var ute och skulle komma hem ännu senare. Sådant visste man aldrig. Hon gick förbi sofforna vid eldstaden och fortsatte uppför den östra trappan. Brads dörr var stängd. Han sov säkert sött vid det här laget. Hennes eget rum låg på våningen ovanför. Merrakess bodde också där, medan Skylar och Bridget bodde i västra flygeln. Där borta hade Ron också sitt tillhåll. Två stora rum. Det var nästan som en egen lägenhet.

*

Ron ägde Huset Langdon. I alla fall brukade alla säga så. Såvitt man visste stod huset formellt sett på hans far, men av fadern hade ingen sett minsta skymt. Ron hade mer eller mindre brutit kontakten med sin släkt kort tid efter moderns död. Efter några stormiga månader hade Ron fått nog av faderns nya fru och stuckit hemifrån. Med en tonårings halsstarrighet hade han gett sig ut på sin egen road movie, som han egentligen hade haft för avsikt att regissera helt på egen hand. I stället gick det som det brukade. Han slog sig ihop med olika figurer som han träffade längs vägen och hängde på dem som verkade mest intressanta.

Efter college hade han gått rakt ut i näringslivet. Det var underförstått att det var namnet och faderns kontakter som hade gjort det möjligt för honom att kliva in på en hög position i en av de bättre firmorna. Trots att han knappt träffade sin far längre, var blodet inte tunnare än att fadern kunde tänka sig att dra i några av de trådar han fortfarande hade inom räckhåll. Ron gick ett par månader vid sidan av en senior och fick sedan ansvar för en av firmans storkunder. Det gav honom den utmaning som han så väl behövde. Att sitta still och peta lite här och lite där, var inte hans melodi. Han behövde röra på sig och känna att han levde. Det faktum att han blev kontrollerad och mätt, gjorde honom ingenting. Han visste också att även om det var hans fars förtjänst att han hade kommit dit han nu var, så var det ingen självklarhet att han kunde räkna med mer hjälp om han inte presterade. I framtiden såg han inte sig själv som anställd. Han hade sedan länge haft en långsiktig plan om att bli sin egen.

Precis som de andra, hade Ron valt att bo kvar i Huset Langdon, sin familjs hus, trots att han hade tagit examen för flera år sedan. Han hade ingen lust att flytta till något mer flådigt, även om han hade råd. Han såg heller ingen poäng i att be de andra flytta. Han trivdes med att ha folk runt omkring sig.

Under collegetiden hade det mer varit en fråga om att dryga ut faderns modesta underhållscheckar. Då passade det utmärkt att hyra ut plats till andra studenter i det stora huset. Folk hade kommit och gått, men till slut hade det blivit en järntrust kvar.

De kamperade ihop i ungefär fem år medan de studerade och nu hade det gått ytterligare ett par år efter att de flesta hade tagit examen och funnit andra sysselsättningar. Det förvånade honom att ingen av dem hade gett sig av och satsat på mer ändamålsenliga bostäder. Fast det klart, han hade varit en bra värd och låtit dem använda hela huset och trädgården utan några som helst begränsningar. På sistone hade en del av dem till och med börjat renovera och bygga om lite grand. Speciellt Brad, som hade det i blodet. Det var bara kul.

De hade gått på samma college, men på helt olika inriktningar. De var en totalt ohomogen skara. Förmodligen svåra att få grepp om för utomstående. De hade studerat allt från business och medicin till klassisk humanoria, antropologi och modern design. Skylar och Bridget var oskiljaktiga. Trots att de på många sätt var varandras motpoler, drogs de till varandra och fungerade som en enhet mot omvärlden. Juristen Marielle och Marjorie, som studerade socialpsykologi var kompisar sedan förut. Merrakess var den som fick saker att hända. Hon var också den ende som hade behållit kontakten med universitetet och hade hoppat på en doktorandtjänst i sitt gamla huvudämne, konsthistoria. Av och till ställde hon ut sin egen konst på ett galleri inne i stan. Brad hade kommit in i Huset Langdon som Merrakess pojkvän. När förhållandet sprack blev han kvar. Det fanns ju gott om rum och Merrakess verkade tycka att det var en okej lösning. Hon var inte den grubblande typen. Ett alternativ för Brad hade varit Skylar, men hon hade inte några planer på att falla för hans vägvinnande Jack Kennedy-smile. Eller Jack the ripper-smile, som Bridget brukade kalla det. Allt för att hålla Brad kort och inte låta honom sola sig i det faktum att han egentligen såg oförskämt bra ut med sina breda idrottsaxlar och markerade hakparti. Trots att han var vacker att se på blev han mer som en kompis för tjejerna i huset. Hans attraktionskraft neutraliserades när de väl lärde känna honom. Han var lite för trygg och alldaglig i sitt beteende och skapade därför aldrig på allvar någon spänning i gänget.

Skylar, dramastudenten, var en naturlig skönhet. Man såg kanske inte det vid en första anblick. Hon kunde ge intryck av att vara den ofarliga "the girl next door" och var därför en tjej som de flesta vågade närma sig, men vid närmare granskning trädde hennes klassiska drag fram. Hon skulle aldrig kunna tänka sig att sjunka så lågt som att delta i skönhetstävlingar. Modelljobb tog hon bara när hon måste - för pengarnas skull. Hon var medveten, men absolut inte intresserad av feminism eller kvinnorörelser. Hon tyckte ändå att hon borde hålla på vissa principer. Den största synd hon hade begått hittills var att medverka i TV-reklam, men det såg hon bara som ett led i en mer långsiktig satsning mot en skådespelarkarriär.

*

På den tiden då de fortfarande gick på college, hände det att de tillbringade söndagseftermiddagen halvsovandes i husets soffor och fåtöljer. Vid sådana tillfällen låg Langdonhuset inhöljt i en dimma av avslagen dävenhet där den samlade energin nätt och jämnt räckte till för att hålla livsuppehållande funktioner igång. Söndag var inget annat än dagen före måndag. En motvillig väntan på att den nya veckan skulle ta sin början. För den som led av sviterna efter helgens festande, var det aldrig fel att sitta framför en värmande brasa och känna gemenskap med likasinnade. De hade lärt känna varandra så väl att det kändes tryggt och behagligt att vara i varandras sällskap. Även när de kände sig låga.

"Hörde ni om dom där galningarna uppe i Vermont?"

Bridget försökte uppnå kontakt med ett gäng utslitna människor. Gårdagens fest hade inte direkt varit en av de mest slätstrukna och formen verkade vara därefter på de flesta håll. Bridget var nästa lika kort som sin frisyr, men hon kompenserade det mer än väl genom temperament och kvickhet. Hennes smala, pigga ögon svepte över rummet för att försöka hitta tecken på liv. Hon hade knappast förväntat sig något svar, så hon fortsatte sin monolog ganska omgående.

"Det är skrämmande. Ett gäng grekiskstudenter slarvade bort en av sina medlemmar i en ravin. Han hade bara försvunnit. När han hittades hade han legat där i flera veckor. Antagligen berusad eller påtänd."
"Är det inte där din kusin läser mikrobiologi? Det där stället långt ute i skogen?"
"Ja, faktiskt. Det gör hon."
"Fantastiskt. Till slut fick aktrisen den uppmärksamhet hon så väl förtjänade", sa Bridget på ett överdrivet teatraliskt sätt, då hon äntligen fick svar från någon av dem som låg halvdöda i sofforna.

"Det är jätteskumt. Enligt ryktet, eller enligt många olika sorters rykten, ska någon annan i grekiskagruppen ha puttat ner honom. Locket lades på och det blev inte gjort några ordentliga undersökningar förrän en annan i gruppen sköt sig några veckor senare. Och dom som har överlevt verkar vara ännu konstigare än förut."

"Är det verkligen möjligt att bli konstigare än dom var från början, med tanke på hur mycket du har diskat dom redan?", sa Brad.

"I alla fall så var grekläraren också ordentligt skum. Efter att killen hittades i ravinen, bara försvann han. Och han ska ha varit en riktigt underlig typ. Det sades att han försökte övertala studenter till att lägga ner en del ämnen, för att i stället läsa hans grekkurser. Trots att dom redan hade hunnit en bra bit in i sina egna kurser."

"Jag vet allt om konstiga lärare. Jag skulle ge hur mycket som helst för en normal föreläsare. Bara att få uppleva det ett par gånger om året skulle vara en lättnad. Den där grektypens skumhet imponerar inte på mig", sa Brad.

"Jag kan sätta nåt på att det var grekläraren som fick dom andra eleverna till att mörda killen", fortsatte Bridget.

"Där det en mästare finns, en lärjunge också är."

"Halvtaskigt försök att imitera master Yoda, Brad, men bara för att ni två är lika varandra så behöver det inte innebära att själva imitationen blir bra bara för det."

"Jag tror i alla fall att det är fullt möjligt att en lärare kan få en hel del studenter till att göra dumma grejor. Till och med starka personligheter kan bli marionetter, bara motivationen finns där. Det är nog många som lever så. Inom politiken, inte minst." Det var Marjorie som ville ha ett ord med i laget och utvecklade sina teorier inom socialpsykologin.

"Har du någonsin hört om en kvinnlig marionett, Bridget? I ledande ställning alltså."

"Det måste vara sällsynt, eftersom det är männen som har makten i världen. Officiellt i alla fall. I stället finns det nog en och annan som kan få sin man att utföra illdåd i olika sammanhang. Små som stora. Jag tror att kvinnor kan vara minst lika onda som män."

"Eva Peron. Eva Braun", försökte Merrakess.

"Nancy Reagan."

"Yeah right!"

Tro det eller ej. Samtalen kunde faktiskt hålla halvhög intellektuell nivå emellanåt. Åtminstone ett par minuter i taget.

*

Alla i Huset Langdon visste så klart hur landet låg, men det var ändå förvånande hur bra Bridget var på att dölja sin läggning. Eller rättare sagt så försökte hon nog inte dölja det. Det var bara så att ingen tänkte på att hon var lesbisk och hon visade heller aldrig upp någon som helst antydan till flickvänner. På sitt eget ironiska sätt brukade hon säga att hon hade tagit den lediga platsen som homofil. Det var väl meningen att det skulle finnas en obligatorisk bög eller flata i varje gäng. Även om hon och Skylar var väldigt tajta, så var det aldrig något mellan dem. Det faktum att Skylar var strikt hetero la ett naturligt hinder i vägen, så klart. Bridget var helt införstådd med att om hon skulle ha något ihop med en tjej, så var Skylar förbjuden frukt. En sak som hon ändå hade svårt att tåla var när män la an på Skylar. Hon hittade alltid något fel på dem som gjorde att hon tyckte att Skylar borde hålla sig undan. För mesiga eller för påflugna. Det var sällan någon föll ordentligt i smaken. De andra antog att hon var rädd för att någon skulle lägga beslag på Skylar och dra bort henne från deras kompisrelation.

"Jag försöker bara vara hygglig och hjälpa den stackarn. Hon är för snäll och har så svårt för att säga nej", försvarade sig Bridget.

Som den gången på Rosalyn, deras favoritrestaurang nere i Latin Quarter. Ett område som inte lockade det vackra och rika folket. Mer en tillflyktsort för konstnärsfolk och mindre bemedlade. Närheten till Red-light distriktet, som började bara ett par kvarter längre bort, bättrade heller inte på ryktet, men gjorde å andra sidan området än mer spännande. Det fanns knappast några gränser för vilka udda karaktärer man kunde stöta på där. Det enda de hade gemensamt med varandra var möjligen att de inte tog livet allt för allvarligt. De var levnadskonstnärer. Även om mindre betydelsefulla celebriteter kunde leta sig till området någon gång, blev de sällan långvariga. Efter några månader var de ersatta av nya anonyma figurer, på jakt efter spänning i tillvaron.

Skylar beställde in en T-bone och ett glas rött, som ju längre kvällen led, mer eller mindre blev till en hel flaska. Bridget var inte på humör för någon mäktig mat, så hon tog bara en Chef's salad och mineralvatten. Tillsammans med notan fick kyparen ovetande med sig en sorts bohemtyp på släp. Bohemen hade förmodligen sett att tjejerna var på väg att gå och hade därför lommat efter kyparen. Bohemen slog sig helt fräckt ner vid bordet och började redogöra för sina fantastiska egenskaper och ofantligt spännande resor. Indien, Burma, Laos, och så vidare. Han var urtypen för en surfare. Halvlångt hår och begynnande skäggväxt. Solbrännan var på plats, trots att det gick mot vinter. Bohemen beställde in drinkar åt dem alla tre. Skylar tackade och tog emot med ett förläget leende. Hon visste mycket väl vad som var på väg att hända. Bridget bara föste drinken åt sidan och såg menande på Skylar med sin är-det-inte-dags-att-gå-nu-blick. Efter ett tag gick bohemens pratande över till diskret strykande av underarmen. Sedan eskorterade bohemen Skylar bort till bardisken för att lättare kunna se urvalet.

Förmodligen bara en rutinerad fint för att bli av med Bridget. Efter ytterligare några drinkar såg Bridget att Skylar hade fått den där underligt simmiga blicken, som brukade vara så förrädisk. Då reste sig Bridget, gick med bestämda steg bort till bohemen i baren och sa:

"Du är bara för mycket."

Därefter gav hon bohemen ett välriktat knytnävsslag mitt på näsan. Hon tog Skylar i armen och halvsprang ut från restaurangen. Skylar stapplade på sina långa ben och var nästan inte i stånd att fatta vad som hade hänt. Hon var skandalöst berusad och fick skrattanfall på skrattanfall. Hur skulle någon kunna stå emot ett kidnappningsförsök av Bridget? Inte hon i alla fall.

"Han var bara för bra för att vara sann.", försvarade sig Bridget. "Surfartyper som spelar bohemer. Nej du tack."

"Han var lite söt i alla fall", sa Skylar när hon hade sansat sig. "Fast jag skulle inte ha legat med honom i vilket fall som helst. Han var bara kul att prata med." Det trodde Bridget vad hon ville om.

När de andra i gänget fick nys om incidenten på Rosalyn, kunde de inte låta bli att påminna Bridget om den så fort de fick tillfälle. Skylar bara skrattade medan Bridget fick finna sig i att bli hånad. Gång på gång.

"Om du har problem så det räcker och blir över, är en rak höger från Bridget det enda du behöver."

Så kunde de hålla på. I all evighet. Som om de vore småungar. Dåliga nödrim var det också.

Efter att Merrakess och Brad hade gjort slut, umgicks de av naturliga skäl inte så mycket längre. De ursprungliga tre undergrupperna, Marielle och Marjorie; Brad och Merrakess; Bridget och Skylar, begränsade sig nu till två. Brad och Merrakess hängde på den grupp som de kände för, eller så dök de upp när hela gruppen var samlad. Ron varken bekände sig eller begränsade sig till någon speciell subgrupp. Han fungerade mer som en enande kraft. Speciellt med tanke på att det ytterst var han som ägde huset.

*

Det tog ett tag innan de lärde känna varandra ordentligt. Marielle och Marjorie. Marjorie studerade socialpsykologi och diverse humanoria och var alltid intressant att prata med. Hon ville gärna applicera teorier från sina egna ämnesområden på verkligheten. Hon var en sökare som hade lätt för att låta tankarna glida iväg i mer fantasifulla riktningar. Fanns det liv i alternativa dimensioner? Kunde man komma ihåg tidigare liv och på så sätt få hjälp att undvika misstag i framtiden? Hur kunde bag-ladies placeras in i samhällshierarkin, och så vidare. Marielle var mer en person som hade bägge fötterna på jorden. En egenskap som var nog så vanlig bland jurister och juridikstuderande. Hon behövde ordning och struktur. För henne var universum fix och färdigt. Det som fanns var det som hon såg. Det fanns inte utrymme för långsökt teoretiserande. Därför var det ganska upplivande för henne att konfronteras med Marjories mer filosoferande personlighet. Till slut blev de bästa vänner och det var en stor förlust för Marielle när Marjorie försvann. Efter att ha tagit examen flyttade hon till västkusten och hörde allt mer sällan av sig. Marjorie hade svårt att se poängen i att sex vuxna människor som alla mer eller mindre hade bra jobb, fortsatte att bo tillsammans som om de hade separationsångest och inte klarade av att ta steget ut i det verkliga vuxenlivet. Marjorie gifte sig ganska omgående och hennes sporadiska brev och telefonsamtal begränsade sig till att redogöra för blöjbytande och den ädla konsten att arrangera barnkalas som fick både barn, och framför allt föräldrar, att stråla av lycka.

*

Från början hade Marielle varit urtypen för en A-student. Hon lämnade ingenting åt slumpen och hade koll på absolut allt. Hon kunde ägna timmar åt att sitta och fundera på de olika vinklingar som en tentamensförfattare kunde tänkas göra. Ibland spelade hon till och med upp kända rättsfall för sig själv. Som om hon själv deltog i dem. Alla förberedelserna gav en känsla av att ha kontroll. Det faktum att hon var bäst, gjorde också att hon kunde få de andra studenternas respekt och beundran. Kanske en del avundsjuka också. Fast det var inte direkt så att hon stod i Roms Colosseum och kämpade ner sina klasskamrater, en efter en, som om de vore gladiatorer, men känslan av att vinna och vara lyckad var ändå härlig och tillfredställande. På den fronten var nog hon och Ron av samma skrot och korn.

På det tredje året, efter Spring break, tappade hon plötsligt intresset. Hon såg inte längre någon mening med att samla kraft och koncentrera den på en enda sak. Hon la ner föresatsen att vara den samvetsgranna och pliktuppfyllande duktiga skolflickan. I stället försökte hon anpassa sig till ett genomsnittligt College-liv. Fester, sociala aktiviteter, sport och allt möjligt, speciellt tillsammans med Skylar - snyggingen som alltid fick fribiljetter till allt möjligt. Marielle räknade med att det borde finnas mer här i livet än att umgås med döda ting som böcker och bibliotekshyllor. Det hade blivit allt för många ensamma nätter, med en 40 wattslampa som enda sällskap. Hon hade knappt varit medveten om fukten som samlades på utsidan av fönstret, var ett resultat av daggen som brukade falla en klar och kall vårkväll, eller om det var ett vanligt höstregn. Hon kunde heller inte längre se poängen med att sitta och försöka prestera bättre och bättre. Hon visste inte för vem hon gjorde det. Det var inte längre för henne själv i alla fall.

Hennes mer avslappnade attityd gjorde att hon inte fullförde juristutbildningen med toppresultat. Betygen var bra, men inte helt i topp. Därför kunde hon inte välja bland de bästa firmorna. De med högst status, vill säga. Det gjorde henne ingenting, eftersom hon inte längre hade som mål att umgås med det vackra och rika folket. När det var dags att hoppa ner i kistan ett par meter under markytan, ville hon känna att hon hade bidragit med något till samhället. Inte bara varit en sådan som hade glidit med och levt för att berika sig själv. Kanske skulle hon inte kunna bidra med något sensationellt eller avgörande, men i alla fall något som skulle kunna få henne att känna sig delaktig. Kanske var det bara ett tillfälligt anfall av filantropi, med tanke på hur stora summor det var fråga om för dem som blev uppsugna av de stora firmorna. Att arbeta som offentlig försvarare, eller att ta sig an fall från folk som hade små eller ickeexisterande möjligheter att lägga upp en tillräckligt tjock bunt sedlar för att ge ett drägligt advokathonorar, skulle knappast göra henne fet. Hennes naiva infall att försöka bli en slags advokaternas Moder Theresa, som skulle ge resurssvaga och mindre bemedlade rättvisare behandling i en grym värld, blev i alla fall Marielles ledstjärna de sista åren på College.

Pojkvännerna avlöste inte varandra direkt. Hon såg mer än bra ut, men samtidigt var hon den snälla flickan. Hon som kikade lite försiktigt och inte riktigt tog chansen, utan fick nöja sig med dem som kom och anmälde sig. Annat var det med Skylar och Merrakess. Framför allt Merrakess. Hon var typen som verkade ta för sig utan att tveka eller tänka på konsekvenserna. Förhållandena varade sällan länge för Merrakess. Efter ett tag kändes killarna ointressanta. Ibland till och med lite tjatiga. Det var tider att passa. Fester och middagar att gå på. När omvärlden verkade betrakta Merrakess som en del av ett par, var det dags för henne att checka ut.

Om ensamheten kändes som en belastning för Marielle, kunde hon så klart göra sig mer tillgänglig för någon av de kandidater som uppvaktade henne mer eller mindre öppet. Men, efter ett tag kom hon på att det var en bättre ide att åtminstone försöka göra som Merrakess. Välja sina män själv, i stället för att låta dem välja henne. Om man vet vad man vill ha, så är det bara att ta det. Även om känslor är inblandade kan det vara en fördel att använda hjärnan lite grand. Det var också så hon hade fått tag på Chesney. Det var slut nu, men hade ändå varat så pass länge att förhållandet räknades som seriöst.

II

Nu var det snart tre år sedan de tog examen. Resultaten hade varit av skiftande kvalitet, men det kändes mindre viktigt. Ingen av dem hade varit besviken och de hade redan tagit sina första trevande steg på karriärstegen, vad det nu innebar.

Merrakess var den enda som blev kvar på universitetet. Hon tog chansen och hoppade på en doktorandtjänst i konsthistoria. Dessutom lyckades hon ibland få några av sina noveller publicerade i olika livsstilsmagasin. Det gjorde sitt till för en doktorand som inte direkt var överbetald och hennes konstprojekt gav snarare utgifter än inkomster.

Bridget var tröttkörd efter de tunga medicinstudierna och behövde verkligen ett break. Hon chartrade på en lyxkryssare som gick mellan olika destinationer i Karibiska sjön. Hon fick utföra enklare sysslor i kabyssen, plus att hon förväntades hjälpa till med tvätt och städning när det behövdes, så det blev egentligen mer arbete än lyx för hennes del, men det var ändå något som hon behövde och gjorde henne gott.

Skylar hankade sig tills vidare fram genom små roller i reklamfilmer och TV-produktioner. Hon fick lite av ett genombrott när hon figurerade som en av Georges otaliga flickvänner i Seinfeld. Hon förstod inte hur manusförfattarna kunde ha mage att ständigt skriva in alla dessa snyggingar som flickvänner åt den hopplöst osexige lille gubben George. Det passade ungefär som handen i en handske som saknade fingrar. I alla fall passade Skylar utmärkt in som en av skönheterna. Intrigen gick ut på att hennes rollfigur gick igång på talkshower. Hon kunde bara ha sex efter att först ha sett på en talkshow på TV. Inte någon speciell talkshow. Det gick bra med vilken som helst.

När George beklagade sig för Jerry och Kramer, visade det sig att Jerry kunde fixa in George på en talkshow hos en av hans stand-upkompisar. Tanken var att när Skylar fick se George i en talkshow skulle hon bli botad och för alltid förknippa George med talkshower. På så sätt behövde hon inte se något program i verkligheten för att kunna ha sex. Resultatet blev i stället att Skylar över huvud taget inte kunde ha sex med George, utan ville ligga med någon helt annan varje gång hon fick se Talkshow-George livs levande.

Brad var idrottstypen. En friidrottare och fotbollsspelare som såg än mer bredaxlad och kärnfrisk ut när han hade krängt på sig alla de traditionella skydden och stod och väntade på att den ovala bollen skulle sparkas ut. Dessvärre satte skadorna stopp för vidare satsningar, men kanske var han ändå inte intresserad av att satsa på en professionell karriär. Hur som helst hade han gått rakt från skolbänken och in på en arkitektbyrå. Där hade han förhoppningar om att få resa en del och kanske så småningom bli så erfaren att han kunde etablera sig som frilansare eller sätta upp en egen firma. Fast det låg en bit in i framtiden. Just nu trivdes han bra i Langdonhuset. Hans närmaste vänner bodde där och det kändes tryggt och invant, utan att för den sakens skull vara påträngande och ointressant.

Det var egentligen Ron det hade gått bäst för och det förvånade knappast någon. De andra i huset hade antingen inte samma ambitioner och gåpåanda, eller så väntade de fortfarande på att slå igenom på sitt eget sätt. Rons kontakter hade bidragit till att ta honom till toppskiktet i firman på kort tid, men det var inte bara en fråga om att åka omkring i en gräddfil. Han hade visat framfötterna med en gång och var nu en oumbärlig resurs. Förmodligen var det bara en tidsfråga innan han startade eget.

Som sagt var, hade Marielle inte gått ut med toppbetyg, så hon bemödade sig inte med att söka sig till de mest prestigefyllda firmorna. Hon hade inget större intresse av det i vilket fall som helst. Just nu kunde hon inte se sig själv i den rollen. Dessutom visste hon vilka krav som ställdes där. För den som var ny gällde det att visa att de var villiga att lägga ner den tid som krävdes för att lyckas. I perioder kunde det innebära både sena kvällar och helgjobb. Hon var nöjd ändå. De första åren jobbade hon som jurist på ett större företag inne i stan. Nästa anhalt blev att jobba i administrationen på en internationell hjälporganisation. Där skulle hon vara mer eller mindre ensam med sin kompetens. Det kändes meningsfullt och skulle både ge större ansvar och mer varierande arbetsuppgifter. Dessutom innebar det att hon kom närmare sin föresats om att kunna göra skillnad för folk som inte var så lyckligt lottade.

Hennes långsiktiga dröm om att starta egen firma och ta sig an fall för dem som inte hade råd att anlita vanliga advokater var fortfarande levande. Hon skulle kunna bli en bra budgetadvokat. Ingen tvekan om det. Hon hade ofta diskuterat ämnet med tänkbara finansiärer som hon hade träffat på de otaliga sociala nöjesevenemang hon inte så sällan hade gått på. I alla fall medan hon gick på college. De bästa jaktmarkerna brukade vara när hon fick fribiljetter genom Skylar. I egenskap av skådespelerska var det hon som fick tillträde till de mer glamourösa kretsarna. Fast de kontakter som knöts där var mer eller mindre av det oseriösa slaget. Tänkbara finansiärer som verkade seriösa under en festkväll med närvaro av vackra potentiella sängkamrater, kunde några dagar senare ha glömt alla fagra löften, trots att de hade givit henne sina visitkort och bedyrat att de hade alla möjliga lösningar och kontakter på lut för att kunna hjälpa henne på traven.

Fattas bara annat. Ett så behjärtansvärt ändamål. Kanske hade de haft bättre minne om hon verkligen hade svarat på deras inviter, men det var verkligen inte aktuellt.

III

Det gick både ett, två och tre år efter att alla hade tagit examen. Ändå var det ingen som flyttade från Huset Langdon. Alla sex bodde kvar och pysslade med sitt. De var i början av karriärstegen och hade funnit sysselsättningar som de trivdes hyfsat med allihop. Det var inte lika mycket sociala evenemang längre. Vardagen var mer inrutad och när de väl träffades runt köksbordet eller någon annanstans i huset, rörde sig samtalen runt andra saker än de hade gjort under den tiden de studerade. Det som avhandlades nu var hopplösa chefer och kvaliteten på arbetsuppgifter, snarare än hopplösa lärare och tentor. Det var både tryggt och utvecklande att bo i kollektiv. De kunde också skjuta på alla de problem som många av deras jämnåriga brottades med. Amorteringar, trädgårdsskötsel och blöjbyte.

Även om det hade börjat gå rutin i att bo i Langdon, var det en händelse som rörde upp husets energier lite grand. Giffy! Giffy hade kommit från ingenstans. Officiellt var han Rons vän. De hade träffats för över 10 år sedan då Ron höll till i Louisiana. Ron fick förmodligen en smärre chock då Giffy dök upp utan någon som helst förvarning. Det var minst fem år sedan de hade setts senast och han passade knappast in i Rons nuvarande livsstil. Ron hade ändå hållit god min och låtit Giffy kampera i ett av gästrummen samtidigt som han hoppades att gästfriheten skulle bli kortvarig.

Giffy var vagabondtypen. Om han hade familj någonstans så pratade han i varje fall aldrig om den. Dialekten var svår att placera, förutom att det var en sydstatsvariant. Det verkade som att han bar med sig allt han ägde. Om någon frågade honom var han bodde, bara log han och förklarade att hans hem var, varhelst han la sin hatt. Det var typiskt för honom att komma med en sådan gammal slagdänga för att lätta upp stämningen och föra samtalet bort från sådant som inte passade honom.

Det visade sig att Rons gästfrihet inte alls skulle bli kortvarig. Giffy var typen som kunde konsten att hålla sig kvar. Han var något av en överlevare och tusenkonstnär som kunde hanka sig fram på små medel och lite hjälp från vänner här och där. Nu verkade det som att han hade rotat sig i Langdonhuset. Även om ingen, och troligtvis inte han själv heller, räknade med att han skulle stanna för evigt så hade han nu varit där så länge att han snart var kvalificerad för att räknas som bofast.

Det blev efterhand ganska uppenbart att Giffy och Ron inte hade någon gemensam nämnare längre. Giffy var den samme som han alltid hade varit, bara ett antal år äldre. Oftast gick han omkring i storrutig flanellskjorta och slitna jeans. Hans korta kropp kröntes av ett oproportionerligt stort huvud där den svartburriga mustaschen annars var det som omedelbart drog blicken till sig. Håret var för det mesta rufsigt och halvlångt och de gulnade och orgelbundna tandraderna förstärkte intrycket av att han var en luffare snarare än en cool kille. Hans enda ytterplagg verkade vara en klargul regnställsjacka med kapuschong. Förmodligen var det praktiskt att skydda sig mot väder och vind, med tanke på den ambulerande livsstilen. På det stora hela var han en glad skit. Han kunde tala för sig och var alltid snabb i replikerna på ett trevligt och socialt vägvinnande sätt. Det fanns ingenting i det han sa som kunde förarga någon. I alla fall inte på ett omedelbart och ytligt plan. Ron däremot, hade bytt sida. Från att ha varit mer av en lättsam och bohemaktig typ, precis som Giffy, var han numera en professionell yrkesman som kunde konsten att kontrollera sina känslor. Borta var glättigheten och den bekymmerslösa ta-dagensom-den-kommer-attityd, som han hade varit känd för i yngre dar. Någon gång kunde Ron och Giffy sätta sig i Rons van, utstyrda med fiskegrejor, för att ta sig en kvällstur på sjön, men det blev allt mer sällsynt att de två gjorde något tillsammans.

Det faktum att Giffy och Ron inte drog jämnt, var inget som hindrade Giffy från att stifta bekantskap med de andra invånarna i huset. Han var inte pratsam på ett inställsamt sätt. Han bara fanns där. Småpratade om vad som helst. Intresserade sig för allt och alla och la små detaljer på minnet. Han visste att sådant räknades som komplimanger. Vissa dagar exponerade han alla sina dåliga sidor på en gång. Han kunde ligga i vardagsrumssoffan hela eftermiddagen och lukta fotsvett. Runt omkring sig hade han slängt fiskeredskap och plastpåsar med gammalt skräp. Hans vagabondliv hade vant honom vid att dusch och klädombyte var lyxvaror som han sällan kom i kontakt med. Vanan verkade sitta i så starkt att han inte brydde sig ens de gånger han var mer eller mindre bofast någonstans. Det var sådana dagar folk kom ihåg hur trötta de egentligen var på honom. Det var inte bara det att han inte delade på de fasta kostnaderna. Han bidrog inte med så mycket annat heller. Privata grejor i kylskåpet kunde vara borta. Disk stod travad överallt. Det var också i den här vevan Ron hade beslutat sig för att anställa en städhjälp som kom en gång i veckan för att röja undan det värsta. En feg, men praktisk lösning.

Det hände att Bridget snackade ihop sig med Marielle. Bridget var den borne ordningsvakten som dessutom hade viss naturlig auktoritet att luta sig mot. De tänkte ta upp problemet på allvar med Ron så att de kunde göra en gemensam kraftansträngning för att få Giffy utkastad. De visste mycket väl att ämnet var känsligt. Även om Ron inte brydde sig stort om Giffy, så hade de två tydligen en lång historia bakom sig. Så slog Giffy plötsligt till med att arrangera en hummer- och kräftfest, och så var allt gammalt groll som bortblåst. För en tid. Förmodligen hade Giffy sociala antenner som kände av när något var i görningen. När andan föll på kunde han både ordna fram nyfångad fisk och laga helt underbar mat. Tillredd i all sin enkelhet, men som ändå tog fram det absolut bästa ur råvarorna. Det fick till och med Bridget att smälta.

*

Ron var bara 19 när han lämnade hem och familj bakom sig. Han hade växt upp som rikemansson och hade aldrig saknat något. Ändå var det som att det fanns något vilt och otämjt inom honom. Han kände hela tiden att han ville mäta sig med sina jämnåriga. Både när det gällde sport och allmän status. Upp till en viss ålder var det viktigt för honom att veta att hans far hade störst trädgård och dyrast bil. Ända tills han insåg att om de hade valt att bosätta sig i något ännu finare område så var det han själv som skulle ha kommit till korta när gatans pojkar mätte sig med varandra. Ron stod inte väldigt nära sin mamma. Inte mer än vad andra barn gjorde, men när hon helt oväntat dog och fadern gifte om sig inom loppet av ett år gick det snett. Det var i samma veva som Ron började bli vuxen och han tyckte inte han hade någon anledning att foga sig efter nya förutsättningar. Han jävlades lite lagom med styvmodern, men det var egentligen inte något allvarligt, enligt hans eget sätt att se på saken. Det blev något av en sport för honom att se om han kunde få henne till att skvallra för hans pappa. Då skulle pappan bli tvungen att tala honom till rätta och det var han inte bra på. Det var egentligen det som var det roliga. Till slut kände han att hemmet inte bjöd på fler utmaningar, så han bestämde sig för att ge sig av. Han såg till att få med sig en av sina bankböcker. Han var inte så äventyrlig av sig att han inte tänkte unna sig lyxen av att vara född med guldsked i mun. Pengarna skulle han använda som reserv. Målsättningen var att aldrig fråga efter mer. Det skulle han själv räkna som ett nederlag. En skymf, även om fadern knappast skulle se det på det sättet.

Först fick han jobb på en bensinstation i Tennessee. Han hade räknat med att det skulle vara en fartfylld plats där det kunde hända spännande saker. Det gjorde det nu inte. Det var på den tiden då det fortfarande var vanligt att en serviceman tankade åt kunderna. Ron försökte vara social och slänga käft med alla som han servade, men det var sällan någon verkligt intressant person dök upp. De allra flesta bara betalade och hasplade ur sig någon standardmässig artighetsfras. Sedan var de borta. På två månader lyckades han i alla fall förvalta sitt kapital väl. Han hade inte rört bufferten och hade kunnat lägga undan ytterligare 200 dollar. Nästa anhalt var den stora floden.

Ron visste inte mycket om Mississippi. Det han hade hört var sägenomspunna andrahandsversioner från en tid som säkert hade flytt sedan länge. På bensinmacken hade han fått lift med en långtradare som skulle till Jackson. Därifrån var det inte långt till hamnen i Vicksburg. Efter ett par dagars väntan fick Ron ett påhugg med en pråm som skulle gå upp till St. Louis och hämta spannmål. Flodpråmarna var 50 meter långa och kunde vara sammankopplade i parallella tåg med upp till 15 stycken i varje. Längst bak i tåget fanns bogserbåten som sköt tåget framför sig. Han reflekterade över att båten inte borde kallas bogserbåt, när den i själva verket sköt pråmarna framför sig, men det var så det alltid hade hetat. Ron fick börja från botten. Hans jobb var att koppla ihop alla pråmarna i tåget med varandra och se till att de också höll sig sammankopplade under hela resan. Det kunde innebära att han fick hoppa omkring bland lasten, från pråm till pråm. Ofta blev han blöt och kall. Skitig blev han garanterat alltid.

Rons första ordentliga långtransport var att frakta timmer uppifrån Wisconsin och helt ner till New Orleans. När det var dötid på floden fanns det inte så mycket annat att göra än att spela kort och att försöka bli bättre bekant med de övriga i den lilla besättningen. Någon kunde vara extremt inåtvänd och cynisk och hade inte direkt för vana att bjuda på sig själv. Andra var mer intressanta och lättpratade. Efter hand kände Ron att han steg i båtens informella hierarki. En ung och okunnig spoling som han, skulle självklart veta sin plats. På samma sätt som att en barnslig unghund kunde få sig en smäll om den utmanade de äldre i flocken. Han avslöjade aldrig att han kom från finare kretsar. Då hade det varit ännu svårare att bli accepterad. Nu hade han ödet i sina egna händer och efter ett par veckor kände han både att han behärskade jobbet och att de äldre verkade trivdes i hans sällskap.

När de vände i New Orleans skulle de få med sig Giffy. En kille som trots sin relativt blygsamma ålder, redan hade upparbetat ett rykte om sig att vara en av de skickligaste inom sitt fält. Han var den bäste styrmannen som gick att få för pengar. Dessutom kunde han utan större problem klara de flesta andra arbetsuppgifterna ombord. Han saknade formell utbildning och var inte alltid så noga med diverse säkerhetsföreskrifter. Kanske inte så förvånande eftersom han i stort sett var analfabet, men det han gjorde, det gjorde han bra. Det var inte en smal sak att förflytta ett pråmtåg från A till B. Tidvis kunde det vara låga vattennivåer och hela besättningen fick sitta på helspänn för att de inte skulle fastna i någon sandbank. Ron la med det samma märke till den mörka mustaschen som gick från mungipa till mungipa i ett brunbränt ansikte som oftast log i kapp med solen. Han antog att de flesta som träffade Giffy för första gången, tänkte det samma. Han var en sådan person som man kom ihåg. Han var i grunden glad och positiv. En glad skit, som bara kastade sig in i ett sammanhang och tog saker som de kom. Ett eventuellt misslyckande skulle han möjligen svära en ramsa över, men nästa dag skulle det vara glömt och om någon påminde Giffy om gårdagens tillkortakommande fick denne bara en axelryckning och "Jag vet ärligt talat inte vad du pratar om" som svar. Utan ironi i tonfallet.

Redan veckan efter, när de på nytt kom ner till Orleans och lade till där över helgen, hade han bestämt träff med Giffy. De skulle ut och slå runt på något hak som Giffy kände till. Dessvärre   dök Giffy aldrig upp. Efter ett par öl i all ensamhet, bestämde sig Ron för att festkvällen fick brinna inne och gick tillbaka hem till båten. Nästa gång Giffy mönstrade på båten låtsades han som ingenting. Giffy sade sig inte ha något som helst minne av någon utlovad festkväll. Han skulle hur som helst aldrig ha velat gå miste om något sådant. Det var ganska typiskt för Giffy. Att lova brett och hålla tunt. Kanske pratade han så mycket att han inte mindes vad han hade lovat. För att råda bot på det hela tog Giffy med sig Ron ut redan samma kväll. Uppe i Davenport, där de skulle ligga över natten, fanns det gott om vattenhål och det verkade som att Giffy hade besökt ett stort antal av dem förut. Han hade rutten klar. De slog sig i slang med folk som Giffy verkade känna sedan gammalt. Ron hängde på, inte bara för att slippa bli lämnad ensam i en för honom okänd stad, utan för att sällskapet var intressant. De flesta, inte bara Giffy, var lättpratade och frampå småtimmarna vaknade de upp långt ut i ett villaområde där en av Giffys vänner bodde med sin fru.

Det var första, men långt ifrån sista gången, som Ron och Giffy var ute och slog runt tillsammans. Ron förstod med en gång att Giffy var den lättsamma typen. Han tyckte om att bjuda laget runt och pengarna verkade rinna genom fingrarna på honom. När avlöningsdagen närmade sig hade han som regel inte ett nickel på fickan, trots att han inte på något sätt tjänade dåligt som styrman. I stället var han tvungen att förlita sig på Ron eller någon annan för att få ihop till det allra nödvändigaste. Ändå pratade han jämt om att skrapa ihop nog med pengar för att köpa sin egen skuta. I alla fall en grundplåt, med förhoppning om att någon bank skulle ha förbarmande med honom och skjuta till resten. Nu såg Giffy Ron som den idealiske framtida partnern. Ron var inte lika vidlyftig som Giffy. Dessutom verkade han ha sinne för affärer. Det var minst lika viktigt som att kunna jobbet. Ron lade hela tiden undan en betydande del av lönechecken. Dessutom såg han till att investera en del i aktier och obligationer. Det var lätt att slinka in på någon bank, nära de hamnar där de la till.

Det följande halvåret höll sig Giffy i stort sett ombord, trots att han var känd för att mönstra av och på med ojämna mellanrum. Det var inte bara ett hägrande kompanjonskap med Ron, utan också det faktum att de två hade kul ihop. Giffy var knappast en damernas man och dem han hade ihop det med krävde nog något mer världsligt i utbyte än bara Giffys kärlek. Ron hade själv hamnat i den fällan någon gång. Följt med någon som var något annat än han hade trott. Fast de gångerna hade det bara varit att hålla god min och slanta upp. Det var lärpengar.

Giffy hade något stort på gång, sa han. Vid det här laget hade Ron förstått att Giffy var urtypen för en sådan som ofta hade stora saker på gång, men som vid närmare granskning visade sig vara fantasifoster, eller näst intill.

Giffy var trött på att kuska runt och ge bort sin arbetskraft till snåla båtbolag. Han ville bli sin egen. Efter att han och Ron blev kompisar hade han trots allt lyckats lägga undan en del, men varje gång han såg på den sparade summan insåg han hur hopplöst lång tid det skulle ta att få ihop ett brukbart kapital. Giffy ville ta en genväg. En kille uppe i Minnesota hade kontrakt på att montera ner ett mindre sågverk och frakta ner det till trakten av St. Louis. Kruxet var att sågverket låg ovanför forsarna. Alltså måste transporten gå i omgångar med lastbil och därefter med flodpråm. Fördelen var att ersättningen var bra. Det var svårt att få någon att åta sig jobbet. Dessutom skulle de kunna få själva båttransporten billigt, eftersom de själva skulle göra jobbet. Om allt gick efter Giffys planer, skulle de sitta igen med en nätt vinst som skulle göra att Giffys drömmar om egen skuta gick i uppfyllelse.

Ron bestämde sig hur som helst för att haka på. Det var han och Giffy och två snubbar från Le Claire. De beräknade allt för lite tid till att montera ner sågverket. Det fanns bultar som hade bortemot 100 år på nacken och som inte gav med sig så utan vidare. Till slut fick de ta beslut om att använda skärbrännaren betydligt mer än vad som var avtalat med uppdragsgivaren. Tiden var egentligen inte viktig. De skulle tjäna tillräckligt på affären ändå. Det som verkligen fick projektet att haverera var det faktum att både av- och pålastning vid hamn krävde specialutrustade truckar som de blev tvungna att betala ordentligt med cash för. Dessutom skulle killen de hyrde lastbilen av ha sin del. Det visade sig till slut att de hade tjänat ungefär lika mycket som om de hade skippat hela grejen och varit ombord på bogserbåten, precis som vanligt.

Det Ron lärde sig av den seglatsen var att det inte hjälpte att en person sa att han var erfaren och också såg ut att vara det. Giffy hade "glömt" att berätta lite väl mycket och förlitade sig på en stor portion tur. I fortsättningen skulle Ron se till att det var han själv som styrde de projekt han deltog i. När nedmonteringsarbetet uppe i Minnesota närmade sig slutet, lyckades Giffy få en balk över sig. De fick avbryta arbetet och få honom till sjukhus. Högra benet fick sys med sjutton stygn och Giffy blev indisponibel resten av veckan. Det var egentligen lika så bra. Då blev det naturligt för Ron att ta över mycket av planläggningen och andra praktiska bestyr rörande logistiken. Allt samman flöt betydligt bättre med honom själv som projektledare. Det övriga arbetet fixade de två killarna från Le Claire utan större incidenter.

Ron och Giffys nästa projekt blev fiskecharter. Vattnen utanför New Orleans var fulla av rödfisk, flundra och havsabborre och de hade haft turen att få hyra en 21-fotare i hyfsat skick av en kille som Giffy kände. Även här visade det sig att Giffy var en naturbegåvning. Trots att han bara hade sporadisk erfarenhet av havsnavigering, manövrerade han båten med samma snits som han hade gjort på floden. Ron skötte om ekonomi och bokningar och var också den som i huvudsak tog hand om kunderna när de var ute och fiskade. Det visade sig vara en idealisk arbetsfördelning och den här gången gick faktiskt verksamheten med ett stabilt överskott. Under en övernattningstur la Giffy kursen betydligt längre ut till havs än vad som var nödvändigt. Ron hade vaknat när den främmande båten startade motorerna och drog iväg. Giffy hade passat på att göra affärer vid sidan om. Ron tog det någorlunda med ro. Det var typiskt Giffy. Det var sådan han var. Han fick dock lova att inte göra om det så länge Ron var ombord. Efter knappt två och ett halvt år la de ner verksamheten. Båten började få skavanker och varken de själva eller ägaren hade några ambitioner om att få den i farbart skick på längre sikt. Nu hade i alla fall Giffy fått sitt efterlängtade startkapital och för Rons del blev det ännu en slant att investera.

IV

Efter fiskechartern kände Ron att det var dags att ta tag i sitt liv och hitta på något annat. Han hade trots allt varit borta ansenlig tid och han misstänkte att många av hans gamla kompisar både hade utbildning och familj vid det här laget. Han bestämde sig för att återvända österut. Han anmälde sig till ett välrenommerat College och fick ta över ett släkthus i staden, som bara låg ett par timmars resa hemifrån. Inte för att Ron hade några planer på att åka hem till sin far för att äta söndagsstek i någon större omfattning. Ron hade med en gång funnit sig tillrätta i sin nya miljö och passade in utan problem, trots att hans nya liv som någorlunda välkammad student, var väsensskilt från det lössläppta och fria livet på floden. Det var som att vända på en Quarter och finna att den andra sidan bestod av ett helt annat material. Ron bara borstade nonchalant bort lite damm från axeln och rättade till frisyren, så var allt klart.

Det var nu Ron tog Huset Langdon i besittning. Det som skulle bli hans hem de närmaste tio åren. Rons far hade ärvt huset av sin far, som i sin tur hade köpt det av husets ursprunglige ägare, som verkligen hade hetat Langdon. På den tiden låg Langdonhuset i ensamt majestät mitt ute på prima jordbruksmark. En allé, vars träd i viss utsträckning fortfarande kantade nuvarande Camden Street, följde vägen de sista 400 metrarna. Langdon själv började bli till åren och sålde egendomen till Rons farfar under 30-talsdepressionen. För Rons farfar var det ett lyckokast som lade grunden till hans kommande framgångar. Han var född i England och emigrerade tillsammans med sin familj vid fem års ålder. Fadern hade varit hattmakare i Putney, nära London. Han hade måttlig framgång i sitt alltför gammalmodiga yrke, både före och efter emigrationen, varför sonen skulle bli tvungen att bli sin egen lyckas smed. Något som nu var inom möjligheternas gräns på ett helt annat sätt än i det gamla landet. När farfadern hade tjänat sin förmögenhet, tog han av någon outgrundlig anledning namn efter sin hemstad. Knappast för att det klingade av aristokrati eller ens lät vackert. Möjligen var det ett infall av ren nostalgi, eller mer troligt ett infall av sin fars nostalgi, hattmakaren, som när han blev till åren hade benägenhet att bättra på de historier han fortfarande mindes från livet i England. Ron å sin sida presenterade sig sällan, eller aldrig som Ronald Trent Putney. Det föll på sin orimlighet. När någon handhälsade och förväntade sig ett Putney i utbyte mot Johnston eller Langley, fick de inget annat än ett korthugget men vänligt Ron tillbaka.

Närheten till den sedermera expanderande staden gjorde att Rons farfar kunde börja sälja tomter på ett sätt som få hade trott var möjligt vid den tiden då han köpte in fastigheten. Huset hade stannat i släkten, mest av sentimentala skäl. Familjen bodde i en närliggande stad inåt landet och därför hade ingen av dem någonsin bott i Langdonhuset permanent. På sin höjd hade det använts för affärsresor eller mottagningar och till familjens eget bruk sommartid, eftersom det låg nära kusten. Efter hand blev det mindre intressant att underhålla huset i sådan utsträckning att det kunde användas i större sammanhang. För Ron var det idealiskt. Han kunde bo i eget hus medan han studerade. Hans tvist med fadern gjorde att han inte hade några som helst planer på att svansa runt och tigga pengar till än det ena, än det andra. Tack vare hyresintäkterna kunde Ron till och med rusta upp det lite grand. Fadern skickade regelbundet checkar som skulle täcka det nödvändigaste, men knappast underhåll av ett stort hus. Så hade det varit för hans äldre syskon och så skulle det därför också bli för Ron. Lika för alla.

*

Detta med att ha hyresgäster i huset hade blivit mycket bättre än Ron någonsin föreställt sig. Han kunde ha klarat sig utan deras pengar, men då hade han knappast haft lust att lägga ner kapital på inredning och smårenoveringar. Det kapital han redan hade investerat i aktier ville han låta stå. Det skulle bli hans grundplåt. I början hade han varit avvaktande i förhållande till dem som flyttade in. Han kom och gick. Hade sällan suttit med de andra och ätit. Ofta hade han dragit sig tillbaka till sina egna rum i husets västra flygel, där han på sätt och vis hade en egen lägenhet, helt för sig själv. Efter ett tag hade han märkt att han allt mer kände sig som en i gänget. Han fick för vana att ventilera sina tankar och problem inför dem som bodde i huset. I stort sett vem som helst av dem gick bra, kändes det som, och det verkade som att känslan var ömsesidig. En gång när Bridget hade haft ett utbrott av frustration och börjat kryssa för bostadsannonser i lokaltidningen, var det han som övertalade henne att stanna kvar. Han kände sig allt annat än likgiltig inför vilka som bodde i huset.

*

Under studietiden hade alla sina egna fester, vänner och sociala arrangemang att gå till, men det var ändå folket i Langdonhuset som verkligen betydde något. De hade på sätt och vis vuxit samman. När det blåste ute i den stora världen, kändes det alltid tryggt att komma hem till Langdon och vila ut och få sig en rejäl dos av medhåll, eller i vissa fall mothugg och tråkningar. Rättmätiga sådana, så klart. Lata söndagar då flertalet av dem var mer eller mindre bakfulla kunde utveckla sig till riktiga höjdare. Det var oftast då som de hade ro nog till att sitta och diskutera saker och ting. Ibland kunde diskussionerna hålla hyfsat hög vetenskaplig standard, fast oftast urartade det hela till ett sammelsurium av fantasier och orealistiskt önske-tänkande. Bridget, som var från New England, var den som var mest intresserad av att hålla på traditionerna. Hon kunde helt osjälviskt stå flera timmar i köket och plötsligt slänga fram en klassisk söndagsstek med både tranbärssås och Yorkshire pudding. Det hände att de gick på fest tillsammans. I en period blev det nästan för mycket av det goda och de fick ofta höra hur öknamn kastades efter dem. ”Snobbarna från Langdon” eller ”Langdon för mycket”, till exempel. Det kunde kanske stämma till viss del. Det kunde fort bli så att de klumpade ihop sig på en fest och stöttade varandra i eventuella kontroverser. Flera år i rad bjöd de in folk till en glad-att-jag-inte-är-fest. Det gick ut på att man var utklädd till någon eller något som man absolut inte ville vara i verkligheten. Richard Nixon, en extremt tjock madam, en varan eller vad som helst. Langdonhuset var idealiskt för fester. Hur stort som helst och med den gamla pampiga mottagningssalen som kronan på verket. Den parkliknande och väl tilltagna tomten, gjorde också sitt till.

Med undantag för Ron, tog de examen inom ett drygt år allihop. Marjorie var, som sagt, den första som flyttade ut. Hon hade försvunnit på ett kick och inte lång tid efter gift sig med en nyförvärvad pojkvän. Hon hade antagligen förväntat sig att alla de andra skulle följa hennes exempel. Det hade de kanske trott själva också, men när Brad som förste man deklarerade att han tänkte bo kvar, i alla fall tills de andra hade tagit examen, verkade det som att Brads svepskäl fungerade som ett tankefoster och till slut utvecklades till ett fullvuxet beslut om att vägra flytta. Det visade sig att de hade tänkt bli kvar i staden allihop. I alla fall tills vidare. Skylar var den som var mest mobil, med tanke på sina skådespelaraktiviteter, men hon ville ändå ha kvar sin bas i Langdonhuset. De förstod så klart allihop att det bara var en tidsfråga innan någon skulle flytta ut och att hela korthuset skulle kunna rasa ihop på en vecka, men det spelade mindre roll. De hade det bra där de var. Där och då. Det blev inte lika många fester som förut, men de

var fortfarande tajta och delade en gemenskap, som de
visste skulle bli svår att ersätta med någonting annat.

V

Efter examen hade Marielle jobbat fyra år på ett försäkringsbolag. Nu var hon sedan fyra månader tillbaka anställd i en internationell humanitär hjälporganisation. Hennes första uppdrag var att assistera organisationens fältpersonal i ett katastrofområde i Mellan-Amerika. I den typen av miljö fanns det alltid utrymme för ljusskygga element som ville dra nytta av kaoset. Mitt på dagen var det inga problem att gå ensam. På kvällen kunde det vara värre. Man fick passa sig, precis som man fick göra överallt i världen kanske, men här var det ändå annorlunda. Det syntes tydligt att hon var utlänning. Även om Marielle hade på sig sin hjälporganisations jacka med det välkända emblemet, fanns det ändå dem bland lokalbefolkningen som inte såg med blida ögon på hennes organisation. Det var så uppenbart för henne själv och folk i allmänhet att de arbetade för den goda sidan. Ändå kunde de då och då råka ut för stenkastning och ibland ännu värre incidenter. Ett litet frö av ett rykte kunde lätt spridas och skapa obehagliga situationer. Det kunde också vara så att lokalbefolkningen tyckte att organisationens insatser var felriktade. De som kände sig förfördelade kunde kasta ur sig sin vrede mot de hjälparbetare och andra som företrädde organisationen. Det var vad hon hade hört berättas. Hittills hade ingenting sådant inträffat, men hon befann sig ändå i ett område i där det var säkrast att hålla ögonen öppna.

Marielle skulle vara stationerad i katastrofområdet i cirka en månad. Hon skulle inte delta i praktiskt hjälparbete, utan fungera som administrativt stöd. Speciellt när det gällde att sätta sig in i de avtal som organisationen slöt med lokala näringsidkare och myndigheter. Det var kontrakt på åtskilliga miljoner som skulle omsättas i praktisk nödhjälp till befolkningen. Därför gällde det att sätta allt på pränt på ett sådant sätt att det gick att utkräva ansvar i tillfälle att några varor eller tjänster kom på avvägar. Det var en omgivning som inte var fri från opportunister som gjorde vad de kunde för att kapa åt sig en del av den väl tilltagna kaka som biståndet utgjordes av.

De var stationerade i ena änden av huvudstaden där de använde det som var kvar av en gammal fabriksbyggnad. I anslutning till den hade de slagit upp stabstält och fältsjukhus. Nu, en månad efter jordbävningen, hade livet så smått börjat återgå till det normala för lokalbefolkningen. Hon gick längs en gata som löpte tvärs igenom en park. Utefter gatan och inne i parken hade det poppat upp små stånd där folk sålde och köpte alla typer av varor. Man fick räkna med att det, utöver diverse livsnödvändiga varor, cirkulerade stöldgods som härrörde från alla de förstörda egendomar där den rättmätige ägaren var död eller inte hade haft förmåga att själv ta hand om sina ägodelar. Som oftast när hon var ute och gick, fick hon en svans av barn till sällskap. De tyckte det var spännande med utlänningar och ville fråga henne om allt möjligt. De kunde inte förstå hur hennes hår kunde vara så rött, även om de måste ha sett rödhåriga människor på TV många gånger. Förmodligen var det deras sätt att utdela komplimanger på. Vid ett tillfälle hade hon haft med sig en påse Marshmallows, som tydligen var något exotiskt för dem. Det var underbart att se hur glada de blev för så lite.

Hon var på väg till ett möte som hölls av den internationella organisationen, någon kilometer bort, när det ringde på mobilen. Hon lade ena handen över örat för att skydda mot trafiklarmet och svarade.

"Marielle."
"Kan jag få prata med Mary Jo? Är hon där?"

Det blev helt tyst. Marielle hade känt igen systers röst med en gång.

"Jag hör så dåligt. Är det du Mary Jo? Är du där?"

"Ja, det är jag, Tammy. Hur har du det? Jag sitter lite illa till. Det är mycket att göra här."

"Det är Mamma. Hon har frågat efter dig. Hon verkar inte ha så långt kvar. Diabetesen vet du. Och nu har dom hittat en tumör i levern. Det kan gå fort då."

*

Innerst inne hade Skylar aldrig trott att det skulle gå. Hon hade kämpat på, som så många andra. Redan som liten hade hon varit en teaterapa. Hon hade tvingat sina yngre kusiner att agera i biroller för att backa upp henne själv, den stora stjärnan. De hade framfört hennes egna kreationer inför tålmodiga äldre släktingar, som varit snälla nog att både applådera och uppmuntra till fler skådespel. I skolan däremot, kunde hon inte räkna med att få vara stjärna. Hon anmälde sig alltid som frivillig, även till de mest oglamourösa rollerna. Vad sägs om Påskharen i Alice i Underlandet? I High School fick hon chansen på mer ordentliga roller. Skolan engagerade alltid en riktig regissör till de produktioner som sattes upp. Det var inte på lek utan allt som gjordes hade karaktären av professionalitet, och det var konkurrens om rollerna. Man behövde inte övertala folk till att anmäla sig som frivilliga. För Skylar var det inte viktigt att få vara stjärnan. Precis som när hon var liten tog hon tacksamt emot de roller hon kunde få. Sista året fick hon ändå huvudrollen som Eliza i Pygmalion. Det gick över förväntan, eller rättare sagt, precis som förväntat. Hon gick verkligen in för rollen och hon visste att om hon bara var så professionell i sina förberedelser som hon visste att hon kunde vara, så skulle det absolut kunna bli succé.

Under collegetiden fortsatte hon att spela med i allt som låg inom räckhåll. Dessutom hade hon fått kontakt med en agent som lovade att hålla ögonen öppna för henne. Han var inte på något sätt en riktig agent för henne. De hade inget avtal och hon var övertygad om att han var frikostig med att säga likadant till all hoppfulla unga skådespelare han mötte - att han höll ögonen öppna. I likhet med många andra gick hon regelbundet på auditions för alla möjliga typer av produktioner. Det var svårt och konkurrensen var benhård. Skylar såg bra ut. Det visste hon, även om det inte var något som hon gick omkring och tänkte på i vardagen. Det var så klart en egenskap som inte var till nackdel i hennes bransch. Plötsligt hade agenten hört av sig och pratat om reklamfilm. Hon skulle inte behöva åka någonstans, utan det gällde lokala produkter för lokal-TV. Det ena hade lett till det andra och inte långt efter fick hon ett erbjudande från en av de stora drakarna inom reklambranschen. Hon såg det som ett avstamp mot en riktig skådespelarkarriär. Hon skulle synas och få nya kontakter, dessutom gav det bra pengar för en student. Inte för att Skylars föräldrar var fattiga. Tvärtom, men hon ville stå på egna ben så mycket hon kunde.

Efter inhoppet i Seinfeld-avsnittet började det lossna på allvar. Tvärtemot vad många trodde, spelades Seinfeld in i Los Angeles, inte i New York. De kontakter hon knöt i Hollywood var självklart ovärderliga. Ganska snabbt fick hon ett par biroller i TV-filmer. Det gav inte mycket eko, men det var ändå hur kul som helst att se sig själv i en riktig film. Så höll det på i ett par år. Sedan kändes det som att det inte hände någonting. Efter examen bodde hon kvar i Langdonhuset. De flesta av de gamla vännerna var också där och hon trivdes verkligen i deras sällskap, så allt rullade på. Hon varvade reklamjobb med roller på lokala teatrar och drog emellanåt till LA för olika TV-produktioner. Så till slut hände det äntligen något. Det var

på nytt agenten som lät höra av sig. Efter Seinfeld-
historien hade de skrivit ett formellt avtal och tydligen
hade han nu blivit kontaktad av en storregissör. Det lät
något, men Skylar hade ändå inte haft allt för stora
förhoppningar. Fast en liten roll i en stor bio-produktion
med gigantisk budget skulle ändå vara ett kliv framåt. När
hon fick klart för sig att hon skulle få en av huvudrollerna
kunde hon knappt tro att det var sant. Hon skulle inte
spela hjältinnan, men näst intill. Massor av filmtid med
andra ord.
*

Brad hade alltid fått höra att han var en helyllekille.
Grabben hela dan. Trevlig, såg bra ut, kunde hävda sig
både inom studier och idrott. Han låg så där lagom högt
över genomsnittet på de flesta områden. För en snygg tjej
med ambitioner var det egentligen bara att slå till, såvida
hon inte tyckte att han var för tråkig och för präktig då,
men det kunde knappast allt för många tycka. Hur bra
skulle han inte passa som far till ett par barn i någon villa,
ungefär en sådan som det fanns många av på Camden
Street, där Langdonhuset låg. Han var själv uppväxt i just
ett sådant område, fast I en annan stad. Efter High School
hade det funnits en del olika planer. Bland annat hade han
haft lovande karriärer både som fotbollsspelare och 10-
kampare, innan en skada satte stopp för alla eventuella
planer. Till slut hade han fastnat för arkitektutbildning.
Något otippat kanske. Ett halvt om halvt konstnärligt yrke i
stället för att bli den ingenjör som han såg ut att vara.

Hans första flickvän hade också varit Merrakess. Den
konstnärliga och oförutsägbara Merrakess. Det hade varat
i ungefär ett halvår, sedan hade de tröttnat på varandra.
Det hade dock varit ett lyckokast för Brad att komma in i
Langdonhuset. I början hade Ron bott ensam med fem
tjejer. Nu blev det i alla fall lite bättre balans i huset och

Brad och Ron kunde emellanåt bilda front mot den feminina dominansen. Vare sig det behövdes eller inte, kunde det vara kul att lägga på en maskulin image för att få lite krydda på diskussionerna. Både Bridget och Merrakess kunde gå igång på medvetna misstolkningar av feministisk terminologi.

Arkitektbranschen kunde vara tuff. Det berodde helt på konjunkturen. Ron, som redan var ute i arbetslivet, hade fixat inte bara ett, utan två alternativ åt honom. Till slut fastnade han för den mindre av firmorna, ute på Westridge. Han förstod inte hur Ron bar sig åt. Tydligen hade han kontakter överallt i staden, trots att han inte ens var härifrån.

När stadens nya konserthus skulle byggas, utlystes en arkitekttävling. Brads firma hade inte tid att engagera sig i ett projekt som mest troligt ändå skulle tas hem av någon av de större firmorna. De ville inte slösa med resurserna. De hade händerna fulla med andra viktiga projekt som inte fick bli lidande. Brad som fortfarande var ungdomligt ambitiös, tyckte det var synd att de inte ens försökte. Till slut fick han klartecken att lämna in ett bidrag, såvida det inte störde hans övriga arbete. Det var hur som helst god träning för honom och om han var villig att lägga sin fritid på att göra ett förslag, så såg firman det bara som positivt. Till allas stora förvåning tog Brad hem både tävlingen och kontraktet. Han var den yngste som någonsin hade vunnit något liknande. Dessutom hade han gjort det i stort sett på egen hand. Normalt var det en firma som lämnade in ett förslag. Den här gången stod firman tillbaka och lät Brad få hela äran. Det var bara att tacka och ta emot. För firman alltså. Nu var försörjningen tryggad lång tid framöver och man behövde inte oroa sig för att behöva ansluta sig någon kedja eller låta sig bli uppköpta. Något som ofta hände när tiderna började bli dåliga.

*

Ph D. Merrakess kände på de två magiska orden. Doctor of Philosophy. Filosofie Doktor. Det var kanske inte som att bestiga Mount Everest. Mer som Kilimanjaro. Vem som helst kunde komma upp, bara de hade lite vilja och jävlar anamma. Men det lät ändå seriöst. Ph D. Hon kände sig nöjd med sig själv. Intressant? Javisst, men också ett oändligt slit med plöjande av meningslös litteratur och eviga sessioner med ointressanta människor. Men ytterst ändå en chans att få förkovra sig inom det som verkligen intresserade henne. Hon hade finansierat doktorsstudierna genom att ta så många undervisningstimmar som hon hade kunnat. Resten hade hennes föräldrar sponsrat med. Hennes styvfar hade egentligen inte gillat att hon satsade på ett konstnärligt yrke, men när det ändå blev tal om doktorsstudier hade han veknat och tyckt att det var ett kliv uppåt. Mamman var mer liknöjd och hade dessutom själv ett konstnärligt förflutet.

Doktorsstudierna var inte mer ansträngande än att hon hade tid att skriva. Det var en känsla av frihet att kunna sträcka ut sig på en soffa i Langdonhuset och låta sig uppfyllas av inspiration. Eller att ta en tur i det stora huset. Kika in i de andras rum. Inte snoka, bara betrakta oordningen. Huset var inte ett normalt trevåningshus. Det var byggt i flera små etager. I ena delen fanns det mellanetager som gjorde att fyra rum låg ovanpå varandra. Hon själv längst upp, sedan Marielle och på andra våningen Brad. Längst ner bodde ingen. Det rummet fungerade som bibliotek. Böckerna från gamle Langdons tid stod fortfarande kvar och gav hela huset en anda av ståndsmässighet. Åt andra hållet, förbi köket, kom man in i en foajé, där det också fanns en mer fashionabel entré som inte användes längre. Där fanns också en bred, öppen trappa, vars väg upp till de tre ovanliggande etagerna kunde beskådas av den som stod på foajéns marmorgolv och såg uppåt. Där uppe bodde Skylar och Bridget. Ron hade två stora rum för sig själv. Det var nästan som en egen lägenhet. Förbi foajén fanns det västra biblioteket och i omedelbar anslutning den gamla mottagningssalen, eller balsalen som den kallades ibland. De hade använt den ett par gånger när de hade arrangerat fester under collegetiden. Rummet hade knirkande parkettgolv och gammaldags tapeter som förde tankarna till en herrgård på landet, och det var väl egentligen ungefär det som hade varit Langdonhusets funktion en gång i tiden, även om utsidan, efter ett antal renoveringar, inte längre gav intryck av det. Den gamla entrén, med sina höga pelare i grå marmor, vette numera ut mot trädgården och var ersatt av en mer funktionell ingång med en längsgående veranda som hade utsikt mot gatan.

Någon gång kunde Giffy vara hemma. Honom visste man inte riktigt var man hade. Han slafsade runt i köket och bidrog sällan med någonting. Han stoppade i sig det han hittade. De pratade en del, han och Merrakess, men blev inte närmare vänner. Han verkade mest ty sig till Skylar. En gång frågade han henne om pengar. Då hade hon sagt att hon inte hade några att avvara. Fattig student, och så vidare. Det var så man sa när man egentligen menade nej. Sedan hade det inte varit mer med det. Han behövde en femtidollar till bete, hade han sagt. Onödigt att gå till banken. Hon hade då tänkt att det verkade vara dyrt med bete. Billigare att köpa färdig fisk i affären än att ge sig ut och fiska, liksom. Hon visste inte vad han levde av, men antog att han fick pengar någonstans ifrån. Enligt Skylar hade han pengar, men var försiktig med dem eftersom han sparade till ett eget hus. Konstigt sätt att spara på. Att bara driva omkring.

Merrakess bokmanus var lika ambitiöst som det var drömmande och flärdfullt. Historien hade berättats tusen gånger förut, men det som sålde bäst och fick folk att ta till sig en historia, var ofta dess enkelhet och förutsägbarhet. Klichéer om du så vill. När manuset var klart hade hon tvingat Marielle att korrekturläsa det. Någon professionell författare som kunde haft mer konstruktiva förslag till ändringar kände hon inte och det var kanske lika så gott. Skylars agent kände en annan agent som inriktade sig mot bokförlag. Det var nästan en förutsättning att ha en agent för att kunna få någonting publicerat. Förlagen ville att agenterna skulle ha gjort grovsållningen på förhand så att det bara var manuskript av användbar kvalitet som kom innanför förlagens nålsögon. Agenten hade godtagit manuskriptet rakt av, så när som på ett par kapitel mot slutet. Förlaget hade varit oväntat positivt inställt och det var minst sagt omtumlande för henne att se sin egen bok på bokhandelsdiskarna. Hon sålde bra. Boken togs upp av en del bokklubbar, där böcker per automatik skyfflades ut till läsare över hela landet.

Nu fick hon fick råd att hyra en lokal där hon kunde inreda sitt eget galleri. Det var skönt att ha någonstans att gå, i stället för att vara kvar i Langdonhuset eller sitta på universitetet och dega. När hon hade fått sin doktorsexamen, fick hon en fast tjänst på universitetet. Det var egentligen mer än hon hade räknat med och till en början hade hon varit tveksam. Hon ville ju kunna leva på sitt författarskap och konsten. Till slut insåg hon ändå att inkomsterna från bokförsäljningen på sin höjd skulle klara hennes uppehälle och i bästa fall täcka underskotten för hennes egen konst. Så det fick bli kneg på universitetet. Till att börja med.

*

Bridget kände hur häftigt hon andades. Pulsen slog allt snabbare och hon började få svårt att fokusera blicken. När hon gick in i sammanträdesrummet visste hon inte vad hon skulle förvänta sig. Hon hade alltid haft rykte om sig att vara både tuff och rak. Hennes rättframhet retade många, och förmodligen hade hon en del fiender bland både vanlig personal och de småpåvar som satt och häckade på chefspositionerna. Hon kände sig i alla fall säker på sin kompetens. Hon var duktig och hennes resultat var långt över vad som kunde räknas om adekvat. Det kunde ingen ta ifrån henne. Efter sitt sabbatsår på sjön hade hon tillbringat tre år som allmänpraktiserande underläkare på det privata sjukhus där hon fortfarande arbetade. Hennes chef hade bett henne komma till sammanträdesrummet för en briefing. Vad det nu skulle betyda. Ingen vettig människa kan väl begripa vad en briefing är för något. Skulle de kasta ut henne, eller skulle de visa henne någon ny röntgenapparat? Det var omöjligt att veta. Det enda hon visste var att hon inte gillade att gå till ett möte med okänt innehåll.

Väl inne i rummet fick hon nästa chock. Utöver hennes egen chef och sjukhuschefen, satt sjukhusets huvudägare vid det avlånga bordets kortsida. Honom hade hon bara sett på bild, men hon visste mycket väl vem han var. Vad kunde han vilja henne?

”Vi har lagt märke till dig och vi tror att du har det som krävs för att bli klinikchef när vi öppnar vår nya avdelning till våren. Jag vet att du själv tycker att du är ung och oerfaren, men det behöver inte vara en nackdel.”

*

Det såg onekligen väldigt bra ut för alla Langdonarna. Om någonting verkade vara för bra för att vara sant, så var det säkert inte sant. Så sa i alla fall ordspråket. Marielle var kanske ett undantag. Det gick inte dåligt för henne på något sätt egentligen. Hon var nog karriärmässigt ungefär där hon hade önskat vara. Det var bara det här med hennes mamma. Tydligen var hennes sjukdom irreversibel och hon verkade inte ha allt för lång tid kvar. Marielle hade redan varit hemma hos sin familj en gång och det verkade som att hon hade planer på att tillbringa mer tid där nu. Så länge det varade med hennes mamma.

Merrakess red fortfarande på en framgångsvåg. Boken sålde bra och förlaget ropade efter en uppföljare. Skylar skulle snart åka till LA och vara där i flera månader. Filminspelningen skulle ta all tid i anspråk. Brad var en framtidsman på arkitektfirman, Bridget skulle bli klinikchef på Central Med och Ron gick det väl lika bra för som det alltid hade gjort. Så vitt man visste.

VI

När Giffy dök upp hade saker och ting blivit annorlunda. De visste inte riktigt var de hade honom, men på det stora hela funkade det bra. Nu hade det gått både ett och två år och han var fortfarande kvar. Eftersom de flesta jobbade på dagarna och ibland också på kvällarna, var det sällan någon tillbringade speciellt mycket tid med honom. Han hade en något annorlunda dygnsrytm. Vaknade sent. Gav sig iväg på eftermiddagen, för att dyka upp igen framåt småtimmarna för att sova. Vad han egentligen sysslade med eller vad han levde av, var det ingen som visste, och Ron bara ryckte på axlarna, som för att visa att han egentligen inte brydde sig och att han gärna såg att Giffys vistelse skulle komma till sin ände. Trots allt fäste sig många av Langdonarna vid Giffy. De blev kompisar på sätt och vis. Det var spännande med någon som levde ett så uppenbart annorlunda och bohemiskt liv. Till och med Bridget blev efter hand vänligt inställd till Giffy och slutade med sina konspirationer för att få honom utkastad. När det gällde Giffys manlighet så var han helt enkelt inte den typen som gick omkring och la an på yngre kvinnor. Skulle det vara något, så var det nog någon mindre nogräknad dam i hamnkvarteren som gällde. Det var i alla fall den imagen han odlade. Därför blev det egentligen Skylar som lärde känna honom bäst. Skönheten och odjuret, om man så vill. Vid något tillfälle hade hon snappat upp att han gillade staden, men att han absolut skulle tillbaka till New Orleans så snart det fanns en båt som gick tillräckligt långt upp i Minnesota för att han skulle tycka att det var intressant att följa med. Om kvällarna höll han sig mest nere i hamnen och spelade kort med gamla sjöbussar. Det var i alla fall vad han sa. Han hade en del pengar sparade och så hade han dessutom fått en dask försäkringspengar för en arbetsskada som han ådrog sig på floden. Han hade rullat upp byxorna och visat Skylar ett ärr som löpte ungefär från mitten av låret och ned över knäskålen. Så han klarade sig fint. Små utgifter hade han också. Hans stora dröm var att köpa sig ett hus nära floden, så pass långt söderut att han inte behövde frysa om vintern när han blev gammal. Han var dock tvungen att göra ytterligare ett antal resor upp och ner för Mississippi för att få ihop så stor grundplåt som han behövde.

I perioder kunde Giffy vara borta länge. I veckor. Ingen visste vart han for eller om han ens skulle komma tillbaka. Vid sådana tillfällen kunde gamla tiders lunk göra sig påmind. Det gick ändå aldrig att komma helt tillbaka till hur det hade varit före Giffys tid. Det var som om hela huset var försatt i vänteläge och inte kunde släppa taget. Så länge aldrig så små spår av Giffys energi fanns kvar i huset kunde hans närvaro aldrig riktig försvinna. Langdonhusets invånare tog små försiktiga steg. Ett åt gången. Kanske skulle Giffy plötsligt stå där i vardagsrummet med sin slitna bag. Saknad eller lättnad? Det var individuellt, men på det stora hela kändes det nog mest tomt när han inte var där.

Det var i en sådan period Pollsen hade dykt upp. En frånvarande Giffyperiod alltså. De var inte intresserade av att veta var han befann sig, eller vad han höll på med. De hade bara frankt meddelat att Giffy var död och att de ville se på hans tillhörigheter. Det lilla som fanns. Giffys kropp hade sköljts iland längre ut på Major's Pen. En smal udde som löpte en halvmil ut från land.

Hur det hade gått till var det ingen som visste. Det var dock ett faktum att Giffy inte hade kunnat simma. Sitt stora fiskeintresse till trots. Det fanns många som var i samma sits. Det fanns inte tillstymmelse till simundervisning i skolorna när de var barn och det var heller inte en självklarhet att de som bodde vid vatten lärde sig simma.

Säkrast var att hålla sig från att dratta i. Som vanligt var det ingen som visste var Giffy hade hållit hus den senaste tiden. Han kunde ha blivit full och ramlat i sjön. Han kunde också ha suttit i någon båt och blivit överraskad av en kastvind eller stor våg. Men borde inte den som eventuellt ägde båten i så fall ha slagit larm?

Alla sex hade varit på begravningen. Den hade avhållits i all enkelhet. Då Giffy inte hade någon närmare familj eller hade haft kontakt med den övriga släkten, hade Ron tagit på sig uppgiften att ordna med begravningen och alla bestyr som hörde till. Ron kände till att Giffy hade en kusin i Indiana och hade lyckats få tag i henne. Hon var den enda, förutom de sex, som hade varit närvarande vid begravningen. Giffy skulle kremeras, så det blev inte aktuellt med gravsättning. I stället hade de samlats i ett närliggande kapell för själva begravningsceremonin. Alla blev förvånade över att Ron hade tagit dit två jazzmusiker från New Orleans som framförde ett par traditionella New Orleanska sorgesånger. På så sätt fick Giffy en liten touch av en äkta New Orleansbegravning. Det var ju där han hade verkat och trivts allra bäst. Det blev ett inslag som gjorde stort intryck på samtliga närvarande och fick dem att alltid minnas Giffys begravning med värme. Efter begravningsakten följde Giffys kusin Mirinda med till Langdonhuset för att se på Giffys tillhörigheter. Det lilla som fanns.

De satte sig i sofforna för att äta snacks och småprata lite, medan Brad gjorde i ordning en brasa. Brad och Bridget pratade om helt ovidkommande saker medan Skylar och Marielle försökte bekanta sig med Mirinda. De var nyfikna både på henne och kanske framför allt på hur mycket hon egentligen visste om Giffy. Själv hade han levt i nuet och alltid svarat undvikande på frågor som gällde sitt ursprung. Ibland kunde han prata om minnen från tiden i New

Orleans och Mississippi, men det var också det enda. Mirinda var i 50-årsåldern. Kortklippt hår och tjockbågade glasögon. Hon verkade inte vara överdrivet kommunikativ, men Bridget och Marielle gjorde sitt bästa för att lätta upp stämningen. De fick fram att hon hade levt större delen av sitt liv i Columbus, en mindre stad inte långt från Indianapolis. Hon jobbade på ett bibliotek och var en periodare när det gällde religion. Det var så hon uttryckte det i alla fall. Hon var medlem av Baptistkyrkan och hade perioder då hon var med på en hel del aktiviteter. Däremellan kunde det gå åratal utan att hon så mycket som gick på en gudstjänst.

"Men Giffy då?" Undrade Skylar, som inte kunde hålla sig längre. Träffades ni ofta?

"Jag har egentligen inte träffat honom sedan han var tonåring. Hans föräldrar dog tidigt och han försörjde sig själv från det han var i 15-årsåldern. Redan som litet barn hade han för vana att hänga nere i hamnen. Det var inte helt bra för honom, ska jag säga. Han borde ha fått ordentlig skolgång. Och kyrkogång också för den delen. Som det blev nu, kunde han knappt varken läsa eller ens skriva sitt eget namn. De första åren efter att han blev lämnad ensam, tog jag på mig att hålla kontakten med honom. Föräldrarnas hus hade han lyckats sälja på något sätt. Vi hade därför ett avtal om att han skulle hämta posten en gång i månaden på huvudpostkontoret i Orleans, eftersom han var ute och for så mycket. Post restante. Det kunde vara någon släkting som ställde till med kalas eller rentav skulle begravas. En gång kommer jag ihåg att Giffy skulle få 1500 dollar efter vår farfars syster. Han svarade näst intill aldrig på breven."

"Nä, det klart om han inte kunde läsa och skriva så var det
ju inte så lätt", flikade Marielle in för att få vara med i
samtalet.

"Hur var han som barn då?"
"Som alla andra."
"Söt då!"
"Det vet jag inte."
"Vad sysslade hans föräldrar med?"
"Hans far jobbade i fabrik."
"Och mamman?
"Hon var mest hemma. Tvättade åt andra ibland."

Efter den inledande monologen var det i stort sett omöjligt
att få Mirinda att berätta speciellt mycket mer. Det blev
enstaviga och oengagerade svar. De fick känslan av att hon
visste en hel del, men att något höll henne tillbaka.
Bristande intresse kanske, med tanke på att det var fråga
om en inte alltför närstående släkting som hon bara hade
haft sporadisk kontakt med de senaste 30 åren. Mirinda
satte ner tekoppen på bordskanten och började skruva på
sig som för att visa att hon var på väg att gå.

"Du ska i alla fall veta att alla vi här i Langdonhuset satte
stort värde på att ha Giffy hos oss. Din kusin var en
fantastisk person som vi hade massor av kul tillsammans
med. Huset kommer inte att bli sig likt utan honom", sa
Skylar på sitt allra mest deltagande vis, samtidigt som hon
la sin hand över Mirindas och strök lite försiktig över den.

Mirinda varken sken upp eller la sig till med någon förlägen
min för att visa sin uppskattning för de vackra orden.
Hennes ansikte framstod som lika stelt och oengagerat
som tidigare, samtidigt som hon började redogöra för hur
saker och ting egentligen låg till.

"Det är roligt för dig att du känner på det sättet, men jag har egentligen bara kommit för att förvissa mig att han verkligen är död. Den enda gången han hälsade på mig hemma i Columbus stal han ett par tusen dollar ur kyrkans handkassa. Jag var kassör på den tiden och förvarade pengarna hemma. Det tog mig flera år att ersätta hela beloppet, trots att kyrkan lät udda vara jämt och efterskänkte en del när de förstod hur det hela hade gått till. När jag konfronterade honom med stölden hotade han med att låta hela församlingen få veta att jag drack. Han trodde på sitt barnsliga sätt att det var förbjudet för församlingsmedlemmar att ha en flaska vin hemma och att det skulle fungera som någon slags utpressning. Det var tacken för att jag hade försökt vara hygglig. Och det var precis sådan han var när han var liten. Om någon tillrättavisade honom försökte han genast slå mynt av det och ville ha godis och pengar för att inte skvallra. Alla trodde att det var något han skulle växa ifrån. I stället blev det på en del sätt värre. Han försökte också få mig att skicka mer pengar, men jag sa bestämt nej."

Efter den avbasningen körde Ron Mirinda ner till Greyhoundstationen och det var också det sista de såg av henne.

När Ron kom tillbaka, satt eller låg de fortfarande i soffgruppen. Stämningen var så där lagom avmätt. Minnet av Giffy och den olyckliga Mirinda dröjde sig kvar i huset. Ron ryckte på axlarna när Skylar frågade om Mirinda hade sagt något mer av intresse.

"Hon pratade bara om alldagliga saker. Giffy ville hon nog helst glömma."

Då reste sig Brad upp och såg högtidlig ut. Han drog till och med fram en bunt papper och det såg ut som att han tänkte påbörja ett längre tal.

"Ja, jag är inte någon talare, men jag har ändå plitat ner några rader om hur mycket jag kommer att sakna er alla", sade han teatraliskt och viftade med något som såg ut som ett två timmar långt tal, så att alla skulle inse att han drev med dem. Men ändå förstod de att det låg sanning i det han tänkte säga. Han slängde pappersbunten på brasan och sa:

"Jag säger bara så här. Jag ska flytta och jag kommer kanske till och med att sakna er."

Sedan satte han sig ner i fåtöljen igen och såg lättad ut. Ingen ville tro att det var sant, även om de mycket väl insåg att det var just det, det var. Det var verkligen på tiden att någon tog tag i det här med att flytta ut från Langdonhuset.

"Jag ska flytta ihop med Julie. Vi har köpt ett hus borta i Metcliffe. Ja, det är nya hus som ser likadana ut allihop, men jag tror vi kommer att trivas. Det är nära till jobbet och allting."
"Kan inte Julie bara flytta hit i stället? Jag ger gärna upp mitt stora rum så att ni två kan bilda en familj i familjen här hos oss", sa Bridget.
"Och barnen då. Stor trädgård att leka i och alltid tillgång till gratis barnpassning", sa Skylar.

Sedan började gratulationerna hagla. Alla var glada för Brads skull, samtidigt som den redan avmätta atmosfären förstärktes av den fundersamhet som säkert infann sig hos många av dem. Vems tur var det nästa gång? Borde inte jag....

VII

"Mary Jo! Kom in. Du måste äta nu."

Mary Jo hörde sin mammas rop, men brydde sig inte om
det. Hon satt i ladan, utom synhåll. Hon brukade gå dit när
hon ville vara ifred. "Du måste äta nu." Det var inte bara
ett rop på att hon skulle komma in och äta. Det var också
ett rop på hjälp. Att hon skulle komma in och hjälpa till att
mata småsyskonen. Hon fick automatiskt jobbet som
extramamma. Det var egentligen hennes uppgift att hålla
ordning på syskonen, men allt som oftast försökte hon
komma undan för att få en liten stund för sig själv. Hon
slets mellan plikten att hjälpa sin mamma och den
omedelbara lusten att smita ifrån alltihopa. Bilden var lika
klassisk som tragisk. Ett stökigt kök, där en överviktig
mamma gjorde sitt bästa för att hålla ordning på en hel
koloni av ungar. Dessutom skulle det bytas blöjor och
lagas mat. Springas till varuhuset och handla. Marielle var
van att ta egna initiativ och såg med en gång vad som
behövde göras. Mamman var trött. Allt som oftast. Andra
gånger kunde hon vara hur pigg som helst och sitta och
skravla med väninnor i timtal. Det var sådant Mary Jo
retade sig på. Hur kunde det vara så viktigt att prata om
ingenting när hela huset var fullt av ostyriga ungar? Det
som var mest irriterande var kanske att det var hon själv
som fick dra det tyngsta lasset. Både när mamman var
trött och när hon var pigg och satt och skvallrade i
telefonen. Gärna om karlar. Mary Jo kunde inte fatta hur
det kunde dyka upp nya karlar hela tiden. Hur kunde en
trött och tjock mamma locka till sig alla dessa lycksökare
eller vad hon nu skulle kalla dem. Det fanns knappast
något av materiellt värde att hämta i det här huset, så det
var i alla fall inte det de var ute efter. Mary Jo bad en stilla
bön om att mammans senaste nyförvärv skulle hålla sig
från att göra henne med barn. Det räckte som det var.

Marielles pappa var den ende som mamman hade gift sig med. Det pärlband av män som följde, blev bara älskare eller i bästa fall sambos. De var som regel snälla mot barnen, men blev ändå aldrig långvariga och lämnade till slut mamman ensam med ett nytt tillskott i barnaskaran och oregelbundna underhållscheckar.

En gång när Mary Jo var mindre hade hon gått förbi husen där det bodde svarta familjer. Utanför ett av dem stod två ungar i hennes egen ålder. De gick i samma skola fast inte i samma klass. De var av den typen som alltid hade något att säga. Det var som om de hade varsin groda inne i munnen som ständigt måste kväka. Som inte kunde vara tyst, hur olämpligt det som de tänkte säga än var. Ett meningslöst pladdrande som förr eller senare resulterade i att de hävde ur sig saker som inte alls var passande. Oavsett om det hade varit planlagt eller inte. Hon gick förbi utan att bry sig om dem eller vad de sa, men kunde inte undgå att få med sig andemeningen.

"Jag är mycket hellre nigger än white trash. White trashungar är det värsta som finns. Längst ner på skalan."

Redan på den tiden visste hon precis vad de talade om. Hon tillhörde en grupp i samhället som alla föraktade. Det var ingen som ville vara white trash. Det var så lågt man kunde sjunka. White trash var precis vad Mary Jo var. De var låginkomsttagare och ägde inte huset de bodde i. Ofta låg de efter med hyran och fick förlita sig på att hyresvärden var hygglig och tänkte långsiktigt. Förr eller senare skulle de väl komma ikapp med betalningarna. Eller inte. Då hade hyresvärden kalkylerat fel. Till slut blev mamman parkerad med Mary Jo och fem syskon till. Fyra olika fäder, som självklart allt som oftast glömde att betala det de var förpliktigade till. Mary Jos egen far var död. Skjuten av sina egna kumpaner efter ett butiksinbrott.

Med sex barn på halsen blev det aldrig någon reda med mammans arbeten. Det var en svår kombination att få ihop, så familjen fick förlita sig på socialhjälp. För Mary Jo blev det naturligt att kliva in i rollen som extramamma åt sina småsyskon, även om hon hatade det från första stund. Hon skulle aldrig skaffa sig några egna. Möjligen skulle hon kunna tänka sig att bli en fin fru. En sådan som hade anställda till att sköta barnen. Då skulle hon ha en dotter, som hon skulle skämma bort så till den milda grad. Helt i motsats till hur hon själv hade haft det.

Det var inte förrän ganska sent hon hade upptäckt att hon hade lätt för sig i skolan. De första åren hade hon bara varit närvarande och mest suttit och drömt sig bort. Det fanns inte tid till att sitta med läxor i ett hus fullt av ungar som det skulle snytas och bytas på. Sent i Secondary hade hon fått klart för sig att det fanns något som hette scholarship. Det lät fint och överdådigt. Hon såg belästa personer med mantlar och hattar framför sig. Till slut hade hon förstått att vem som helst, till och med en sådan som hon, teoretiskt sett skulle kunna få sig ett sånt där scholarship. Det gällde bara att prestera ordentligt och få bra betyg. Första gången hon försökte blev hon förvånad. Bara hon tog sig tid med att läsa inför provet så klarade hon sig över förväntan bra. Hon röjde undan det värsta där hemma. Senare när det blev lugnare och en del av syskonen hade somnat brukade hon ge sig ut i ladan. Den var tom, sånär som på urgammalt hö och ett par oanvändbara jordbruksmaskiner som tillhörde hyresvärden. Lyset hade inte fungerat så länge de hade hyrt egendomen, så hon fick ha med sig en ficklampa för att kunna se att läsa ordentligt. Framåt jul, när kylan gjorde sig påmind, blev det obekvämt att sitta för länge. Hade hon tur kunde hon läsa lite grand efter att hennes lillasyster, som hon delade rum med, hade somnat. Så länge systern var vaken, vägrade hon hålla tyst och pladdrade på, så som småungar gör.

När de hade flyttat till huset hade mamman haft en dröm om att de skulle kunna bygga en hästbox i ladan. Det skulle vara perfekt. Hyresvärden hade ingenting emot det och det skulle finnas både betesmark och hö till vintern. Fast det hade så klart aldrig funnits pengar. Inte tid heller för den delen. I början, när mamman precis hade träffat en ny man, kunde han prata vitt och brett om hur duktig han var på att snickra. Då hade Mary Jo blivit stjärnögd och vävt ihop egna drömmar om hur hon och hästen skulle bli en oskiljaktig enhet som var tillsammans all ledig tid. Så småningom hade det hela fallit i glömska, eller blivit avbrutet av en ny graviditet som slukade alla resurser. Annars skulle man ha kunnat tro att en man med någorlunda stabil inkomst skulle göra att familjens ekonomiska situation förbättrades. Så var oftast inte fallet. Visst kunde det hända att någon av karlarna slog på stort till jul och gav barnen fina presenter. I klass med vilken som helst av de andra familjerna i närheten, men generellt var det alltid mannens egna intressen som kom i första rummet. Inköp av bilar och motorcyklar stod högst upp på männens listor. Som nummer två kom reparationer av desamma. Sedan var det inte mycket kvar av lönen.

Vid terminens slut, när betygen delades ut, blev Mary Jo ändå besviken. De var bättre än de brukade, men ändå inte så bra som de borde. Vad kunde ha gått snett? Kanske ett feltryck av datamaskinen som printade ut alla elevernas betyg. Hon gick själv in till klassföreståndaren och undrade sådär försynt som hennes personlighet föreskrev, om det hade blivit något fel, eftersom hon som hade legat i topp på alla proven bara hade fått betyg som låg i överkant av ett medelbetyg. Då hade klassföreståndaren börjat bläddra i sina papper. Sedan hade hon mumlat och sett lite förlägen ut, innan hon hittade tillbaka till sin naturligt auktoritära framtoning. Den som gjorde att till och med mindre logiska sammanhang verkade självklara när de framfördes på det sättet.

"Du har varit duktig och det har också premierats. Du har fått betydligt högre betyg nu jämfört med förra året. Det tycker jag du ska vara nöjd med. "
Så enkelt hon fick det att låta, men Mary Jo gav sig ändå inte. "Jag var ju bäst av alla, varför ska jag då bara få medelbetyg?" Klassföreståndaren såg nu väldigt trött ut, höjde på ögonbrynen och lade huvudet på sned.
"Det är inte bara proven som räknas. Gå hem med dig nu och ha en jättebra sommar, så ses vi nästa termin!"

Mary Jo förstod då att vuxnas prat om rättvisa, och lön efter möda, var saker som långt ifrån alltid hade sin motsvarighet i verkligheten. Det fanns heller ingen god fe som satt och dömde ut rättmätiga straff till dem som hade felat och delat ut överbetyg till dem inte förtjänade det. I fortsättningen visste hon att var och en fick klara sig själv. I High School vändes allt upp och ner. Hon kom i en helt ny klass där ingen lärare orkade bry sig om vilka som skulle ha bra betyg av gammal vana eller av någon perifer anledning. Hon fick sina toppbetyg och sitt efterlängtade scholarship, precis som hon skulle.

Hon valde ett college som låg långt hemifrån. Med avsikt. Nu skulle hon få en giltig anledning för att inte hälsa på. Hon ville inte tänka på hur de skulle klara sig utan henne. Det skulle nog gå alldeles utmärkt om de bara skärpte sig en aning. Hon brydde sig inte egentligen. Hon ville bara komma bort och starta ett nytt liv. Hennes riktiga liv. Det trashiga Mary Jo fick lämna plats för ett namn som skulle passa in bättre i hennes nya miljö. Marielle. Marielle

Craven. Hon hade till och med tagit mammans flicknamn i stället för hennes egentliga efternamn som klingade skandinaviskt och påminde om faderns påbrå långt tillbaka i tiden.

*

Snart skulle det bli mörkt. När skymningen väl föll gick det inte lång tid innan det blev kolsvart. Den sista halvtimmen hade han sprungit kryss och tvärs utan att ha haft någon riktig aning om var han befann sig eller vart han skulle bege sig. Nu kände han sig som en liten hjälplös kille som sprang för sitt liv. Och det var väl ungefär också det han var. 11 år och knappast halvvuxen även om han skulle ge allt han hade för att få vara vuxen och lämna den här världen av underlägsenhet och tillkortakommanden.

För en gångs skull hade Brad fått följa med de äldre killarna. Han ville det gärna. Innerst inne hoppades han på att de skulle sluta behandla honom som ett småglin och låta honom bli en fullvärdig medlem av gänget. Som alla framstående konstellationer behövde också det här gänget mer lågtstående individer att jämföra sig med. I annat fall skulle deras storhet inte vara mycket värd. Ett småglin som Brad fungerade utmärkt som hackkyckling. Han var ett par år yngre, inte speciellt stor till växten och inte alls så street-smart som de övriga gängmedlemmarna utgav sig för att vara. Hade han tur kunde de vara någorlunda snälla och visa honom någon ny och spännande pryl de hade fått tag i, men oftast var de bara ute efter att driva med honom. De kunde omringa honom med sina cyklar och börja reta honom för sin gröna mössa. Brad lärde sig läxan och hade på sig en mössa i mer neutral färg nästa dag. Det brydde sig gänget mindre om. I stället kom de på att han var kobent.

Den här kvällen skulle de ut till skjutfältet för att plocka kulor. Gänget beskrev i detalj hur farligt det var att krypa under stängslet och undgå upptäckt. Väl innanför skulle de bli tvungna att smyga för att hålla sig undan vakterna.

"Om dom börjar skjuta måste du ducka och slänga dig på marken, annars är du död", sa någon i gänget.

Brad blev skräckslagen och spärrade upp ögonen, men var mån om att inte visa sig allt för rädd.

"Pissar du ner dig så blir det lättare för vakthundarna att hitta dig. Om du inte trampar på en orm innan dess."

Brad förstod att gänget gjorde sitt bästa för att tråka honom och få honom ur balans, men möjligheten att få följa med gjorde att fördelarna ändå översteg nackdelarna och han bestämde sig för att bara bita ihop.

Skjutfältet hörde till ett militärläger som låg i utkanten av villabebyggelsen. Närmast låg krigsskolans byggnader, sedan bredde manskapets förläggningar ut sig i en halvcirkel runt en parkliknande yta med krattade grusgångar och statyer. Bakom krigsskolan fanns det skjutbanor och bortanför dem sträckte sig resten av övningsfältet ända ut till havsstranden. En tre kilometer lång strandremsa var avstängd för allmänt bruk och utgjorde på så sätt en naturlig gräns mellan Clayton's Beach och den mer fashionabla Waverly. Brad hade varit på båda, men aldrig funderat över vad som fanns mittemellan. Det var bara ett ödeland som var oåtkomligt för barn såväl som för vuxna.

Det mest logiska stället att plocka kulor på, var ett par hundra meter bakom skjutbanorna. Den här kvällen skulle de ge sig längre bort. När soldaterna övade ute på fältet använde de andra typer av ammunition av den sorten som kunde ha ett andrahandsvärde på gatan. Om inte, så var det ändå något som de kunde skryta om och imponera på andra gäng med.

Brad hängde med bakom de andra och sprang fram och deltog i hyllningarna av Stanton när han hade hittat något av värde. Stanton var ledaren och flera år äldre än Brad. De andra i gänget såg upp till honom och tävlade ständigt om att vara hans närmste man. Brad fick oförväntat beröm när han plötsligt visade fram en JHP som hade legat fullt synlig vid foten av en trädstam. Stanton klappade honom hårt på axeln och gav tillbaka kulan med ett stort grin. Då kände sig Brad nästan som en i gänget och ångrade inte alls att han hade följt med.

”Patrull!”, skrek Jason med skräck i blicken. Gänget försökte samla ihop sig och sprang mot ett buskage. En jeep med två beväpnade soldater körde sakta förbi den platsen där de hade befunnit sig för bara ett tiotal sekunder sedan. Brad skruvade på sig och försökte dra sitt vänstra ben till sig för att undgå Jasons tyngd. Stanton tyckte inte om att tystnaden bröts och tryckte ner Brad i sanden. Brad fick panik och försökte komma loss. Stanton gav honom ett hårt slag i magen och ytterligare ett par över nacken. Nu var jeepen borta och gänget reste sig och sprang åt motsatt håll. Efter en kvart var de hemma på gatan igen och det var ingen som reflekterade över att de var en man kort. Brad hade ont i magen och kunde knappt röra sig.

Brad kände sig både rädd och blåslagen. Efter en halvtimme kom han på fötter och försökte ta sig mot utgången. Det resulterade bara i att han kom djupare in i skogen. Det såg ungefär likadant ut överallt. Tallskog och sandbunden mark. Efter att ha irrat runt ett bra tag satte han sig under ett större träd. Kanske kunde han klättra upp i det för att orientera sig. Nu började det skymma på. Hittade han inte hem snart skulle han få tillbringa natten i skogen. Det prasslade överallt. Han var verkligen rädd för ormar. Hans kusin, som bodde på prärien i Dakota, hade blivit så illa biten att han knappt överlevde. Brad visste inte om det fanns giftormar just här, men det kändes allt annat än tryggt. När han hade vilat ett tag, lyckades han kravla sig så långt upp i trädet att han kunde se militärlägrets lampor någon kilometer bort. Det tog honom bortemot en timme att ta sig fram till lägret. Han gick långsamt och lystrade till alla okända ljud som fanns i skogen. Han smög sig sakta runt buskar och mellan träd, för att om möjligt undgå att skrämma upp något djur. När lägret var inom synhåll sprang han allt vad han kunde mot vaktkuren. Att försöka smyga sig ut samma väg han hade kommit var inte aktuellt.

Brad blev skjutsad hem till sina föräldrar. Han berättade bara att han hade kravlat under staketet och sedan gått vilse. Föräldrarna förstod nog att han inte hade varit ensam, men Brad visste att han måste tiga. Gänget, och framför allt Stanton, skulle kräva det av honom.

Redan nästa eftermiddag stod Stanton och gänget och väntade på honom. Stanton höll upp handen som för att hälsa. Sedan knöt han näven och slog honom hårt, mitt på överarmens muskel.

"Märker jag att du har skvallrat så slår jag dig ordentligt."

Sedan var det inte mer med det. Han var utesluten ur gänget och fick aldrig mer följa med dem på något som helst, trots att han inte hade sagt ett knyst. Varje gång

Stanton kom nära honom, slog han till just på det där stället på överarmen. Ibland fick han också andra typer av slag. Det berodde på vilket humör Stanton var på. Slagen hade inte längre funktionen av att förhindra Brad från att avslöja att gänget hade varit inne på militärområdet. Det var bara en ursäkt för Stanton att få plåga någon, så som hans natur föreskrev. Slagen på armmuskeln gjorde fruktansvärt ont och hann aldrig riktigt läka innan det var dags för nästa omgång. I stället för att försöka få hänga med gänget, gjorde han sitt bästa för att hålla sig undan. Att skvallra var kanske ett alternativ, men då skulle det bli ett himla liv. Dessutom skulle det bli svårt för honom i alla sammanhang. Han ville inte bli känd som den fege, lille tjallaren.

Det kanske stämde, det som en av vikarierna på skolan hade talat om för honom. Vikarien hade sett hur Stanton och ett par ur gänget hade gett sig på Brad medan han stod och rökte. Brad hade spjärnat emot så gott han kunde, utan resultat. Efteråt hade han satt sig ner i gruset och låtit tårarna komma. Vikarien hade släppt cigarettfimpen i asfalten, trampat på den och gått bort mot gungorna där Brad fortfarande satt och slickade sina sår.

"Det gör ont, men det är så det är. Det vet du väl."
"Vaddå?"
"Det är alltid någon som bestämmer och är starkast. Det bästa är att inte kämpa emot, utan inse att den som är starkast bestämmer."
"Men, det är ju för jävla orättvist", hade Brad hävt ur sig mitt i hulkandet.
"Det är ingen som ser upp till en lipsill, hur orättvist det än är. Bättre att vara följsam."

Den upplevelsen hade Brad tagit med sig ut i livet. Vikarien var en jävla idiot som inte ens försökte uppfostra en skitunge som Stanton, men en sak hade han rätt i. Att alla såg ner på en lipsill. Därför tänkte Brad aldrig bli en lipsill, utan slå tillbaka när han kunde. Tvärtemot vikariens råd.

Brad tänkte ofta på den förbannade vikarien. Han var en sån där jävel. En sån som slickade uppåt och sparkade neråt. Höll med och log när de som bestämde sa något förnumstigt. Ställde sig först i kön när desamma hade bestämt att någon skulle tryckas dit. Lyckligtvis hade Brad inga lektioner med vikarien. Det hjälpte dessvärre inte. Det visade sig att vikarien skulle komma att ställa till det ordentligt för Brad ännu en gång innan terminen var slut. Brad tänkte också på det som vikarien hade sagt. Det om att lipsillar inte var något att hänga i julgranen. Därför tänkte han skaffa sig en ny strategi. Det här med att armen värkte, var egentligen mest en psykologisk smärta. Det gjorde mer ont i själen än i armen. Därför bestämde sig Brad för att stålsätta sig mot den mentala smärtan. På så sätt skulle han komma undan nya incidenter relativt oskadd. Stanton och gänget hade inte bara Brad att tänka på. Det var fler småglin som skulle läxas upp. Det var en lista som de var tvungna att bocka av. Annars skulle någon av dem invaggas i säkerhet och i förlängningen kunna bli uppkäftig. Det var både bra och dåligt. Brad kunde gå och känna sig avslappnad flera veckor i sträck och nästan tro att Stanton hade glömt bort honom, för att plötsligt bli antastad tre dagar i rad. Nästa gång gänget tog fast honom och körde den sedvanliga ritualen, använde Brad sin nya strategi. Den gick ut på att medan gänget häcklade honom protesterade han bara lite lätt mot oförskämdheterna. Ja, okej han var ett litet svin. Jadå, hans kuk syntes knappt i förstoringsglas, det stämde bra det. Slagen mot överarmarna brukade ändå vara det värsta. Den här gången tog han sig för armen redan vid första slaget. Han skrek inte, men signalerade att det gjorde ordentligt ont och att han var ordentligt ledsen. Det var det gänget ville se - att deras ansträngningar gav resultat. Ju fortare ett offer såg ut att vara knäckt, desto fortare kunde de anse sig ha gjort ett gott dagsverke och ge sig vidare till nästa offer på listan. Brads strategi var lyckad. Det som var svårast, var ändå att låta bli att bli förbannad och rädd. Sådant tog för mycket energi. I fortsättningen tänkte Brad härda ut och vända ilskan inåt. Det skulle vara en påfrestning för hans lilla hjärna, men om samma hjärna samtidigt visste att det i det långa loppet skulle komma en rejäl belöning, så var det inga problem. Brad ruvade på en ordentlig hämnd. Det gällde bara att hålla sig kall och vänta på det rätta ögonblicket.

Brad visste att gänget inte var någonting utan Stanton. När Stanton, som var några år äldre, bytte skola, skulle de kvarvarande gängmedlemmarna antingen få se sig om efter en ny ledare, eller skaffa sig någon annan sysselsättning än att plåga småglin. Ensamma var de ingenting. Brad ville ta Stanton först. Sedan skulle han plocka gängmedlemmarna en och en. De skulle inte ha en chans. De skulle definitivt inte räkna med att Brad hade något att sätta emot. De trodde att han var en liten darrande trädgren bland andra, i en stor skog av små mesproppar. Det enda Brad behövde var en fickkniv. Han hade fått en kniv i födelsedagspresent redan när han fyllde nio. Nästan alla pojkar hade fickknivar. Dessbättre användes knivarna till att tälja på pinnar med, hellre än att skära i egna eller kamraters kroppsdelar. Brad hade helt andra planer. En fickkniv var kanske inget att skrämmas med, men det berodde enbart på att ingen räknade med att någon liten skit verkligen skulle sticka med den. Till slut fick Brad det som han ville. Han råkade möta Stanton ensam i ena änden av F-korridoren. Stanton kom uppför trappan och hade tänkt svänga vänster, men stannade upp när han fick syn på Brad. Stanton gjorde sällan någonting när han var ensam, men tyckte antagligen att han i alla fall kunde kosta på en gliring.

"Jaså, det är du som luktar så jävligt. Jag undrade som fan vad det var när jag gick i trappan."
Stanton flinade och gick vidare.
"Det är du som luktar. Du luktar svin och ollon", sa Brad.

Stanton hade egentligen varken tid eller lust att slå Brad, men nu skulle han bli tvungen bara för att den lille jäveln inte kunde hålla käft. Han tog tag i Brads ena arm och höll den bakom ryggen på honom, samtidigt som han pressade Brad mot väggen med kroppen . Med sin fria hand slog han Brad på det där stället på överarmen som alltid gjorde så ont. Brad hade redan fickkniven framme. Så fort han fick fritt svängrum för den handen som Stanton inte hade låst, högg han i blint raseri mot Stantons lår. Kniven var så pass slö att de första huggen bara slant mot det hårda jeanstyget. Till slut fick han chans att trycka till med full kraft. Kniven gick en bra bit In i mjukdelarna och blev sittande. Stanton reagerade med chock på smärtan. Han förstod inte hur det var möjligt att en liten skit som Brad vågade sig på att bita tillbaka. Först stapplade han några steg, sedan insåg han att det satt en kniv i låret. Han skrek så att det ekade i korridoren och segnade sedan ner på golvet och tyckte synd om sig själv. Den förste som uppenbarade sig var den förbannade vikarien.

Knivincidenten orsakade ett väldigt rabalder. Vikarien verkade ha fått hybris av att hamna i rampljuset och förklarade att han hade sett alltihop, det vill säga hur Brad oprovocerat hade attackerat en intet ont anande Stanton. Brads klagomål över trakasserier från Stantons sida, lämnades därhän utan bifall. Ingen vuxen ville se det uppenbara - att knivhuggningen var ett barns sista utväg för att komma undan sin plågoande. I stället fick Brad tillbringa åtskilliga timmar hos psykologer och terapeuter som alla var experter på våldsamma och utagerande personligheter. Brads föräldrar var så klart lika förtvivlade som Stantons. Den bästa lösningen för alla parter blev att Brad fick byta skola. Det blev faktiskt också en helt okej lösning för Brad, som kom att trivas betydligt bättre där, där ingen kände till hans bakgrund. Samtidigt bestämde Stantons familj sig för att flytta till en annan stadsdel. De ville inte riskera att utsätta sin son för ännu mer överlagt våld. Lyckligtvis fick Stanton också stränga order att hålla sig undan Brad.

Allt eftersom tiden gick föll Stanton och hans obehagliga personlighet i glömska. En gång när Brad gick andra året på High School, fick han se Stanton nere på stan. Han var inte ett barn längre, men var ändå lätt att känna igen med sitt fyrkantiga ansikte och tomma, dryga blick. Brad följde efter honom ett par kvarter, sedan försvann Stanton in i ett köpcenter. Brad kände sig inte rädd. Det var ju så länge sen. Han hade ändå reagerat på hur väl han kom ihåg allt idiotiskt Stanton hade sysslat med på den tiden. Han kände också hur han instinktivt knöt nävarna där han gick, tiotalet meter bakom Stanton. Han skulle lätt ha kunnat springa upp bakom Stanton och lagt ner honom i asfalten. Rädslan han hade känt som barn verkade ha övergått i hat och hämndlystnad. Brad var mogen för sin ålder och hade redan börjat lyfta vikter och tränade friidrott och fotboll regelbundet. Stanton var inte direkt den spensliga typen, snarare normalbyggd. Som barn hade han varit tidigt utvecklad och grov i kroppen. Det var det han hade förlitat sig på. Som tonåring var han inget speciellt. Förmodligen levde han på sin stöddighet och förmåga att manipulera sin omgivning. Hur som helst skulle han inte vara någon match för Brad.

Någon månad senare fick Brad syn på Stanton igen. Det var på ungefär samma ställe som sist. Den här gången beslutade han sig för att följa efter honom. Stanton gick in i köpcentret, och vidare bort till en sportaffär. Brad ställde sig bland basebollgrejorna och svingade lite grand i luften med ett Easton-slagträ. Sedan såg han i ögonvrån hur Stanton kom ut från en bakdörr och började plocka med något som såg ut som nyinkomna varor. Brad log med hela ansiktet och den spänning som han hade känt medan han följde efter Stanton in i köpcentret ersattes av något som närmast kunde liknas vid skadeglädje. Den tuffe plågoanden Stanton, han som var van att dirigera och bestämma och få folk att göra som han ville, hade som vuxen decimerats till en simpel butiksassistent. En sådan som var tvungen att slå på ett glatt leende och fjäska för kunderna. Oavsett hur otrevliga de än var. Eller var han kanske så hopplös att inte ens var betrodd med kundkontakter? Kanske fick han bara sysselsätta sig med enklare jobb, som städning och upplockning av varor.

Brad trivdes utmärkt i rollen som överlägsen. Han fortsatte följa efter Stanton, de få gånger han råkade få syn på honom. Det var svårt att låta bli. Stanton kände knappast igen honom. Det hade ju trots allt gått ett antal år. Ibland gick Brad och funderade på om han ändå inte borde ge Stanton en liten omgång. Ett kul sätt att ge sig till känna på. Inget allvarligt. Bara en liten smäll eller knuff. Det skulle räcka för att få honom att skita knäck. En kväll gick de två ensamma på trottoaren. Vägen gick genom ett slags parkområde och Brad höll sig på behörigt avstånd, ungefär 50 meter bakom Stanton. När de hade gått på det sättet i ungefär fem minuter, vände Stanton plötslig på huvudet och ökade sedan på steglängden. Han gick fortare och fortare och till slut började han småspringa. Då tog Brad chansen. Han satte fart och sprang snabbt i kapp Stanton, som flåsade och trampade luft utan att komma någonstans. Till Stantons förvåning bara fortsatte Brad förbi utan att röra honom. När han var trettio meter bort, stannade han plötsligt och vände sig mot Stanton. Stanton var dödstrött och ställde sig mitt på trottoaren, böjde sig framåt med händerna på låren och hyperventilerade."

"Jag har inga pengar på mig", stötte Stanton fram mitt i flämtningarna. Han hade tydligen riktigt taskig kondition och hade inte återhämtat sig på långa vägar.
"Lägg av Stanton. Det är jag. Den där lille killen som du alltid jävlades med."
"Jag fattar inte vad du snackar om. Jag har en tiodollar. Här! Ta den!"
Brad gick fram till Stanton, tog sedeln, knycklade ihop den och slängde ut den i gräset.
"Du verkar ha riktigt dåligt minne. Först kom du inte ihåg att du slog mig när jag var liten och sen hade du glömt bort att du hade en skrynklig tia i fickan. Du är en lika stor idiot som du alltid har varit. Men du har väl inget att säga nu när du inte har något rövslickande gäng med dig."
Sedan vände Brad sig om och lämnade en flämtande och flåsande Stanton åt sitt öde. Han hann inte gå många meter innan han hörde Stanton skrika. Han hade tydligen kommit på fötter igen och var duktigt förbannad. Det enda han kunde göra för att få utlopp för förödmjukelsen var att börja skrika och härja.

"Jag har ingen aning om vem du är, men jag har i vilket fall som helst inte tid med såna missfoster som dig. Stick iväg fort nu. Jävligt fort, annars ska jag ge dig en riktig jävlar omgång."

Brad gick tillbaka och ställde sig på nytt mitt framför Stanton.

"Jag tror att du vet precis vem jag är, men du kanske behöver hjälp med att friska upp minnet.", sa Brad lugnt och slog honom ordentligt hårt på ena överarmens muskel. Precis ett sådant slag som hade varit Stantons signum en gång i tiden.

Stanton gjorde inga som helst försök att slå tillbaka, utan segnade ned på knä och tog sig åt armen.

"Brad heter jag. Jag bodde på Hayden street, precis som du."

Någon månad senare fick Brad syn på Stanton igen. Han stod på andra sidan gatan och väntade vid ett trafikljus. När deras ögon möttes, höll Brad upp en knuten näve, som för att visa att Stanton hade mer stryk att vänta, närhelst han minst anade det. Stanton måste ha fattat galoppen. Han stod stilla och såg på Brads knutna hand några sekunder. Blicken såg tom och intetsägande ut. Som om han inte riktigt var närvarande. Kanske var bara rädd. När trafikljuset slog över till "Walk", stod Brad kvar på sin sida medan Stanton vände på klacken och gick tillbaka samma väg han hade kommit. Det var ännu en härlig seger för Brad.

Man kan utan att överdriva säga att Brad blev tagen på sängen. Hans upphaussade självförtroende hade invaggat honom i säkerhet och han fick ett brutalt uppvaknande ur drömmen när han återigen konfronterades med Stantons till synes tomma, dryga och innehållslösa blick. Tydligen hade han bidat sin tid och väntat tills han hade möjlighet att slå tillbaka. Kanske var det Brads övermodiga eftersläng på gatan som hade fått bägaren att rinna över. Eller inte. Det var svårt att få grepp om Stanton och hur han tankar rörde sig. Plötsligt en dag hade Brad funnit sig omringad av ett antal okända figurer i mörk klädsel och mössor som hade dragits ned en bit under ögonbrynen. Det kändes helt overkligt. Brad, som upplevde att konflikten med Stanton var en slags lek där han bara höll en gammal maktkamp från gatan vid liv. Ett ganska så oskyldigt översitteri där det nu var Brad som utnyttjade sitt övertag, i stället för att, som förr, vara den som fick ta emot både skit och smällar. Nu kändes det som att han totalt hade missuppfattat styrkeförhållandet mellan honom och Stanton. Det enda som inte verkade ha förändrats var det faktum att Brad opererade ensam, medan Stanton i vanlig ordning hade underhuggare som gjorde skitjobbet.

Stanton var den ende som inte var maskerad. Brad mötte hans tomma blick i ungefär fem sekunder. Sedan var han borta. Tydligen ville han bara ge Brad ett meddelande. Att han, Stanton, inte hade glömt och att han absolut inte tålde att någon liten skit stack upp. Sedan hade ett antal andra personer tagit över och bundit fast Brad bakom en bil av ett för honom oidentifierbart märke. Därefter blev han på känt manér släpad efter bilen genom asfalterade gator, tills de var helt säkra på att kläderna hade nötts ner och blottat bar hud. De hade lämnat hans blödande och uppfläkta kropp på stranden. Då saltet från det första vågskvalpet hade kommit i kontakt med såren på Brads kropp hade han förlorat medvetandet.

*

Merrakess slängde med håret, så där som tjejen på restaurangen hade gjort. Nonchalant och självsäkert. Den unga kvinnan hade suttit tillsammans med män som inte var betydligt äldre, men ändå så pass mycket äldre att de verkade ha något att säga till om i större sammanhang. Det verkade som att det var hon som var sällskapets medelpunkt och att hon kunde få dem till att göra ungefär som hon ville. Hon var blond, slank och sådär modellik som alla ville vara. Merrakess var varken blond eller självsäker. Hon var bara innerligt trött på att vara en del av föräldrarnas radikala och dekadenta livsstil. Tänk att få vara så flärdfull, vacker och oåtkomlig som den där tjejen på restaurangen. Att få njuta av världsliga ting i stället för att sitta och knapra på morötter och låtsas vara frigjord och leva nära naturen.

Föräldrarna var en kvarleva av hippiegenerationen. Målsättningen för dem, som för så många andra likasinnade, var att kunna leva utan stress och materialistiskt tvång. I stället blev det ett annat slags tvång. Att leva så frigjort och avslappnat som möjligt. Det var ingen större skillnad mellan dem och en gammaldags religiös sekt, som Amish till exempel. I alla fall i Merrakess tycke. Båda föräldrarna var konstnärer och försökte leva på det de kunde sälja. Det funkade bra, periodvis. Andra gånger blev de verkligen tvungna att leva nära naturen, bokstavligt talat. Även de gånger föräldrarna var på grön kvist, var det aldrig tal om att spara och investera. De ville leva som de lärde. En nypa fri sex och ett par joints i veckan kunde också förgylla tillvaron.

Det var väl bara ett naturligt tonårsuppror. För hon visste tidigt att äpplet inte hade fallit alltför långt från trädet. Hon skulle med stor sannolikhet också komma att välja en konstnärlig bana. Om än inte på samma sätt som föräldrarna. Trots föräldrarnas förkärlek för kollektiva lösningar, hade det inte hjälpt dem att komma ihåg att betala in skatt för sin affärsverksamhet. Till slut blev situationen ohållbar. Det lilla som fanns av värde blev utmätt och de var ungefär lika barskrapade som de alltid hade varit. Det visade sig också bli slutet för föräldrarnas förhållande. Mamman träffade snart en ny man med betydligt stabilare ekonomi och tog med sig Merrakess till stan för att leva ett mer välordnat villaliv. Nu blev rollerna ombytta. Merrakess blev den som drömde sig tillbaka till det fria livet. Utan krav på att ha en seriös plan för sitt liv eller att visa upp gångbara skolresultat. Gubben, hon kallade honom så, fick henne till och med att ta ett helgjobb i ett snabbköp för att hon skulle lära sig pengars värde. Det var så han hade uttryckt det. När det blev dags för studier såg hon till att välja ett College som låg på behörigt avstånd från både mamma och Gubbe. Hon flyttade direkt in i Langdonhuset och trivdes från första stund.

Merrakess bestämde sig tidigt för att hennes konstnärsliv skulle bli annorlunda än föräldrarnas. Styvfadern skulle mer än gärna bekosta hennes utbildning, även om han inte såg konststudier som något meningsfullt. Som tur var hade hon, som alltid, sin mammas fulla stöd. Gubben var ändå bra att ha. Han var frikostig med fickpengar och i kombination med sparade pengar från helgjobbet kunde hon ge sig ut på ett halvt års resa i Syd-Amerika. Där hade hon nästan känt sig lite lagom småkriminell. Hon jobbade ett par månader hos en tjomme i Lima som hade specialiserat sig på att kopiera gamla motiv och sälja dem som just gamla. Det kändes oskyldigt och turisterna kunde gott betala, tyckte hon. Hon fick också tag på en egen toy-boy. Det funkade så. Att amerikanska tjejer med pengar på fickan kunde locka till sig de snyggaste killarna. En förutsättning var dock alltid att killarna skulle försörjas och helst få lite fickpengar. Det var okej. De fungerade både som älskare och som turistguider. Två flugor i en smäll. Både en och två gånger hade det hänt att hon hade väckt honom mitt i natten när hon hade kommit hem och varit lullig. Då fick hon honom att ställa upp, trots att han mest såg ut att vilja domna av och dra något gammalt över sig. Efteråt hade hon känt ett sting av dåligt samvete. Det var nästan att betrakta som våldtäkt, men vaddå? Hon var ju kåt och han borde släppa till. Så mycket pengar som hon hade slösat på honom.

Hon måste ändå erkänna att det kändes bra att våldta lite grand. Det gav henne en känsla av makt. På samma sätt som den gången för ganska så länge sen när hon hade observerat den självsäkra tjejen på restaurangen. Hon som kunde göra lite som hon ville med männen. Merrakess insåg samtidigt att just ordet våldtäkt, eller i alla fall frasen "liten våldtäkt", inte skulle ligga lika bekvämt i en mans mun, som det gjorde i hennes. Det var lättare för en tjej att komma undan. Sådan var nu världen och hur det nu än var så hade Merrakess lyckats ta lärdom av tjejen på restaurangen. På sätt och vis i alla fall. Hon hade inga problem med att få männen dit hon ville. Hon kunde knappast heller räknas som monogam. Visst, hon hade försökt. Verkligen försökt. Till exempel med Brad. Så länge det hade varat. Sedan dess hade hon aktat sig för sådant. Någon gång hade det hänt att killar ändå hade uppfattat det som att de två var tillsammans. Stadigt alltså. Om två killar hade fått något sådant för sig på samma gång, kunde det till och med bli stora uppträden. Att leva så som Merrakess gjorde, var ett beteende som kunde slippa igenom för en tonåring eller en någorlunda ung människa, men inte för någon som passerat 30. Då förväntades man stadga sig och vara just monogam. Det gick inte an att säga som det var. Det vill säga att hon umgicks med lite olika människor. Ibland satte hon till och med på dem. Hör och häpna! Bland sina konstnärsvänner funkade det bättre. Där var det väl fortfarande så att om någon blev gravid så visste man inte riktigt vem som var far till barnet. Kunde vara vem som helst inom konstnärskollektivet, liksom. Annars kände hon att det här med befruktning inte var något för henne. Brad hade redan slagit till och gjort sin Julie med barn. Merrakess ville verkligen inte hamna i en liknande situation. Inte som ett resultat av en olyckshändelse heller. Därför såg hon noga till att skydda sig, med både hängslen och livrem.

*

Som tonåring var Bridget aningen trumpen. Pottklippt med för stora glasögon, satt hon i mitten av klassrummet utan att göra väsen av sig. Hon hängde inte med när de populäraste tjejerna uppdaterade varandra och valda delar av omgivningen på vilka killar som var mest inne. Ingen förväntade sig att hon skulle ha gjort några erövringar eller ens ha något på gång. I den mån någon brydde sig jättemycket om vad hon företog sig över huvud taget. Hon var ingen snygging direkt. Var ganska rak och platt. Inte timglasmodellen. Sin homosexualitet var det knappast heller någon som kunde ha anat sig till. Hon kände sig inte överdrivet homofil heller. Stod inte direkt inne i garderoben och såg ut över ett oförstående landskap av heterosexuella medelklassmänniskor som med sina hatiska attityder gjorde ner alla som inte passade in i mallen. Hon bara fanns till och höll sin läggning för sig själv. Föräldrarna tyckte det var bra att hon koncentrerade sig på studierna i stället för att springa ute. Hon trivdes med att växa upp i New England. Hon saknade egentligen ingenting där.

Det kunde låta som att allt bara var bra. Intelligent, bra betyg, bra relationer med föräldrarna, ett fåtal, men goda vänner. Det enda som kastade skuggor över idyllen var det faktum att hon till tider var manisk. Det var en slags besatthet som kom och gick. En period utan besvär kunde avlösas av flera ordentliga skov efter varandra. Hon kunde hänga upp sig på en bagatell och låta all vaken tid gå åt till att komma tillrätta med den. Hennes bortförklaringar kunde fort bli osammanhängande och ologiska för den närmaste omgivningen, som hade svårt att förstå hur hon kunde vara så glimrande en dag, för att verka fullständigt borta dagen efter. Föräldrarna såg till att hon kom i behandling. Det kunde diskuteras om terapin hade någon mätbar effekt. Medicineringen tycktes i alla fall hjälpa. Hon tog den inte gärna, men förstod att det var bättre för henne att knapra piller, i stället för att hamna i ständiga down-perioder. Förmodligen skulle medicineringen bli livslång. Kanske var det därför hon till slut bestämde sig för att satsa på läkarstudier.

VIII

Leslie Craven Lundberg. 1948-1997.

Begravningen var lugn och städad. Alla syskonbarnen hade lämnats hemma. Marielle hade redan beställt gravsten. Trots att hon inte hade stått nära sin mor, var hon en viktig del av henne själv och det kändes bra att ha en fast punkt att komma till när hon eller någon annan familjemedlem kände behov av att minnas. Det fanns inga pengar att ärva. Familjen hade alltid levt nära existensminimum. De småslantar mamman hade över från den sista tiden då hon mest låg sjuk, hade gått till Tammy, lillasystern. Det var ändå hon som hade tagit hand om mamman och haft henne hemma hos sig.

När Marielle var i sin gamla hembygd valde hon att bo på hotell. Det var lugnast så. Hennes yngre syskon hade redan börjat bilda familj och det blev än mer påtagligt att hon var en främmande fågel. Hon var välutbildad, hade bra jobb och tjänade hyfsat. Syskonen såg ut att gå samma väg som mamman hade gjort. Skaffade barn tidigt och försörjde sig på låglönejobb och Socialen. Det faktum att Marielle sällan hade hälsat på de senaste tio åren, spädde på känslan av att hon inte hörde dit. Hon fick vara tacksam för att de tog emot henne så väl som de gjorde. Medan hon satt på hotellrummet gjorde hon upp planer för sina två yngsta syskon. De var knappt 20 och hade tack och lov ännu inte hamnat i olycka. Å andra sidan hade de heller inte stakat ut någon väg. De bodde hemma hos Tammy och verkade inte ha några större planer på att företa sig något speciellt i framtiden. Något ströjobb här och där. Mer var det inte. Hon hade förslag på utbildningar där det utgick lön under utbildningstiden och ledde till så gott som garanterat jobb. Inget fancy, men ändå något stabilt att falla tillbaka på. När hon presenterade sina planer verkade de, som väntat, inte speciellt imponerade. De skulle tänka på saken, sa de. Den ende som egentligen sa något, var Tammys man, Tyler. Han tyckte att Marielle inte borde lägga sig i så mycket. Jennah och Jonah skulle säkert klara sig alldeles utmärkt utan hennes hjälp. Det var inte alla som var intresserade av skolor, bara för att hon var det. Marielle hade känt av svågerns attityd förut. I hans ögon var hon nog mest en fisförnäm typ som inte levde i hans verklighet, men han kunde väl ända ha förstått att hon bara försökte göra något positivt. I all välmening.

Tammy hade i alla fall backat upp henne. Till att börja med.

"Jonah. Du skulle väl passa utmärkt som säkerhetsvakt. Med dom musklerna."

Men när hennes man tog till orda och redogjorde för sin syn på saken, var det som om hon sjönk ihop lite grand och återgick till matlagningen. Senare, när hon och Tammy var för sig själva, avslöjade hon att hennes man hade blivit allt mer grinig den senaste tiden. Möjligen på grund av de hade talat om att separera. Just nu visste hon att hon inte orkade, med tanke på att hon hade två småbarn att ta hand om, samtidigt som hon inte hade något ordentligt jobb att falla tillbaka på.

"Men jag kan hjälpa dig. Jag är jurist och kan allt det där med separering. Jag kan se till så att det flyter på. Det ska inte vara några problem. Och ekonomiskt ska jag också kunna hjälpa dig med något. Tills du kommer på fötter."

"Vi får se."

När hon satt i bilen och tagit farväl av allihop, kom svågern fram till förarsidan och böjde sig ner. Marielle tog ned rutan och sken upp. Nu kanske svågern ändå hade ångrat sig och ville säga något hyggligt till henne, för en gångs skull.

"Jag hörde vad ni pratade om. Om du får Tammy till att söka om skilsmässa så ska du få med mig att göra. Jag kommer inte till att backa undan bara för att du är fruntimmer. Jag vet att din sort måste tas hårt."

Sedan var han borta. Marielle rivstartade och for iväg. Pulsen hade ökat från knappt 50 till drygt 150 inom loppet av ett par sekunder och hon var tvungen att stanna till längs vägen för att återhämta sig. Kanske var det sista gången på väldigt länge hon skulle kunna träffa sin familj på ett naturligt sätt.

Väl hemma i Langdonhuset berättade hon för Ron om vad hon hade varit med om.

"Jag önskar jag kunde göra något, men jag känner mig så hjälplös. När jag satt där med Tammy kändes det som att jag var den stora välgöraren som skulle ta upp henne ur träsket. Ja, inte bara henne utan hela min familj. Nu vet jag inte. Det var väl bara enfaldiga drömmar."
"Säg bara till om du behöver hjälp. Jag kan lätt ta hand om din svåger."
"Ha-ha. Ja, nog skulle han behöva sig en uppsträckning. Det har du rätt i. Men det du verkligen skulle kunna hjälpa mig med är ett nytt jobb. Jag känner att jag vill kunna hjälpa min familj på traven. Lite grand i alla fall, så om du fortfarande tror att du har kontakter nog till att fixa ett jobb på en firma som betalar lite bättre så hade det varit fint."
"Klart jag kan", sa Ron, som om det vore den enklaste sak i världen.

"Så nu är det du som är den store välgöraren, Ron. När jag misslyckades."

På kvällen, innan hon somnade, tänkte Marielle på Ron. Trots att de allesamman hade tagit examen och hade självständiga karriärer, var Ron fortfarande som en storebror för dem. Det verkade som att han alltid hade vilja och framför allt resurser till att hjälpa. Nu senast hade han hjälpt Brad med jobb och för inte så länge sen hade han lånat ut 5000$ till Merrakess. Det var egentligen sällan som någon av dem hade kunnat hjälpa honom, med undantag för kontorsinvigningen då. Fast det var väl strängt taget inte nödvändigt att hjälpa Ron i någon större utsträckning. Han hade alltid hjälpt sig själv, och andra. Som en gudfader för dem som bodde i Langdonhuset.

*

Marielle varken såg fram emot eller var rädd för att börja jobba med affärsjuridik. Det var något hon hade övervägt då och då, även om hennes egentliga intresse låg mer åt det humanitära hållet. Men, visst, det skulle inte vara några större problem för henne att strama upp sig en aning. Syftet var ju gott. Det vill säga att tjäna pengar. Nu när hon verkligen kände för att hjälpa sin familj, skulle hon kunna göra det utan större problem. Hon skulle se till att Jennah och Jonah hade nog medel att ta sig igenom någon typ av utbildning. Vare sig de ville eller ej. Och vare sig Tyler, Tammys man, ville. Tammy skulle behöva några dollar för att ta sig ur sitt äktenskap. Det skulle hon se till. Om Tammy nu fortfarande ville. Det fick inte bli så att hon också blev en slags gudfader. Svågern hade hon inte lust att träffa igen, men det måste ändå finnas något sätt att hjälpa Tammy på.

De första veckorna på firman var segdragna. Det var introduktion och information. Hon skulle inte få egna case att jobba med förrän efter tre månader. Först fick hon gå vid sidan om en senior. Se och lära. Det förvånade henne att firmor som bara tog in de allra bästa efter segdragna rekryteringsprocesser, inte hade större förtroende för sina nyanställda ess. Nåja, hon hade visserligen gått igenom alla processerna, men hade ju haft Rons rekommendation i ryggen. Marielle hade haft sporadisk kontakt med Tammy, men hade aldrig nämnt vad svågern hade sagt. Det skulle bara ha gjort henne rädd eller förbannad. Hon fick ta tag i det vid något lämpligt tillfälle. Det måste finnas något sätt att hålla svågern på behörigt avstånd. Nästa gång Tammy ringde var det bara goda nyheter.

"Tyler har gett med sig. Han vill skiljas och är hur medgörlig som helst. Han vill till och med att du ska ta hand om alltihopa och göra i ordning papperna. Jag vet inte vad som flög i honom, men det var efter att din kompis varit här, som han helt bytte åsikt."
"Vilken kompis? När då?"
"Ron! Han hade två andra killar med sig också. Tack för hundralappen förresten. Han hade inte tid att stanna så länge eftersom han bara var här över dagen i affärer. Verkade trevlig! Är ni mer än vänner, kanske?"

*

När Tyler såg bilen svänga in på garageuppfarten blev han misstänksam. Bilen såg onödigt ny och onödigt flådig ut. Inte den typen av bil som någon som bodde i det här området skulle köra omkring i. Det kunde vara en indrivare, men såvitt han visste låg de inte efter med räkningarna. Mannen som klev ut ur bilen presenterade sig som Ron. Han var klädd i en kostym som också den såg onödigt dyr ut.

"Jag ska inte stanna länge. Ska bara lämna en sak från Marielle. Är din fru där inne?"
"Vad är det för nåt", halvskrek Tyler och stirrade stint på kuvertet som Ron höll i handen.
"Om det är från Marielle så tar jag hand om det. Ta hit det!", sa Tyler uppfordrande, samtidigt som han visste att den spenslige kostymkillen framför honom tydligt såg hans rundade muskler som den avklippta T-shirten knappast förmådde att dölja.
"Då går jag in själv", sa Ron, vände sig ett halvt varv och tog ett steg mot dörren.

Tyler la handen på Rons axel och drog enkelt honom mot sig.

"Inte så fort, kompis."

Mer hann han inte göra förrän blixten träffade honom. Rons kumpaner var redan ute ur bilen och den ene gav Tyler ett slag över nacken med en klubba. Därefter fick han ytterligare ett par på armar och överkropp.

"Vi tar med dig till garaget en stund medan Ron snackar med Tammy. Det har du väl inget emot?"

*

"Så bra Tammy", sa Marielle. Något omtumlad. "Jag kommer över så fort jag kan, så får vi prata ordentligt och göra upp planerna. Nästa helg hinner jag inte, men förmodligen helgen efter."

Marielle stod med telefonluren i handen i nästan en minut innan hon kunde förmå sig att lägga på. Så bra att Tyler hade lugnat ner sig, men varför hade Ron varit där? Hon hade väl aldrig bett honom om det. Eller hade hon det?

IX

"Kan du kopiera tavlor?", hade Ron frågat.

"Det klart jag kan", hade Merrakess svarat. "Men man ser ju att det är en kopia. I alla fall om man är minsta lilla konstkännare. Man ska inte ge sig på sånt om man inte vet vad man gör."

"Finns det andra som är mycket bättre än du på att kopiera, menar du?"

"Ja, absolut. Men det är egentligen inte det som är poängen. Om det ska se riktig äkta ut måste man ha både trovärdiga dukar och nyanser. Kvaliteten på färg och penslar spelar också roll. Bland annat. För att inte tala om något vettigt att måla av. För du har väl inte tänkt förse mig med originalen, eller hur? Då måste jag ha något fotografi av hög kvalitet, eller någon annan kopia."

"Så om jag förser dig med allt du behöver, så kan du göra riktigt bra kopior?"

"Ha-ha. Kanske det, men det är bortåt tio år sedan jag försökte något sådant sist, och då var det fråga om lättlurade turister i Syd-Amerika."

Sedan tänkte hon inte mer på det. Någon månad senare kom det en budbil till galleriet med en massa material. Ungefär det som Merrakess hade frågat efter och lite till.

"Du skulle inte ha köpt allt det här. Det vore förmodligen billigare att köpa originalen i stället för att lägga ner så här mycket energi."

"Det gör inget. Det är en kul grej bara. Dessutom får du ju betalt."

"Generöst, men jag gör det gärna gratis. Det beror på hur många det är förstås."

"Sju."

"Sju? Det tar ju evigheter."

"Det får ta den tid det tar. Du får jobba när du har tid. Det är en blandning av lokalkända konstnärer och lite större."

"Okej. Hoppas dom går på det då?"
"Det är till mig själv egentligen. Ska hänga på nya kontoret. Lite varstans. Ett par av originalen hänger på museum, så jag ska ta med dig dit, i tillägg till alla foton och prover du har fått."

Drygt ett år efter att tavlorna var färdiga hade Merrakess vägarna förbi Rons kontor. Tavlorna var utspridda. En i vestibulen, några i olika sammanträdesrum.

"Du kommer inte att hitta allihop, hur mycket du än letar. Jag sålde ett par av dom och fick mer betalt än vad jag betalade dig för allihop. Trots att det var kopior."
"Att du inte skäms! Folk är inte kloka förresten. Som betalar, menar jag."

När Ron gav sig iväg på ett möte, tog Merrakess en närmare titt på den tavlan som hängde i vestibulen. Det var en sen Westlake från 1953. En gigantisk fågel satt på en skyskrapa och såg ner på sin blivande middag, bestående av vettskrämda människor som sprang i panik på gatorna. Hon mindes att det hade varit svårt att få rätt djup i bilden med tanke på alla de höga husen. Målningen var ganska eftertraktad och inte speciellt billig, efter vad hon hade förstått. Hon tyckte att ljuset föll in fel på något sätt, för hon var inte helt nöjd med det hon såg. Merrakess hämtade en stol och ursäktade sig pliktskyldigt inför tjejen i receptionen. Sedan ställde hon sig med kinden mot tavelramen och började se närmare på målningen. Hon förde försiktigt två fingrar fram och tillbaka över duken. Hade hon inte vetat att det här var hennes egen målning, så skulle hon ha gissat på att det var en annan kopia, eller rentav originalet.

*

Under tiden på Mississippi hade Ron sett till att investera det som blev över av lönen. Han hade ofta haft ärende till banken i de hamnar de anlade. Löjligt små aktieposter, som han inte visste när eller om de skulle förränta sig. Summa summarum så hade de faktiskt gjort det, och mer därtill. Medan killar som Giffy söp upp sina pengar, fick Ron ett allt större kapital att hantera och känslan av att det var pengar som han själv hade tjänat, ingöt honom extra självförtroende. Fiskechartern i New Orleans hade gett både honom och Giffy en bra slant. Hur det gick med Giffys andel visste han allt för väl. Hans egen andel förvandlades till arbetande kapital och när han var klar med studierna, hade de mer än trefaldigats. Ron höll sig på firman i tre år, innan han ansåg sig mogen för att stå på egna ben. Han sade upp sig och satte igång med sin diversifierade affärsverksamhet. Fadern hade suttit stilla i båten och haft alla äggen i samma korg, medan Rons filosofi var den motsatta. Att satsa brett och sprida riskerna. På så sätt behövde han inte vara rädd för att misslyckas. Han skulle ha råd att satsa stort men också misslyckas stort, utan att för den sakens skull vara uträknad. Därmed skulle han också vara med och ta för sig av de riktigt stora klippen. Han hade börjat med någorlunda säkra kort. Gamla beprövade kassakossor som köpcenter och restauranger med franchisekontrakt. Senare hade han gett sig på mer riskfyllda projekt inom IT-industrin.

En milstolpe hade varit det nya kontoret. Ron hade till att börja med hyrt fastigheten och dragit igång sin verksamhet med bara ett slitet skrivbord och ett telefonabonnemang till hjälp. När köpcentrerna så småningom började ge avkastning, fick han loss nog kapital till att köpa den lilla fastigheten och också putsa upp den så att kontoret framstod som vilket modernt storföretags lokaler som helst. Ingångspartiet hade fått glasfasad och glasdörrar, medan foajén var av mer klassiskt snitt med träklädda väggar. Han hade också lagt ner en hel del energi och kapital på utsmyckningen i syfte att få lokalen att se klassiskt sober ut. Stora tavlor och en blandning av nya och gamla byster och statyer, som fick besökaren att känna det som att den steg in i ett gammalt och välrenommerat företags lokaler, trots att Rons business bara hade fem år på nacken.

Invigningen av kontoret var helt speciell. Ron hade slagit på stort och bjudit in både gamla vänner, affärsbekanta och diverse lokala kulturpersonligheter. Alla Langdonarna var där. En del av dem hade till och med fått göra själ för sig. Merrakess var ansvarig för dekoration och catering. Det var ett ypperligt tillfälle för henne att omsätta sina konstnärstalanger i ett riktigt projekt som nådde ut till andra människor än dem som normalt besökte gallerier och utställningar. Ron hade efterfrågat en konstnärlig touch på tillställningen i tillägg till vanlig underhållning. Skylar hade satt upp en kortare scenshow som blandade samtida pop- och rockmusik med klassiska dramer och modernare produktioner. Det blev ett potpurri på en del välkända pjäser som till exempel Cats, Trollflöjten och En midsommarnatts dröm. Det var typiskt både för Ron och hans lokaler. Att blanda gammalt och nytt. Att visa att han var i framkant när det gällde att ta till sig det nya som hände ute världen, samtidigt som han satte pris på klassiska värden. Marielle hade också fått jobba ordentligt. Hon tog på sig uppdraget som konferencier. Utöver repetitioner, var det ett svettigt jobb som krävde att hon var på topp under hela kvällen. I praktiken från tre på eftermiddagen till långt in på natten. Brad och Bridget slapp heller inte undan. Även om de inte hade några officiella uppgifter, blev det att de hjälpte de andra med att ordna alla detaljer. Så det blev inte så mycket festande på dem heller.

Invigningen av Rons kontor skulle visa sig vara höjdpunkten på Langdonepoken. Det var första, enda och sista gången som de gjorde något av den kalibern tillsammans. Det kändes jättekul och hade också fungerat som ett bevis på att det inte behövde vara fel att bo i kollektiv, trots att man började komma till åren.

*

Nyckeln till Rons framgångar hade väldigt lite med pengar att göra. Visst hade han alltid haft tillgång till mer pengar än folk i allmänhet, men det som gjorde honom framgångsrik var hans egen drivkraft. Utan den var han ingenting. Självständig med eget huvud. Envis, och hade alltid gjort som han själv hade haft lust. Inte rättat sig efter familjens vilja eller lyssnat på diverse olyckskorpars kraxande. Han hade bara sig själv att tacka. På det sättet var han lik farfadern, han som hade blivit rik på att sälja tomter runt Langdonhuset. Fadern, i sin tur, hade riskerat att bli oduglingen. Han som slarvade bort familjeförmögenheten. I stället hade fadern varit förvaltaren. Undvikit att slösa med rikedomarna, men heller inte gjort stort med dem. Han hade suttit still i båten. Den slags attityd höll inte alltid och fadern hade nog fått se familjens tillgångar sjunka mer än vad som var tillrådigt. Ändå hade Ron inte gjort det minsta för att hjälpa till att dränera honom på kapital. Han hade inte frågat efter lån och tillskott, så som han misstänkte att syskonen hade gjort. Det enda han hade fått var blygsamma bidrag till finansiering av studierna. Plus gratis hyra av Langdonhuset. Fast då ingick det att han själv fick stå för allt av underhåll och kostnader, så det var knappast att betrakta som en förmån. En del somrar hade syskonen dykt upp för att återuppliva gamla tider. När de var små hade de tillbringat någon vecka i huset varje sommar. Deras ungar var osnutna så klart, men Ron kom mycket väl ihåg att han själv hade varit av samma sort, så det var bara kul att ha dem där i ett par dagar. Annars hade syskonen egna små retreats att fira semester på. Vid stranden, och av betydligt modernare snitt.

Efter bara ett par år som egen företagare kände Ron ändå att det var något som fattades. Det verkade som att många framgångsrika personer tog ut svängarna genom att ta flygcertifikat eller kasta sig utför forsar. Andra var mer för att tänja på gränserna. Riskfyllda affärsprojekt eller rena olagligheter. Inte för att tjäna mer pengar, utan bara för att se vad de tålde och hur långt de kunde gå. För Ron var det mer det sistnämnda som gällde. Under Mississippi-tiden hade dagarna varit fyllda av arbete och lämnade lite tid i anspråk till någon annan önskan än att lära och ha kul. I takt med att allt fler mål blev uppnådda stod det klart att Maslows behovshierarki tog sig olika uttryck hos olika personer. Ett intressant stunt var att låta Merrakess kopiera tavlor. Hon gjorde det bättre än han hade förväntat. Hon var skicklig och verkade inte ana vad han stod i begrepp att göra med hennes kopior, eller förfalskningar. De flesta behöll han som de var. Ett par sålde han vidare som kopior, men själva behållningen av tavelshowen var att planen hela tiden var att byta ut två av dem mot originalen. Det var ett gammalt trick. Lika simpelt som billigt. För det första måste kopiorna vara bra nog att inte väcka uppmärksamhet med en gång. För det andra vill det till en hel del förberedelser och praktiskt trixande för att få till bytena. Nu hängde originalen fortfarande här på kontoret. Det var det som var sporten. Att hålla sig med stöldgods i en offentlig lokal och veta att bluffen när som helst kunde bli avslöjad. Vad skulle han göra då? Det visste han faktiskt inte. Det var också en del av spänningen.

En annan del av hans personlighet var att han tyckte om att hjälpa. Om han kunde. Det var mest för att vara schysst. Det kändes bra att hjälpa andra på traven. Inte för mycket, men ändå så pass att de kom i tacksamhetsskuld till honom. Han hade dock inga planer på att någonsin kräva gentjänster. Det handlade bara om känslan av att vara behövd och kapabel. Han hade ofta bistått folk han kände med små tjänster. Langdonarna också. Marielle, till exempel. Där hade han gått lite utanför ramarna. Det kunde han gå med på att erkänna. Det hade varit en enkel sak att bulta Tyler mör. Svårare var att få honom att inse att det var för sitt eget bästa. Att han måste omvandla sina negativa känslor och attityder till positiv energi. Det var en avancerad slags terapi, som hade fallit så väl ut att Tyler numera var en respektabel medborgare, utan några planer på att låta sitt misslyckade äktenskap påverka sin personlighet i någon form av destruktiv riktning.

X

Skylar hade träffat den rätte. Ett något slitet och missbrukat uttryck kanske, men det var verkligen så det kändes. Hon och Mark hade inte mötts på någon överdådig fest eller mingelpremiär. De hade bara stött ihop som av en slump under en period när Skylar var i LA och filmade. Skylar satt utanför racketballbanan och väntade på sin försenade spelpartner när hon fick syn på en ganska så attraktiv kille som verkade ha råkat ut för samma öde som hon. Han stod där och försmäktade och såg allmänt ensam och övergiven ut. Hon föreslog att de skulle slå några slag medan de väntade och på den vägen var det. De hade träffats ett par gånger till. Någon gång slumpmässigt och någon gång där Skylar hade hjälpt slumpen på traven. Sedan var det klippt. Nu skulle de gifta sig och flytta ihop. Hon hade noterat att Bridget hade uttryckt ett visst mått av ogillande, men det skulle nästan ha varit mer förvånande om hon inte hade gjort det. Hon hade väl aldrig någonsin ställt sig positiv till någon av Skylars pojkvänner. Ville man mäta kvaliteten på sin erövring genom att lyssna på Bridget, var man tvungen att se nyanserna i hennes kritik. Var den mindre uttalad, kunde det vara som så att man hade gjort ett riktigt kap. Skämt åsido, men Mark var så klart speciell. Snygg, manlig och uppmärksam. Vilken tjej uppskattade inte sådana egenskaper? Kanske var han också lite annorlunda och speciell på andra sätt, men det var ju därför hon tyckte så mycket om honom. Bridget var också speciell. Minst sagt. Men Skylar tyckte om henne också. Hon log när hon tänkte på sina gamla vänner från Langdonhuset. Kul att de tänkte på henne och verkade bry sig.

Mark hade ett helt vanligt yrke, men en tjänst på hög nivå och drog självklart in betydligt mer pengar än hon själv. I alla fall för tillfället. Han var inte skådespelare, regissör, scenograf, festarrangör eller promotor. Inte ens affärsman. Han jobbade som chefskonsult för en vanlig firma. En kväll berättade Mark att han hade lyckats få ett långtidsuppdrag i Skylars hemstad. Det var bara ett rutinuppdrag, men nu skulle de kunna träffas lite oftare, eftersom Skylar trots allt fortfarande tillbringade mest tid där. Mest på grund av TV-reklamen och teaterpjäserna. Det var kanske den gesten som hade avgjort saken. Att hon ville gifta sig med Mark alltså. Så gulligt av honom att vilja ta ett uppdrag bara för att kunna komma nära henne.

Mark hade friat redan efter bara 10 månader. Så säker var han, hade han sagt. Skylar var mer tveksam. Hon hade avverkat ett antal pojkvänner längs vägen och gått igenom en del smärtsamma separationer. Därför hade hon svarat bestämt nej, första gången han försökte. Då hade de stått på en hotellbalkong med utsikt över San Fransisco, med Golden Gate i bakgrunden. Det var alltså därför han hade lurat med henne dit över helgen. Efter några veckor hade hon dock gett efter och meddelat sitt ja.

*

Bridget och Marielle var på weekendtur hos Skylar. Hon hyrde en liten lägenhet i Los Angeles, mest för att få känsla av hemtrevnad de perioder hon var i Hollywood för att spela in. Hennes rum i Langdonhuset stod fortfarande och väntade på henne, även om hon inte hade tid att vara där lika ofta som förr. Nu när bröllopsdatumet var satt, innebar det också att hennes dagar i Langdonhuset var räknade. Som gift skulle hon ge upp sina åtaganden i hemstaden och knappast ha någon anledning att sitta i sitt gamla studentrum flera hundra mil bort. Mark, hennes blivande man, var högt uppsatt i en framgångsrik firma och de hade redan köpt ett gemensamt hem i närheten av Hollywood, på behagligt avstånd från stranden och stadens centrala delar. Det var ett hus av normal standard. Inte alls att jämföra med de mer eller mindre luxuösa palats som filmstjärnor gärna blev förknippade med. Skylar såg knappast sig själv som en stjärna. Hennes roll i en film som gick upp på biograferna för ett par år sedan, var fortfarande hennes största merit. Det hade inte blivit det stora break som hon och många runt omkring henne hade hoppats. Visserligen fick hon chansen att visa upp sig i *Be Yourself Tonight*, när filmens huvudrollsinnehavare fick förhinder, men det ledde inte till så mycket mer än att reklamerbjudandena trillade in lite tätare i en period. I stället strävade hon vidare med småroller i diverse TV-produktioner. Även om hon var en i mängden av alla dem som ville lyckas, trivdes hon trots allt med livet. Hon fick syssla med det hon alltid hade drömt om, om än i mindre skala.

Både Bridget och Marielle hade träffat Mark förut. Det hände att Mark lånade firmans övernattningslägenhet när han var i stan. Den låg bara ett par kilometer från Langdonhuset och det hade hänt att några från Langdon hade stuckit över och snackat en stund eller gått ut och ätit tillsammans. Om någon månad skulle det säkert bli mer av den varan, eftersom Mark då skulle påbörja sitt uppdrag i staden. Bridget hade bara träffat honom som hastigast i övernattningslägenheten. Hon hade som väntat gått dit med sin förutfattade mening om att han förmodligen var en medelmåttig lycksökare, inte alls värdig en topptjej som Skylar. I bästa fall. Mest troligt var han en riktig skithög. Bridget hade hälsat någorlunda artigt för att de efterföljande 20 minuterna mest suttit och tittat ut genom det pyttelilla köksfönstret. Sedan hade hon ursäktat sig och lämnat Marielle och Merrakess ensamma med de unga tu.

"Han var väl sådär", hade Bridgets enda kommentar varit.

"Lite svårt att avgöra kanske. Med tanke på att du inte sa ett ord på hela tiden du var där", hade Marielle påpekat.
"Har väl öron att höra med."
"Vad var det du hörde då? Som inte jag hörde"
"Det kunde väl du höra lika bra som jag. Manlig och alphahanne. Javisst, men samtidigt en lismande typ. Pratar och går på och låtsas bry sig. Och så skrattar han för högt. Bara för att showa. Jag kan den typen."
"Så det var inget värre då?"
"Tycker det var illa nog."

Skylar själv visste hur landet låg. Hon hade lång erfarenhet av Bridgets förmåga att överreagera och börja engagera sig i saker på ett sätt som fick andra att undra om hon var riktig klar i knoppen. Otaliga gånger hade Bridget fällt nedlåtande kommentarer om Skylars erövringar. Och mer än så. Det hade till och med hänt att hon handgripligen hade räddat Skylar från enträgna beundrare, eller till och med från officiella pojkvänner. Sådana som Skylar själv kunde ha fått ligga i en hel del för att erövra. De kände varandra utan och innan och hade emellanåt haft ordentliga uppgörelser då både ord och diverse lös egendom hade kastats fram och tillbaka mellan väggarna i Langdonhuset. Det var lätt att förstå att allt bottnade i det faktum att Bridget var flata, medan Skylar var strikt hetero. Det fanns inte minsta lilla tjuvnyp att hoppas på för Bridget. Så hade det kanske varit helt i början, hade Bridget gått med på att erkänna, men efterhand hade det mer blivit så att attraktionen ersattes av moderskänslor. Bridget såg det som sin uppgift att passa på Skylar så att hon inte råkade i olycka. Uppenbarligen trivdes både Skylar och Bridget med att ha det så. För Skylar fanns det kanske en trygghet i att veta att om hon gjorde bort sig, fanns Bridget alltid där som en extra kontrollstation.

"Jag vet att du inte gillar honom och jag är egentligen inte särskilt förvånad. Han kan verka lite ytlig. Jag vet det, men annars är han världens bäste. Jag tror det kommer att bli hur bra som helst."
"Du måste ju bara ge Skylar en chans att misslyckas. Precis som alla vi andra får göra. Vi som inte har dig som extramamma", sa Marielle och höll med Skylar.
"Du ska få träffa honom lite längre ikväll. Det blir mini-gardenparty hemma hos min tillkommande. Hans lilla trädgård rymmer bara oss fyra."
"Ja-ja", suckade Bridget. "Jag får väl bara gilla läget."

Skylar körde dem genom staden och bort mot Whitely Heights. Till slut stannade hon utanför ett hus där en gul skylt hade fått en rött lysande dekal klistrad över sig med texten SOLD. Dekalen satt på sniskan och skulle förmodligen slitas bort i nästa oväder. Skylar fumlade en aning med nycklarna till den stora järnporten och när de hjälptes åt att pressa upp den, knirkade den nästan spöklikt. Deras händer färgades rostbruna som ett bevis på att portens tunna färglager hade börjat flaga av.

"Hoppas den förre ägaren inte har skött underhållet av själva huset lika dåligt", viskade Bridget mot Marielle och förde sedan snabbt handen mot sina sammanpressade läppar och drog pekfingret från vänster till höger, för att visa att hon tänkte vara tyst och positiv i fortsättingen.
"Det är inget lyxhus. Absolut inte. Jag har fortfarande ingen stabil inkomst på Hollywoodnivå och jag vill inte att Mark ska behöva skuldsätta sig upp över öronen för min skull, även om han har en del pengar att kasta in. Först blev han nästan förnärmad, men till slut höll han med om att det var en bättre ide att gå ut försiktigt. Vi får uppgradera oss när vi får råd.

"Så ridderligt av honom. Att låta dig få din vilja fram", konstaterade Bridget.

Huset var verkligen inte speciellt lyxigt. Inte direkt sunkigt heller. Det hade nog till och med varit ganska stiligt en gång i tiden, men på det stora hela var det ett hus som skulle kräva en hel del renovering. Ett av vardagsrummen var nedsänkt och hade breda trappavsatser på den ena sidan. Avsatserna kunde användas till att sitta på eller till att placera något möblemang på. Poolen hade både utedel och innedel. En lucka i ytterväggen kunde fällas upp och gjorde det möjligt att simma både inomhus och ute i det fria.

"Kunde han inte ha kostat på henne något fräschare, så välbeställd som det sägs att han är?", sa Bridget när Skylar var på toaletten.
"Ja, huset ligger liksom i en sänka också. Ingen utsikt alls, men hon är väl nöjd med att ha ett eget hem i LA och så pjåkigt är det ju ändå inte. Jag skulle gärna ha bott här."
"Han kanske hade dåligt med cash för tillfället, som det så fint heter."

På kvällen var Mark i sitt esse. Han pladdrade på, sin vana trogen. Han hade tydligen bestämt sig för att slå på stora charmen och ägna Bridget lite extra uppmärksamhet och nu var det svårt för henne att komma undan. Han la armen runt Bridgets trinda lilla kropp och låtsasflörtade med henne. Förmodligen kände han sig som Guds gåva till kvinnorna. Det var bara de fyra som satt och åt middag. Mark hade ordnat med plockmat från en av sina favoritrestauranger. När han beskrev de olika rätterna både såg och hördes det dyrt ut. Bridget lät sig så klart inte imponeras och ansträngde sig på det yttersta för att hålla munnen rak och stel i stället för att göra grimaser. På det

stora hela mjuknade hon inte upp det minsta, även om
Mark inbillade sig att hans inviter hade lyckats.

XI

Från början var Marjorie Marielles förtrogna. När hon försvann tog i mångt och mycket Skylar över rollen som bästis. Det var de två som var ute och festade tillsammans eller satt och snick-snackade i köket framåt småtimmarna. Nu skulle Skylar snart gifta sig och tillbringade allt mer tid i LA. Det förde ändå med sig något positivt, nämligen att Marielle blev bättre kompis med både Bridget och Merrakess. De kände nog varandra betydligt bättre nu än under studietiden. Bridget var en kul typ, trots att hon var läkare och ganska så seriös yrkeskvinna, speciellt med tanke på att hon hade avancerat till klinikchef. Det krävde sitt. Hon hade massor av ansvar och kunde komma hem sent och sjunka ner i någon av sofforna och vara mer än villig till att prata av sig. När det gällde ämnet Skylar visade hon fram en helt annan sida. En på gränsen till neurotisk besatthet av att lägga sig i, och oroa sig i onödan. Med Merrakess var allting annorlunda. Hon var i stort sett sorglös och dessutom den borne partytjejen. Inte en sådan som behövde inbjudningar till speciella inneställen eller från de rätta personerna. Hon såg alltid till att ha kul. Det kom naturligt för henne. Samma sak med killar. Hon var knappast en skönhet. Ganska lång, men saknade former på de rätta ställena. Något som hon mer än väl kompenserade med personlighet och karisma. Hennes måtto hade alltid varit att en man inte finner dig - du finner din man. Hon var en tjej som tog för sig helt enkelt. Marielle var i mångt och mycket hennes raka motsats. Den lite försiktiga och hyggliga tjejen som alla gillade. Henne som man ville gifta sig med. Merrakess var kanske urtypen för vad man kunde förvänta sig av någon som var uppfostrad av konstnärsföräldrar och också själv hade valt samma bana. När det gällde hennes yrkesverksamhet var hon dock betydligt mer seriös än sina mer bohemiska föräldrar hade varit. Merrakess hade sin tjänst på universitetet att falla tillbaka på om hennes konstprojekt fallerade och sanning att säga hade det verkligen gått upp och ner med konst- och galleriverksamheten. Det hände att hon sålde en del, men allt som oftast åts försäljningsintäkterna upp av kringkostnader. All tiden hon hade lagt ner ska vi inte tala om.

En kväll hittade Marielle Merakess i östra biblioteket. Hon satt nedsjunken i hörnfåtöljen. Verkligen nedsjunken och utan bok. Hon bara satt. Marielle såg på hennes ansiktsuttryck att något var på tok. Det var inte likt Merrakess att bara sitta och stirra ut i tomma luften.

"Men, hur är det med dig? Du brukar ju aldrig sitta här."
"Hmm. Jag har haft en tuff dag, så att säga."
"Okej..."
"Jag har tillbringat natten i finkan, faktiskt. "
"Fängelset? Häktet?"
"Precis...."
"Men, vad har hänt?"
Nu stannade samtalet av lite grand. Marielle satte sig på en av stolarna och väntade på att Merrakess skulle samla ihop sig. Marielle kunde förstå att hon kanske inte var jättesugen på att erkänna rakt av, om det nu var så att hon hade varit inblandad i något skumt.
"Dom kom och hämtade in mig till förhör och menade att jag hade en blomstrande karriär som pusher."
"Va? Du säljer väl inte knark? Alla vet väl att du röker på ibland, men du säljer väl inget?"
Merrakess skruvade på sig och såg sedan stint på Marielle.
"Jo, jag gör nog det, men det är liksom bara små kvantiteter marijuana, och bara till folk jag känner. Jag insåg inte ens själv att det räknades som kriminellt. Det verkar som att dom har kört en drive. Säkert nån politiker som vill bli omvald."

Marielle kände till att Merrakess gillade att ta en joint då och då. Vem gjorde inte det? Marielle hade själv provat på, men det var länge sen nu. Det som lät oroväckande var Merrakess uttalande om att det bara var fråga om försäljning i små kvantiteter och till sådana hon kände. Var det inte så alla brukade säga? Merrakess betraktade inte haschrökning eller ens haschförsäljning som ett brott. Det var upp till var och en vad de ville göra med sitt liv. Marielle var mer tveksam. Visst, hon hade rökt själv, men kände samtidigt att alltför många fastnade i någon form av missbruk.

"Men dom släppte dig alltså? Det var ju bra det i alla fall."

"Jag blev utsläppt mot borgen. Jag får vandra fritt fram till rättegången."

"Okej. Blev det dyrt?"

"Inte så farligt. Ron kom och löste ut mig."

"Aha, så bra. Ron kan man alltid lita på. Jag är inte brottsmålsadvokat, men jag känner ju lite folk inom rättsväsendet, så jag kan kolla runt och se om vi kan få tag i en bra advokat i alla fall."

"Tack ska du ha, men Ron har fixat det också."

"Okej! Ron kan man verkligen lita på! Men säg till om du vill ha någon annan hjälp eller tips. Jag är ju jurist jag också."

"Du är världens bästa."

Marielle hade tagit ledigt för att kunna vara med som åhörare på rättegången. Ron var också där.

"Det blir nog svårt att få henne friad. Dom brukar alltid slå ner på dom som säljer, oavsett hur lite det än är."

"Vi får se. Hon har fått en riktigt bra advokat. Hoppas jag i alla fall", sa Ron.

"Ja, det är väl du som betalar."

"Precis."

Förhandlingarna gick förhållandevis snabbt. Merrakess advokat var på bettet och fick det verkligen att låta som att hon mer eller mindre hade haft ett minimalt förråd hemma som några av hennes vänner hade råkat röka upp när Merrakess vände ryggen till. Åklagaren verkade trött. Förmodligen hade hon en hel hög av liknade fall och var kanske tacksam för att få det hela överstökat. Hon räknade förmodligen med en enkel seger. Till Marielles förvåning friades Merrakess helt och hållet. För Ron och de övriga fåtaliga åhörarna var det förmodligen inget konstigt med det, men eftersom Marielle själv var jurist och hade bevittnat en hel del rättegångar både under studietiden och i arbetslivet, verkade det ändå lite underligt.

"Så bra att hon klarade sig, men tyckte inte du också att åklagaren var lite slarvig?"
"Hon var väl inte bättre helt enkelt", konstaterade Ron. "Inget att bekymra sig för. Huvudsaken är att vi höll Merrakess på rätt sida om gallret."

XII

"Du har rätt. Det är något med honom, men jag kan inte sätta fingret på vad det är. "

Marielle satt i ena änden av det långa köksbordet i Langdonhuset, medan Bridget oroligt gick fram och tillbaka mellan dörröppningen, köksbordet och kylskåpet. För varje gång hon öppnade det utan att ta något, blev det allt mer uppenbart att hon hade blivit som besatt av tanken på att Skylar skulle gifta sig. När det gick upp för henne att Marielle just hade fällt en negativ kommentar om Mark, stannade hon upp mitt i sitt muttrande med öppen kylskåpsdörr.

"Så du tyckte också att han var skum? Hur menar du då?"
"Men det är inte lätt att säga efter att bara ha träffat honom ett par gånger och det har inte direkt varit fråga om några djupsinniga diskussioner. Men det är kanske det att han hela tiden ska framstå som så himla manlig. Man får nästan intryck av att han förväntar sig att Skylar ska gå igång på det här med Bad boy-imagen."
"Men, du. Det är ju precis det hon gör. Sån har hon alltid varit. Låtsats vara snälla, snygga tjejen, men faller för Mr Badguy."
"Men nu är det ju inte första gången du har negativa saker att säga om Skylars pojkvänner. Dom brukar ju aldrig duga, hur tvättäkta och välpolerade dom än ser ut."
"Det är väl just det som är poängen", menade Bridget. "Ett ytligt smil säger just ingenting mer än att det inte är att lita på. Och den här typen kombinerar ytligt flinande med nån slags macho-man jargong. Det måste vara en av hennes sämre erövringar och till på köpet har hon fått för sig att hon ska gifta sig med honom. Gifta sig!"
"Det är nog lika bra att du släpper det. Hon är så mycket äldre och mer världsvan nu än för bara ett par år sedan. Jag tror att både du och jag har halkat efter. Jag tror att

det kommer att bli hur bra som helst, och om inte så får hon väl bara skilja sig och komma tillbaka till Langdonhuset och gråta ut mot våra skuldror. Fast det är väl bara en tidsfråga innan vi som är kvar flyttar ut."

Bridget och Marielle gick bort och satte sig framför den otända brasan i vardagsrummet. Det var varmt ute och ingen hade någon större lust att tända den. Det var längesen någon hade gjort det. Det var inte det samma nu när de inte var fullt lag längre.

"Sätt dig ner och ta det lugnt en stund, Bridget. Vi kan prata om något helt annat."
Bridget slog dövörat till. "Han är inte bra för henne helt enkelt. Jag känner det på mig."
"Du måste bara acceptera det, Bridget. Han verkar kanske lite halvtöntig och det är säkert så att han inte är bra för mig eller dig. Förlåt, jag vet att du är homo, men poängen är att han kanske faktiskt är bra för Skylar, även om du inte helt ser det så just nu."
"Marielle. Alltid så förståndig och diplomatisk. Har du verkligen inget konkret negativt att säga om honom? Annat än att han kanske verkar lite töntig och kvasi-macho? Folk i allmänhet är ju töntiga."

Marielle blev alltid rebellisk när någon kritiserade hennes dumsnällhet. Hon kunde minsann också vara fräck och prata skit om folk, och det här var inte ens skitsnack. Det var bara vad hon hade hört med sina egna öron.

"Men, jo. Jag har kanske det i alla fall."
"Har du? Något saftigt som du inte har talat om trots allt mitt tjat."
"Det är inte allt man vill säga. Folk kan bli oroliga."

"Så pass! Jag är redan orolig, så du borde ha berättat det för mig. Vad är det för nåt?"

"Det är väl just det. Att du redan är tillräckligt orolig. Onödigt att du ska får vatten på din kvarn och börja spinna igång ännu mer än du redan har gjort.

"Men säg det nu då! Har du sagt A så får du säga B. Är han bög?"

"Nej. Inte vad jag vet. Okej. Det var en gång när jag var hemma hos dom i övernattningslägenheten och hade varit på toaletten. När jag var på väg tillbaka hörde jag Mark stå och prata i telefon och det han sa, eller nästan viskade, var att han hade tryckt dit den lille skiten. Tryckt dit den lille skiten ordentligt.

"Tryckt dit vem då?"

"Det vet jag inte. Det var bara ett fragment av en längre konversation. Jag vet inte ens om det var nåt slags skämt eller om det var blodigt allvar, men det lät så obehagligt. Som om han verkligen menade det."

"Jag kan nog tänka mig", sa Bridget. "Inte precis något skämt. Trycka dit den lille skiten. Den du!"

Det Mark hade sagt i telefonen den gången i övernattningslägenheten, kunde vara vad som helst, men passade liksom inte ihop med imagen om att vara Mr Perfekt värd för festen och Skylars blivande fantastiske make. Han lät snarare som en maffiaboss. Nu gjorde Marielle associationer till Gudfadern igen. Det kunde inte hjälpas. Bridget hade kanske haft rätt i sin misstänksamhet i alla fall. Borde hon göra någonting med det hon hade hört? Prata med Skylar? Säga till Ron och få honom att prata med Skylar? Vad det nu skulle leda till. Hon ville verkligen gå försiktigt fram med tanke på vad som eventuellt hände med hennes svåger. Visst var det bra att han hade tagit reson, men hur mycket hade Ron egentligen behövt övertala honom? Hon ville inte fråga och hade heller inte gjort det. Hon fick också lite ångest över att hon hade lättat sitt hjärta för just Bridget. Hon var ju, trots att hon var läkare, aningen neurotisk när det gällde Skylar och gick säkert bara och väntade på en anledning till att spinna vidare på sina teorier.

*

Bridget försökte verkligen lugna ner sig. Till och med hon insåg att Skylar skulle gifta sig en dag. En vacker dag till och med. Hon hade väl samma rätt att bli lycklig som alla andra. Bridget hade tagit till alla kända knep för att förflytta fokus från sin väninna till något helt annat. Det var en svår tröskel att kliva över. Det var som att Bridgets redan korta ben, blev så minimala att hon skulle behöva använda sig av avancerad bergsklättrarutrustning för att kunna kravla sig över krönet och acceptera Skylars val. Det var just det här med själva valet som var problemet, försökte hon i alla fall intala sig. Objektet. Mannen i fråga alltså. Det var naturligt för Bridget att avfärda alla Skylars blivande partners som skräp och sekunda varor, men om man bortsåg från det och lekte med tanken att hon faktiskt var okej med att Skylar gifte sig, så fanns det väl vissa frågetecken runt just den här Mark, eller Markus som han egentligen hette. Vad var han för en tjomme egentligen? Kan hända att hon använde sin intuition lite väl mycket och lät en hygglig kille som Mark få lida för det. Och Skylar också. Men till och med Marielle hade verkat lite tveksam och inte alls så där odelat käck och positiv som hon brukade.

För Bridget framstod Mark som urtypen för en opålitlig person. Lismande. En som ansträngde sig för att säga de rätta sakerna vid rätt tillfälle. En som hade tränat sig till social kompetens och som allt som oftast var tvungen att ligga steget före i tankegångarna för att inte bli tagen på sängen av någon oväntad situation som sträckte sig utanför mallen. Kanske skulle han då tappa fattningen och avslöja sig själv som den han egentligen var. Skulle det räcka för Skylar? Skulle hennes förälskelse plötsligt släppa bara för att Bridget kunde bevisa att detta var fråga om en ulv i fårakläder? Skulle hon inte bara klia den lille vargen bakom örat och berätta för honom hur snäll och fin han egentligen var? Hon gillade ju till och med lite tuffare killar. Men tanken var naturligtvis befängd. Varför skulle hon ge sig på att avslöja Mark som varg? Innerst inne visste hon kanske att Marielle hade rätt i sitt uttalande om att Skylar var gammal nog att ta hand om sig själv. Men det kunde nog ändå inte skada om någon i alla fall höll ett minimalt getöga på glänt. Det var bara sunt att bry sig om sina kompisar. Inget ont i det.

För egen del då? Det verkade som att Bridget var helt fokuserad på andra människors problem och gjorde dem till sina egna. Hon såg en liknande tendens på jobbet. Chefssysslan gav henne ofrivillig insyn i diverse otrevligheter och svåra situationer som man gott kunde varit utan. Borde hon inte satsa på en egen flickvän, i stället för att gå omkring och låtsas att hon för länge sen hade kommit över den där detaljen med att Skylar var hetero? Klart att hon hade försökt. Haft små äventyr, men det var inget att tala om egentligen. För tillfället ville hon ligga lågt. Hon hade nog att göra ändå. Nyutnämnd klinikchef som hon var.

*

Skylar var ofta i sitt nya hus. De dagar hon inte hade något speciellt för sig tog hon bilen och körde de två milen så fort hon vaknade. LA var en gigantisk stad med låg skyline. Något som gjorde att stadsbilden präglades av hus, hus och åter hus, gata upp och gata ner. Det gick ändå hyfsat fort att ta sig fram om hon lyckades undvika morgonruschen. Ofta stannade hon till vid Denny's och köpte med sig ett frukostpaket. Latte och blåbärsbagel var favoriterna. Trädgården var helt okej och dög alldeles utmärkt till att avnjuta frukosten i. Den förre ägaren hade kanske inte lagt ner sin själ i den, och både rabatter, buskar och gräsmatta skulle behöva ansas. Det stekte på ganska bra trots att det var relativt tidigt på förmiddagen. Huset låg i en dalgång och fick sällan ta del av svalkande vindar. Från terrassen kunde hon se att den delen av swimming-poolen som låg utomhus också var i behov av en ansiktslyftning. Flera av kakelplattorna hade börjat lossna och det skulle säkert bli nödvändigt att se över alla filter och pumpanordningar innan det blev aktuellt att kasta sig i vattnet någon gång framåt hösten.

Inredningsbiten var helt och hållet Skylars avdelning. Mark skulle snart starta sitt uppdrag i hennes hemstad på östkusten och fram till dess hade han inte så mycket tid att avvara till heminredning. Han var en av cheferna på sin firma och förväntades jobba fulla dagar. Det vill säga fram till sju-åtta på kvällen. Någon gång drog hon med sig kataloger eller varuprover och lät Mark få chansen att vara med och välja. Det gick väl sådär. Han pekade pliktskyldigast på en matta som såg fin ut. Sedan beställde Skylar en helt annan. Det skulle han knappast märka, eller bry sig om. Det enda han hade invändningar mot var swimming-poolen. Skylar ville lägga ner innepoolen för att satsa mer på att ha en enda ordentlig bassäng, ute. Hon såg framför sig något i modernt snitt med svängda former och anpassad miljö runt omkring, medan Mark var helt fascinerad av ute-/innekonceptet.

Sedan var det bröllopsbestyren. Så fort Marks uppdrag drog igång skulle hon tillbringa mesta tiden hemma. Lite i Langdonhuset, lite i Marks övernattningslägenhet och säkert en hel del hos sina föräldrar. Det var de som skulle stå för fiolerna, så att säga. De hade ju bara henne, så det verkade som att de gärna tog på sig spenderbyxorna. Dessutom hade Skylar och Mark bestämt sig för att vigselceremonin skulle äga rum i samma lilla kyrka ute på landet som föräldrarna hade gift sig i för över 30 år sedan. Det skulle bli ett lagom stort bröllop, där förhoppningen var att det skulle bli möjligt för gästerna att umgås i stället för att bara sitta och stirra ut bröllopsparet och skåla var och varannan minut. Festlokalen, Huntington hall, var i grund och botten en högtidlig och aningen stel lokal av brittisk modell, men det var ingen tvekan om att Skylar skulle göra sitt bästa för att kombinera klass och stil med en ordentlig brakfest.

I alla fall skulle det bli skönt att gifta sig. Skylar hade alltid varit den snygga tjejen som blivit uppvaktad. Av kreti och pleti, så att säga. Det var alla de sorter som anmälde sig för tjänstgöring. Hon tyckte egentligen inte att det var slitsamt. Hon var en flörtig person, som både hade vett till att tacka nej och att ta för sig. Var Mark rätt man då? Mannen med stort M? Den som skulle göra henne lycklig för all framtid? Så naiv var hon kanske inte. Visst var han tilldragande. Snygg, ganska tuff och visste vad han ville, men innerst inne visste hon att det en flicka kunde räkna med inte var rosenröda sagor eller lyckliga femtiotalsäktenskap. I Hollywood, framför allt, var bröllop ofta en kul happening. Det kändes som en bra idé där och då. Dessutom blev det gala och fest. Skylar hoppades så klart inte att det skulle bli på det sättet för henne. Att folk skulle komma på hennes bröllop för att få chansen att festa, utan faktiskt för att det var hennes stora dag och att hon och Mark skulle leva lyckliga tillsammans i en hel del dagar framöver.

"Jag sa inte flörta. På en restaurang ska du titta på killar. Inte flörta. Det är inte riktigt samma sak. Jag flörtar lite var jag vill, men du ska nog dela in flörtandet i olika nivåer för olika platser. Då kan du bäst komma till din rätt."

Som vanligt delade Merrakess frikostigt med sig av sina kunskaper om det motsatta könet inför en på gränsen till indignerad Marielle. Hon hade verkligen inte tänkt vare sig flörta eller sitta och glo på några halvmesiga typer. Hon hade bara tänkt att de skulle ta ett glas vin och en matbit, men som vanligt blev det prat om män. De växte kanske på trän, men Marielle var som sagt något mer återhållsam än Merrakess på den fronten.

"Du är selektiv. Allt för nogräknad. Du måste våga misslyckas lite mer, i stället för att odla din image om att vara miss Perfect. Du är ju en snygging."

Så höll Merrakess alltid på. Säkert bra för henne själv, men inte alltid för Marielle.

"Jag var nog mer i farten förr om åren. Jag sprang ute en hel del med Skylar när det begav sig. Vi var på release-parties och premiärer och allt vi kom åt."
"Och kammade ändå noll?"
"Inte alls. Vi umgicks med de rika och berömda."

Det var i alla fall kul att komma ut. Merrakess var sig lik. Man kunde inte tro att hon var både doktor i konsthistoria och hade eget galleri. En sån här kväll kändes hon mer som en intrigtörstande och kärlekskrank tonåring. Det var heller inte flörtning som skulle vara temat den här kvällen. De pratade en bra stund om Skylar och bröllopet, för att sedan gå över till det som de verkligen hade kommit dit för att prata om. Skidresan. Marielle och Merrakess skulle åka upp till bergen över en helg. Det behövdes kanske inte planeras så väldigt mycket, men i alla fall var det nödvändigt att beställa hotell i god tid.

"Vi får se vad vi kan hitta åt dig där", sa Merrakess.

*

Bridget hade inte kunnat släppa det Marielle hade sagt. Det hade varit som att trycka på en knapp. "Jag har tryckt dit den lille skiten. Ordentligt." Så säger inte en blivande make. I alla fall inte en blivande make till Skylar. Det skulle Bridget se till. Det var mer och mer så hon såg på saken. Från första början hade hon mer spelat rollen som gnällig, förfärad och oroad väninna. Nu kändes det som att hon hade fått ett ordentligt uppdrag. Då var det också praktiskt att ha ett nyinköpt hus där man kunde planlägga och förbereda saker som eventuellt behövde göras. Lägga sig till med en låg profil, bida sin tid och verka lugn. Det var en god strategi.

Det var därför Bridget hade flyttat. Bara så där. Hon kände väl att det var dags. Skylars bröllopsplaner verkade ha startat en kedjereaktion. Snart skulle Langdonepoken gå i graven. Brad var redan ute. Skylar skulle gifta sig och hade i praktiken redan flyttat. Näste man ut var alltså Bridget. Det sista året hade Skylar tillbringat allt mindre tid i huset och mest hållit sig i Marks övernattningslägenhet, då hon inte var i LA. Hon kom bara inom någon gång i veckan och då var det som oftast så att Bridget hade lyckats pricka in någon konferens eller sent möte, så de sågs allt mer sällan. Bridget och Skylar. De som hade varit mer eller mindre oskiljaktiga under så många år. Nu kände Bridget att det blev mindre intressant att bo kvar, eftersom Skylar inte skulle finnas där längre,

Huset var okej. Mer än okej. Hon hade köpt en ordentlig villa i ett av stadens bättre områden. Som läkare och klinikchef hade hon råd, och något borde hon ju investera sina intäkter i. Bridgets mamma hade varit på besök ett par gånger. Det gick direktflyg från Bangor. Hon hade aldrig känt sig riktigt bekväm med att hälsa på sin dotter när hon levde i det där kollektivet. De var säkert fina ungdomar allihop, men det var inte normalt att leva på det sättet i all evighet. Hon hade kanske hoppats på att Bridget skulle ha presenterat någon trevlig ung man, fast det hade hon å andra sidan aldrig gjort innan heller. Varken olovandes som tonåring eller senare. Redan efter det första besöket hade mamman lämnat spår efter sig. Inte bara i form av gardiner och krukväxter. På insidan av spegelskåpen i båda badrummen hade hon fäst en bit utskuren kartong av samma sort som Bridget hade haft på sitt flickrum hemma i Maine.

HAR DU TAGIT DINA TABLETTER?

Det var inget att ta illa upp för. Tvärtom. Som tonåring hade det varit en nödvändighet. För att överleva. Nu, 15 år senare, var det kanske fortfarande det.

Redan när hon var tonåring hade hennes mamma fått henne till att ha en kom-ihåg-lapp på skrivbordet. Efter ett par års utredningar och långa downperioder hade de hittat en medicinering som funkade hyfsat. Under förutsättning att hon verkligen tog den regelbundet, utan att glömma bort den, eller låtsas glömma bort den. På den tiden glömde hon egentligen aldrig bort den. Hon hade heller ingen lust till att låta bli att ta medicinen. Snarare var hon livrädd för att hamna i en ny down-period och gjorde allt hon kunde för att undvika det. Hon visste allt för väl hur det var. Plötsligt kunde hon sitta och se på TV utan att kunna koncentrera sig på det som utspelade sig inne i rutan. I stället kändes huvudet tungt och tankarna malde och hade fastnat på något som det kunde ta veckor och månader att komma ur. Hade hon väl fått något på hjärnan var det i stort sett omöjligt att släppa det. Det vanliga livet fick stå till sidan för grubblerier som i bästa fall stannade vid grubblerier. I värsta fall omsattes besattheten till handling. Nu, i hennes nya hus, satt lappen på insidan av badrumsskåpet. Både på över- och undervåningen. Det slog henne att hon inte hade tagit sina tabletter så regelbundet som hon hade gjort förut, då hon bodde i Langdonhuset. Å andra sidan var hon varken student eller tonåring längre. Hon var läkare och hade noggrant tagit reda på hur de verksamma substanserna fungerade. Trots allt kände hon att det inte var så farligt att missa att ta en tablett då och då, eller att låta bli flera veckor i sträck som hon hade gjort nu. Det kanske till och med var så att hon inte behövde medicinerna längre.

XIII

Nu var uppköpet ett faktum. Firman var liten och så länge Brad hade jobbat där hade hotet om uppköp varit ett ständigt samtalsämne. En kedja stod sig alltid starkare när konjunkturen vände nedåt, medan en liten firma kunde duka under. Å andra sidan räknade Brad med att en stor firma hade lätt för att skära ner i orostider. Det var inte samma sak som att gå i konkurs, men märktes lika väl. Den gamla firmans ägare var pensionsmässig och hade inga barn som kunde ta över. Han tyckte heller inte att det fanns någon som kunde bli partner och driva firman vidare efter honom, så det som återstod var försäljning. De skulle flytta in i den nya firmans kontor och till en början jobba på samma sätt som förr, men efterhand räknade alla med att de skulle smälta samman med de andra avdelningarna. Firman hade kontor i, i stort sett alla stater och vad som helst skulle egentligen kunna hända. Det kunde vara positivt. Kanske kunde han bli stationerad i någon annan stad en tid. Fast nu med eget hus och barn på väg var det kanske ändå inte aktuellt. På ett tag i alla fall.

Redan första veckan på nya firman hade Brad nästan fått en chock. Personen i fråga var ganska lätt att känna igen med sitt råa skratt, även om tonen var något grövre än för 20 år sedan. Sättet folk skrattade på var tydligen något som sällan förändrades över tid. Det var kanske lika grundläggande och ofrånkomligt som ett födelsemärke eller en persons handstil. Ränder som aldrig gick ur. Brad blev först alldeles stel. Sedan kände han hur kroppen började skälva. Det var bortemot 10 år sedan han hade blivit misshandlad av Stantons gorillor och blivit lämnad medvetslös på stranden mitt i natten med blödande sår över hela kroppen. Den gången hade han dragit slutsatsen att Stanton förmodligen var på väg att bli hemstadens maffiaboss, med tanke på hur han hade betett sig och hur grovt våld han hade använt. Brad hade missbedömt honom den gången och kapitalt underskattat hans förmåga. Han hade dömt hunden efter håren och fått sig en ordentlig läxa. Men hurdan var Stanton nu? Tydligen hade han skaffat sig både utbildning och karriär, men att han för den sakens skull hade blivit normalt funtat i skallen, hade Brad liten tro på. Den här gången skulle han vara på sin vakt. Han undvek att handhälsa på Stanton så som de flesta andra gjorde och han räknade med att Stanton inte hade känt igen honom heller. I varje fall visade han inga tecken på det.

Stanton jobbade tydligen för en konsultfirma som skulle se över organisationsstrukturen. Företagsledningen hade bjudit in till kick-off med mat och mingling tillsammans med representanter för konsultfirman. Brad höll sig medvetet i bakgrunden och bevakade noga Stantons förehavanden. Brad kände hur pulsen ökade, så fort Stanton vände blicken åt hans håll. Brad visste fortfarande inte hur han skulle förhålla sig till sin gamle plågoande. Gammal kärlek rostar aldrig. Inte fiendskap heller. Definitivt inte den sorten Stanton hade utsatt honom för. Ibland kändes det som att det fortfarande smärtade på det där stället på överarmen där Stanton hade brukat slå honom. Det var så klart bara inbillning, men Stantons närvaro framkallade vågor av obehag i Brad. Precis som Brad hade konstaterat den där gången när han gick bakom Stanton på trottoaren genom parken, den promenaden som resulterade i att han gav Stanton ett hårt slag på överarmen, visste han att han var betydligt starkare än Stanton. Fysiskt starkare. Brad var fortfarande idrottstypen. Vältränad och bred över axlarna, medan Stanton så smått hade börjat odla gubbmage, trots att han bara var drygt 30. Sin fysiska överlägsenhet hade dock inte hjälpt honom den gången han blev släpad genom gatorna efter en bil. Det var samma sak nu. De befann sig i en välputsad företagsmiljö där det knappast passade sig att slå och hota folk. Sådant beteende skulle ingen ha förståelse för. Frågan var bara vad Stanton skulle göra när han insåg vem Brad egentligen var. När han betraktade Stanton på avstånd såg han att han verkade leva kvar i sin gamla roll. Folk stod i en ring runt honom och verkade vänta på order. Stanton pratade högt och pekade hit och dit. Med hela handen som det verkade. Precis som när han var gängledare hemma på gatan. Det bådade inte gott.

*

"Han är för jävlig. Antagligen lika jävlig som när han var 14 år. Jag fattar inte hur han har lyckats bli så högt uppsatt, med ett sånt janusansikte. Han lär till och med vara en av delägarna i konsultfirman."

Ron bara log. Det var inte ofta Ron och Brad sågs efter att Brad flyttade ut till Metcliffe, men Brad hade absolut inget emot att hälsa på och ta en öl med dem som eventuellt var hemma.

"Du är alldeles för snäll och godtrogen som vanligt, Brad. Du vet mycket väl att jag alltid har sagt att det är dom som kan konsten att manipulera sin omgivning som blir något här i världen. Det finns inget som gör deltagarna i en rekryteringsprocess så lyckliga som en karismatisk och framåt person med leendet och komplimangerna på de rätta ställena."
"Den lätt framåtskjutna hakan och den genomträngande blicken är bara tecken på att personen i fråga spänner sig för att kunna ljuga så mycket som möjligt.", fyllde Brad i.
"Jag fattar poängen. Kan bara inte fatta att jag har sån otur att jag råkar på honom igen. Han låtsas så klart att han inte kommer ihåg ett skvatt av vad han sysslade med som barn."

"I en så stor organisation har han alla möjligheter att slicka uppåt och sparka nedåt. Mest nedåt, skulle jag tippa på.
"Vad gjorde han då? När du var liten, menar jag."
"Han var gatans kung. Den som bestämde vem som skulle trakasseras och på vilket sätt."
"Jaså, den sorten. Det enda som biter på dom brukar vara en ordentlig omgång."
"Jag vet. Hade jag bara varit tillräcklig stor och stark så. Men sedan blev det annorlunda. Han utvecklades mest till en medioker typ. En sån som går runt och snackar och lever på karisma.

Brad hade ingen lust att dra upp historien om hur han hade gett Stanton en smäll i parken och att han själv hade blivit misshandlad av Stantons hejdukar. Det var en så sanslös historia att han inte ville gå runt och snacka om det till höger och vänster. Det blev alltid en massa frågor om varför han inte polisanmälde Stanton, hur han mådde, om han hade träffat psykolog och så vidare. Dessutom ville han inte låta som en lipsill. I stället drog han en halvsanning.
"Jag såg honom faktiskt en gång när jag fortfarande gick på High School. Han gick framför mig på gatan och jag kände redan då att jag lätt hade kunnat ta honom. Det var verkligen frestande."
"Skulle han besvära dig igen så bara säg till. Jag hjälper dig mer än gärna."
"Tack Ron. Han är förhoppningsvis allt för vuxen för att börja jävlas. Du kan allt möjligt du, men jag tror knappast du skulle kunna röra Stanton. Han verkar sitta stensäkert."
"Det är bara tro. Inte fakta. Vill man så kan man. Så är det alltid. Skål på dig Brad, och kom ihåg att du alltid kan snacka med mig."
"Skål! Jag lovar."

*

Alla anställda hade samlats i hörsalen. I och med uppköpet av Brads gamla firma, skulle man passa på att omorganisera.

"Dom måste göra sig av med lika många som vi tog in från den nya firman", hade någon cyniskt konstaterat.

Från företagsledningen kom det självfallet inga sådana kommentarer. I stället handlade det om att ta tillvara individernas kompetens på bästa sätt. Rätt man på rätt plats. Komparativa fördelar. Efter att ledningen hade sagt sitt var det dags för den som skulle leda själva omorganiseringen att ta till orda. Det var Stanton. Föga förvånande kanske. Han skulle leda den grupp av externa konsulter som skulle utreda företagets organisation. Brad fick svårt att koncentrera sig. Faktiskt. Det var väl fortfarande det gamla som satt i. Kanske letade han fortfarande efter en öppning för att sätta någon nagel i ögat på Stanton. Bara jävlas lite grand. Sätta skräck i honom kanske. Nej, det var för farligt och för ointressant. Brad var en familjeman nu med fru, och barn på väg. Han ville inte ge sig in i någon konflikt på arbetsplatsen. Hellre med någon granne ute villaförorten, tänkte han, och drog en aning på munnen. Redan efter en månad i nya huset hade en av grannarna oombedd förklarat att de inte tyckte om fruktträd. Alltså fruktträd som stod på andras tomter än deras egen. Det kom in löv och fallfrukt på deras tomt, plus att utsikten skymdes. Det första Brad hade gjort var naturligtvis att plantera ett äppelträd. Litet och tunt, men i alla fall ett fruktträd med potential att starta en grannfejd.

"...därför måste vi effektivisera och se till att vi alltid ligger ett par pinnhål över våra konkurrenter. Genom ett proaktivt synsätt ligger vi alltid i framkant när det gäller kvalitet...."

Stanton fortsatte sitt föredrag. Brad lyssnade med ett halvt öra. Stanton berättade också att det skulle företas ordentliga undersökningar innan själva organisationsförändringen genomfördes. Det var fråga om personliga intervjuer och frågeformulär. Med mera. För många lät det oroväckande. Brad funderade mest på om han skulle vara sarkastisk eller låtsas som det regnade. Han skulle inte gilla att sitta på ett intervjurum och smila ikapp med Stanton. Förmodligen lät han någon underhuggare intervjua Brad. Så smart var han nog. Eller rädd.

*

Det dröjde inte många dagar innan Brad stod öga mot öga med Stanton. Det var så klart oundvikligt. Förr eller senare måste de stöta på varandra i och med att de vistades i samma lokaler varje dag. När Brad var på väg hem stod Stanton och rökte utanför huvudentrén. Han sken upp och hälsade glatt, nästan familjärt.
"Kul att ses igen, Brad. Det tog ett tag innan jag fattade att det var du. Herregud vad kul vi hade på den tiden. Så bekymmerslös och lycklig man var."
Brad la på ett stelt och konstlat leende. Han kände sig innerst inne både rädd och förbannad. Tja, vad skulle han säga. Det verkade i alla fall som att Stanton försökte göra det bästa av situationen. Han låtsades inte om att han hade varit en notorisk översittare. Han verkade också ha glömt bort sina helt och hållet livsfarliga maffiametoder.
"Ja, du har vuxit en del sedan den tiden när du cyklade omkring på Hayden Street och terroriserade omgivningarna", sa Brad något sarkastiskt.
"Ja, jäklar vilka busfrön vi var!"

Brad kände sig illa till mods när han körde hemåt. Det var inte många år sedan han helt och hållet hade missbedömt Stantons kapacitet, det vill säga hur rå och brutal han verkligen var. Hur många på företaget visste vad han egentligen var i stånd att göra? Förmodligen ingen. Hur farlig var han i sin yrkesroll? Hade han för vana att jävlas med folk, köra med underordnade, göra tvivelaktiga bedömningar. Det visste Brad ingenting om. Han kände bara att han var i underläge. Som vanligt. Ingenting hade egentligen förändrats sedan tiden på Hayden Street och när han blev mobbad i skolan. Den gången hade han bestämt sig för att slå tillbaka, med sin meningslösa lilla fickkniv. Det hade ändå känts som en liten seger, trots att hela skulden lades på honom själv. Flera år senare hade Stanton tryckt dit honom rejält. En upplevelse som Brad inte hade hämtat sig från ännu. Han kände sig inte alls tuff längre. Händerna darrade och han var tvungen att krampaktigt hålla fast i ratten medan han körde på motorvägen ut mot Metcliffe.

XIV

På kärleksfronten intet nytt. Marielle försökte sig på att summera upp de senaste årens erövringar. Nära noll, dessvärre. Eller dessbättre. Det var nog hennes eget fel att hon inte hade gjort sig tillgänglig för inviter. Något vidare på att ragga på egen hand var hon inte heller. Det anstod väl inte en dam. Det kunde hon i alla fall skylla på. En kväll på West Rink hade resulterat i en träff dagen därpå. Det hade varit trevligt och övernattningen hade väl också varit trevlig. Men det hade inte blivit något mer. Han hade inte hört av sig, och inte hon heller. Det hade känts som att det kvittade. Då hon studerade hade väl inte pojkvännerna direkt varit så många att de hade avlöst varandra i ett jämnt tempo, men hon hade i alla fall haft ihop det med Chesney ett bra tag. Chesney Winter.

"Det är skumt med en karl som heter Chesney", hade Bridget anmärkt, utan att förklara närmare vad hon menade. Nu kunde han väl inte hjälpa det, stackarn, att hans föräldrar hade gett honom ett namn som oftast användes som efternamn. Han kunde heller inte rå för att det som regel var tjejer som hade Chesney som förnamn, inte killar. Ett namn skämmer ingen, även om det är många som skämmer sitt namn. I alla fall så hade de hängt ihop i ett par år och det hela hade verkat riktigt stabilt och lovande ända tills det likaväl rann ut i sanden.

"Det var synd", hade Bridget konstaterat. "Han som var så trevlig och inte alls lika feminin som en Chesney borde vara."

Det var så dags att komma med sådana omdömen då. Efter att det var slut. Marielle tog väl heller inte Bridgets omdömen på samma allvar som Skylar hade tvingats göra. Hon tyckte mest det var kul.

Brad hade redan flyttat ut från Langdonhuset med sin Julie. Skylar skulle gifta sig, som bekant. Om Ron hade någon tjej visste hon inte så noga. Bridget verkade i alla fall vara singel. Merrakess också, i den mån man kunde se henne som singel bara för att hon inte hade någon fast pojkvän. Hon hade både förmågan och viljan att ordna det för sig när det gällde män. Hon hade det där lilla extra. Det som brukade kallas att linda männen runt lillfingret. Generellt kunde det verka som att den sociala gemenskapen i Langdonhuset i viss mån kunde ersätta behovet av en pojk- eller flickvän. Fast inte hur länge som helst. Marielle hade väl också tänkt på att hitta någon att leva tillsammans med. Kanske skulle det vara smart att flytta ut från Langdon först. För att realisera behovet liksom.

Marielle ljög lite grand för sig själv när hon gjorde sin sammanfattning över de senaste årens erövringar. Den sista månaden hade hon faktiskt börjat umgåtts med en kille. Helt oskyldigt bara, så det räknades verkligen inte som en erövring. Möjligen början till en flört. De hade träffats första gången när hon och Merrakess hade varit och åkt slalom över en weekend. Han jobbade någonstans i stan, men kom inte härifrån från början. Kanske gjorde beteckningen kille honom orättvis. Han borde nog mer kategoriseras som man. En kill-man. Ganska strikt på något sätt, samtidigt som han verkade ha en killes charm och glimt i ögat bevarad. Det hade inte hänt något att tala om, ännu. Han var kanske lika försiktig som hon, eller så var han bara inte så väldigt intresserad. Namnet var det i alla fall inte något större fel på den här gången. Stanton hette han. Stanton Peters, Det hade i och för sig funkat med Peter Stanton också. Fast hon brukade mest kalla honom Stan. Kort och gott.

*

Marielle och Merrakess hade till slut fått tid över till att hälsa på Bridget. Huset låg i ett av stadens bättre områden och Merrakess kunde räkna till inte mindre än sju utomhuspooler, bara från bilfönstret. Bridget hade ingen. Varken inne eller ute. Däremot hade hon en underbar terrass. Hela området låg högt och från terrassen kunde man på avstånd se hela havskusten med både hamnen och beacherna. Längst bort i nordöst kunde man nattetid se Lyndhams fyr blinka med jämna intervaller. Stan låg som i en gryta. Marielle kisade mot solen och pekade på en grön fläck, långt ner till höger.

"Det där måste vara Sheffield Park, precis bortanför Langdonhuset. Du kan spionera på oss med kikare, Bridget!"
"Så är det. Jag får hemlängtan ibland faktiskt. Det är skillnad på att bo på 15 kvadrat och att rå om ett helt hus. Det är gräsklippning, städning och gödsling. You name it. Jag kommer att bli tvungen att leja hjälp. Förr eller senare."
"Ja, stan är väl full av trädgårdsföretag."

Bridget hade lagat mat. Hon var bra på det. Den här gången skulle det bli risotto med pinjenötter med lufttorkad skinka och till huvudrätt Peasley's Surprise.

"Hann bara slänga ihop något enkelt", ursäktade sig Bridget.
"Ja, i jämförelse med dina brittiska söndagsstekar så...."
"Och tranbärssås"
"Yorkshire pudding."
"Och så vidare, bla, bla, bla. Okej, jag gillar att laga mat. Kul att vara bra på något, åtminstone."

Bridget visade vardagsrum, matrum, bibliotek och ett par mindre rum som fanns på nedervåningen. Sedan lät hon Marielle hjälpa till med att bära ut maten på terrassen, medan Merrakess gick på toaletten.

"Jag såg att du hade kvar din kom-ihåg-tabletterna-skylt. Jag kan bara inte låta bli att snoka i folks badrumsskåp", ursäktade sig Merrakess, när hon kom tillbaka från toaletten.
"Ja, jag vet. Det var mamma som satte upp den. Till och med på toan på undervåningen. Jag måste ta bort den där ifrån. Hon tror att jag fortfarande behöver behandlas som en tonåring. Tänker inte på att jag är läkare ens en gång."
"Så bra att du kommer ihåg att ta dom i alla fall, då."
"Jag tar dom inte så ofta längre. Det behövs inte. Jag har vuxit ifrån det. Det är så med en del sjukdomar."

"Konstigt. Inget tjat om Skylars bröllop idag" sa Marielle så tyst hon kunde, medan Bridget var ute för att hämta desserten.
"Nä, hon kanske är cool med det nu. Bara att acceptera liksom."
"Skönt i så fall. Vi ska nog inte ta upp ämnet." Marielle la pekfingret över läpparna.

"Vilket fint område! Man måste tjäna bra som klinikchef."
"Jo, det är liksom det som är meningen"
"Får du skära i folk nånting då?"
"Jo, faktiskt. Jag försöker ta patienter så ofta det bara går. Det är ju det som är kul egentligen."
"Snygg klänning förresten."
"Ja, den är i alla fall betydligt finare än en sjukhusrock. Man kan behöva piffa upp sig när man kommer hem. Utan tvekan."

"Inte som när du och Skylar gick på catwalken." Merrakess hann inte få stopp på sig själv. Hon skulle ju inte nämna Skylar. Det hon syftade på var den gången då Skylar gick mannekäng på Wakefords. Det var Skylars 25-årsdag, så de andra tjejerna hade klätt upp henne i krona och Ava Gardner look och skickat ut henne på catwalken som ett extranummer medan de sjöng Happy Birthday. Dessutom hade Bridget gjort henne sällskap, iklädd Charlie Chaplinkostym. Komplett med skor, hatt, käpp och mustasch. Det hela hade sett hur komiskt ut som helst, med tanke på kontrasten mellan den trådsmala Skylar och den ungefär hälften så långa och lite rundnätta Bridget.

"Tala inte om det", sa Bridget. "Århundradets pinsammaste grej."
"Men det blev ju succé. Det var nära att du fick kontrakt, till och med."
"Dom fisförnäma typerna bara rynkade på näsan. Hade liksom ingen humor för fem öre."
"Men, publiken jublade ju, och han med polisongerna ville ju ha med dig i reklamfilm."
"Kanske det du. Ända tills han upptäckte att jag inte var hetero, den slemmige gubben.
"Med polisonger och allt!"

"Får vi inte gå husesyn däruppe då? Det har vi glömt", sa Merrakess."
"Det finns inte så mycket där. Bara ett par sovrum och mitt badrum. Och så salen."

Merrakess föste en något ovillig Bridget framför sig uppför trappan. Salen visade sig vara ett gigantiskt rum och hade till och med fönster i taket. Det ljusa parkettgolvet knirkade när de steg in i rummet.

"Dom som byggde huset använde nog salen för fester och mottagningar. Ungefär som balsalen i Langdonhuset, även om den här är av modernare snitt. Den förre ägaren använde den som hobby- och lekrum. Han lämnade kvar biljardbordet, till och med."

"Så schysst. Och vilket speciellt rum. Du får väl hålla traditionen vid liv då och bjuda in till fest" tyckte Marielle.

"Ja, vi får se. Till vintern kanske. Jag ska försöka dra igång brasan också", svarade Bridget och såg mot den öppna spisen, som såg ut att vara i behov av renovering.

På väg bort mot trappan ryckte Merrakess lite förstrött i en av de stängda dörrarna.

"Ooops."

I stället för att se in i ett nytt och spännande rum, blev hon stående framför en låst dörr.

"Ja, dom andra rummen är igenbommade. Det är bara en massa bråte därinne än så länge. Inget att se. Dessutom måste dom renoveras."

"Gud vad fint det var. Bridget har smak, måste man säga", sa Marielle när de steg in i bilen för att åka.

"Ja, men spooky med dom där låsta rummen."

"Varför då?"

"Ja, man vet aldrig vad hon kan ha därinne, eller vad hon gör där. Jag är kanske inte så säker på att hon har alla hästar inne i hagen. Var det inte så att hennes medicinering skulle var livslång? Konstigt om hon har slutat med tabletterna."

"Men, nej. Det kan jag inte tro. Hon verkar ju vara i bra form."

"Men jag hittade något underligt uppe i salen. Det stod ju ett skrivbord nere i hörnet och där låg det en hel bunt ark som det stod OK på. Det är OK."

"Och?"

"Det stod samma sak. Upp och ner på alla arken. Rad upp och rad ner. Verkade det som i alla fall. Det måste ha varit minst tretti ark i alla fall. Är inte det lite underligt."

"Det kanske är nåt som den förre ägaren har lekt med."

"Sånt lämnar man väl inte kvar. I alla fall så tror jag att Bridget borde gå tillbaka till sin tablettdos."

"Men hon är ju läkare. Hon borde veta bättre än vi, och du bara gissar ju."

"Det är just det som kan vara skumt. Hon är läkare och kollar sig själv. Det är inte säkert att en annan läkare hade gjort samma bedömning."

"Vi får se."

"Ja, det visar väl sig."

XV

Marielle låg och vilade på sängen i sitt rum. I sitt flickrum, tänkte hon. Här kunde hon ligga och tänka på oväsentligheter. Hennes nuvarande livsstil befriade henne från tvånget att tänka på praktiska saker, som till exempel amortering, renovering och att vara en så perfekt mamma som möjligt. I stället kunde hon leva kvar i sin egen lilla värld där man utan dåligt samvete kunde ligga och tänka på saker som för många kunde betecknas som just oväsentligheter.

Hon hade tänkt en del på Stanton, eller Stan. Stan lät bättre. Var han något att satsa på? Svårt att bedöma egentligen, efter så kort tid. Det hade fortfarande inte hänt något på allvar. Det hade bara träffats ett par gånger. Det kunde gå hur som helst, men verkade lite trögt än så länge. Hon hade kanske inte lagt ner hela sin själ i projektet heller, men kände ändå att det kunde finnas något att bygga vidare på. Hon hade en hel del annat att tänka på, faktiskt. Inte bara oväsentligheter. Hon hade ett nytt jobb och det krävde sin tid. Dessutom hade projektet med att hitta meningsfull sysselsättning åt sina småsyskon, visat sig vara nog så slitsamt. Jonah, som faktiskt hade börjat på väktarutbildning, hade sagt upp sig från företaget som anordnade utbildningen, precis när han var klar med kursen. I stället hade han börjat jobba deltid på KFC. I alla fall ett jobb, även om det var på en snabbmatsrestaurang. Jennah hade börjat på en kortare farmaceutkurs. Tanken var att hon skulle kunna jobba som apoteksassistent. Även de butiker som sålde allt möjligt annat, i tillägg till apoteksvarorna, behövde ofta en farmaceut. Det var ändå som ett respektabelt yrke. Jennah var trådsmal, precis som sin pappa. Marielle kom ihåg honom väl. Han hade ett flertal motorcyklar som var hans ögonstenar. Jennah var också hans ögonsten. Speciellt efter att han hade flyttat. Han kom alltid och hälsade på när Jennah hade födelsedag. En gång hade Jennah erbjudit Marielle att få dela på hennes pappa eftersom Marielle inte hade någon egen. Jennah var alltid en gullig unge. Sist hon hade träffat Jennah hade hon varit svår att få något vettig ur. Hon hade suttit i fönstret med utslaget hår och dragit långa bloss. Apoteksutbildningen hade hon hoppat av. Eller tagit sabbatsår, som hon själv uttryckte det. Vad hon skulle använda sin frihet till hade hon ingen långtgående förklaring på. Men budskapet var solklart. Marielle skulle inte oroa sig. Hon kunde ta vara på sig själv hur bra som helst. Hon var heller inte i behov av fickpengarna som Marielle betalade ut till både Jennah och Jonah varje månad. Jennah skulle försörja sig själv, påstod hon. Tammy hade tröstat Marielle med sitt vanliga så-är-det-här-ute-snack. Tammy hade i alla fall fått riktigt bra ordning på sitt liv. Jobbade heltid, hade ungarna hos dagmamma och hade inga som helst problem med Tyler. Han var, enligt uppgift, som förbytt. Klädde sig riktigt respektabelt och hade fått ett jobb som innebar en del resor. Här i stan, konstigt nog. Tammy visste inte exakt var.

Marielle sträckte ut armarna framför sig, tog spjärn med fötterna mot madrassen och tvingade upp resten av kroppen så att hon stod upprätt mitt i sängen och såg ut över den parklika trädgården. Det var ett tanttest. Så länge hon kunde ta sig upp i en sammanhängande rörelse var hon utom fara. Hon var fortfarande vig och någorlunda ung. Under sommarsäsongen brukade Ron anlita en firma som klippte gräsmattan och motade bort övrig undervegetation. De äldre träden var underbara att ha i en trädgård. Hon såg framför sig hur en åttaårig Ron sprang mellan träden och lekte kurragömma med sig själv. Han hade berättat att han tillbringade minst ett par veckor i Langdon varje sommar som barn.

Marielle hörde ekdörren slå igen. Det var ett av de ljud som hörde till huset och som man aldrig kom undan. Här uppe på tredje våningen var smällen dov och störde inte på något sätt. Det var mer en signal som visade att huset var levande. För Marielle hade det alltid varit svårt att stilla sin nyfikenhet. Hon gjorde sig ofta ärende ner i köket för att få reda på vem det var som hade kommit. Hon gjorde också det till en tävling att gissa vem det var. Genom att kombinera dörrljudet med stegen över brädgolvet, gick det att höra skillnad på någon som var sävlig och någon som mer trippade fram. I det här fallet var hon inte säker, men visst var det väl så att hon var ganska sugen på ett glas juice.

Redan när hon kom utanför sovrumsdörren sken hon upp och skyndade på stegen. Bridgets lite gälla stämma var inte att ta fel på.

"…..han kan få det…."
"….det går att ordna. Lovar jag…bara säg till…."
"…har förtjänat det och mycket mer…"

Marielle ryckte till. Ofrivilligt. Ron och Bridget satt i vardagsrummet och pratade om något. Hon hade hört Rons ord förut. "Hjälpa till." "Går att ordna." "Snacka med mig." Vad det nu kunde innebära. Det visste hon ju inte eftersom hon inte hade haft lust att fråga, men innerst inne visste hon. Att Ron hade hjälpt till och att resultatet hade blivit bra. Ändå ville hon inte vara med om det igen. Rösterna tystnade tvärt och Marielle förstod att de som satt i vardagsrumment hade hört stegen i trappan.

"Marielle! Hur är det?"
Bridget nästan hoppade upp och kramade henne.
"Har det blivit nåt med den där killen? Hörde att han har ett maskulint namn. Då går det nog bättre."
"Och du då? Hur går det med festsalen?"

Marielle satte sig ner i ena soffan och pratade bort några minuter. Det slog henne att Bridget inte hade nämnt varför hon hade kommit och det verkade inte som att hon hade tänkt avslöja det heller. Skulle Ron hjälpa henne med något? Något i sitt hus, kanske. Så var det antagligen.

"Jag kommer och hälsar på nästa månad eller nåt. Vi ses!", sa Marielle och återvände till sitt rum. Utan att ha fått med sig något juiceglas.

XVI

"Bridget! Hur skär du egentligen? Det ser värre ut än när en illamående och övernervös student i första årskursen varit framme."

"Men, ja jag vet. Jag bara slarvade igenom alltihop. Jag har inte bråttom egentligen, men det är så mycket att tänka på nu när jag i stort sett bara jobbar med administration och planläggning. Det är därför det är så skönt att göra något praktiskt emellanåt. Jag lovar att skärpa mig i fortsättningen."

"Det får gå för den här gången", sa Rainer med sin vanliga skämtsamma jargong. Han jobbade fast som obducent och var självfallet betydligt skickligare än Bridget och tyckte kanske innerst inne att det var helgerån, detta med att chefen kom ner och lekte med hans kroppar och dessutom skar som en tok och sydde igen lite hur som helst.

"Du får lova att plåga de andra enheterna lika mycket som du plågar oss på obduktion, så ska jag inte jämra mig. Skadeglädje är den enda äkta glädjen."

Det var sent på eftermiddagen och Bridget och Rainer följdes åt på väg till parkeringshuset. Det skulle bli skönt att smita hem och strunta i att läsa de senaste meddelandena. Hon skulle ha ett par viktiga möten redan följande dag, men skulle inte ha tid till att sätta sig in ordentligt i vad det egentligen handlade om. Det fick gå ändå. Den senaste tiden hade hon fått en hel del annat att tänka på. På det privata planet. Men hon var riktigt nöjd med resultatet i obduktionssalen. Hon hade varit där ensam flera gånger förut för att träna. Efter 4-5 försök tyckte hon att hon hade lyckats och Rainers omdöme bekräftade just precis det. "Du skär värre än en förstaårsstudent", hade han sagt. Alltså som någon som egentligen inte kunde skära alls. Som vilken som helst. Inte som en tränad läkare som visste var organen satt. Hon hade inte tränat på att skära bättre, utan på att skära sämre. Så att det skulle se ut som att vem som helst hade gjort det.

*

"Du ska ha ett gevär!"

"Utan specialträning träffar du bara med ett skott av tio och då är det ändå inte säkert att skottet sitter där det ska. Kanske har du bara sårat någon i benet. Det kan vara lika illa som att skadeskjuta en grizzlybjörn. Glöm det där med westernfilmerna. Om du ska kunna skjuta prick på avstånd, måste du träna i månader och år. Då blir du dessutom van vid att ligga eller stå i inövade positioner. Du har vadd i öronen, perfekt sikt och har tid att koncentrera dig. Du är knappast nervös eller stressad och du har tid att hålla andan medan du skjuter. Då kan du kanske pressa fram serier med tior och nior och få en pokal med dig hem. Men i en skarp situation. Glöm det! Då ska det mycket till att träffa med någon reda. En skadeskjuten grizzly är vad du måste räkna med. Du ska inte ha en pistol. Satsa på gevär i stället. Då ökar du chanserna direkt."

Bridget hade gått med i skytteklubben. Alltså inte i pistolskytteklubben eller i lerduveskytteklubben. Det här rörde sig om nöjesskjutning. Folk som ägde vapen och fann nöje i att bara skjuta med dem. Ofta samlades man på lördagar för att prata och skjuta och jämföra varandras vapen. Det var socialt. Som vilken annan klubb som helst. Man fikade och grillade. Och sköt. Hade man väl köpt ett vapen (eller flera) så ville man så klart skjuta med det också. Meningslöst att ha det i en låda i väntan på inbrottstjuvar eller tillfällig sinnesförvirring och påföljande skadeskjutning av äkta maken eller makan. En del gillade helt uppenbart när det smällde. Därför hade de också skaffat sig vapen av grov kaliber. Många gav uttryck för att kunna all möjlig trivia om alla möjliga vapen. I klubben fanns det också en hel del kufar som oombedda gärna förklarade hur man enklast skulle ta livet av sina medmänniskor. Hur de nu kunde veta det så tvärsäkert.

"Lösa skott är bäst. Ta av skyddsbygeln som pulveriserar det lösa skottet. På så sätt går själva skottet in i kroppen. Sakta. Och ligger och gör skada, innan man till slut dör. Långsamt och med otroliga plågor."

"Hagelgevär är det mest underskattade vapnet som finns. En hagelsalva har betydligt större räckvidd än en enstaka kula. Har du bara mod nog att gå tillräckligt nära så kan du inte missa. Ingen av kött och blod överlever en sån smäll."

I alla fall hade Bridget beslutat sig för att göra precis så som hon hade blivit rekommenderad. Att satsa på gevär framför pistol. Efter ett antal provserier hade hon nästan lyft på ögonbrynen då hon insåg att den pratglade kufen faktiskt såg ut att ha haft rätt. Det han inte hade nämnt var det faktum att ett gevär var betydligt större än en pistol och inte lika enkelt kunde döljas innanför skjortlinningen eller varför inte i handväskan. Hon var ju trots allt en dam. Ingen sådan som sköt vilt omkring sig.

Nu hade hon bestämt sig. Definitivt bestämt sig. Länge hade hon varit i valet och kvalet och nästan hoppats på att bröllopet skulle tidigareläggas så att hon inte skulle kunna genomföra sina planer. Som om det skulle ha hjälpt. Som om själva bröllopet var en slutstation. Att hon på något sätt var tvungen att ta livet av Mark före bröllopet och att det skulle vara för sent efteråt. Då när han skulle sitta skyddad i sitt hus med Skylar. Så var det naturligtvis inte. Det var bara en psykisk barriär. Hon ville få det gjort före bröllopet. Inte efter. Det var så långt in i framtiden hon orkade förmå sin hjärna att arbeta. Hon skulle inte stå ut med att först se Skylar gifta sig, därefter planlägga, och till sist slå till någon gång långt fram i tiden. Hon måste få det gjort före bröllopet helt enkelt. Och hon hade tid på sig. Bröllopet var i augusti. Det var gott om tid. Denne Markus, eller Mark som Skylar så kärleksfullt kallade honom. Han skulle få sina fiskar varma. Få veta att Skylar hade vänner som passade på henne.

Så var det det där lilla problemet med att utföra själva mordet. Hon var inte hårdhudad precis. Orädd och rättfram, javisst, men knappast någon tuffing som tog livet av folk i parti och minut, så det hon tänkte göra skulle kräva planläggning in i minsta detalj. Hon måste ha en plan och en reservplan och en reservplan till reservplanen. Minst. Hon skulle slå till när hon var säker. Inte göra något impulsivt. Komma rusande med en skalpell, halka på en trottoarkant och skära sig själv istället för Mark. Ingenting sådant.

Till slut kom hon fram till att hon inte skulle skjuta över huvud taget. Så mycket hade hon förstått. Det innebar också att plan A fick skrotas. Annars hade den varit bra, hade hon själv tyckt. Hon skulle vänta på Mark utanför hans hus och sätta en kula i honom. På behörigt avstånd. Som en krypskytt. Går inte, hade hon förstått efter att ha lyssnat på den där kufen på skytteklubben. Chansen att verkligen träffa var minimal. I alla fall för en sådan som hon och i alla fall med pistol. Gevär skulle i så fall vara ett bättre alternativ, men hon kände att hon inte var i stånd att kånka omkring på ett sådant inne i ett bostadsområde. Det fanns så klart monteringsfärdiga gevär som kunde sättas samman på några minuter. Men åter igen. Det var inte något för henne. Hon hade inte nerver till det.

Plan B var vid närmare eftertanke inget att hänga i julgranen den heller. Hon hade tänkt sig att skära i offret, utan att ha någon klar plan för hur själva dödandet skulle gå till. Skära på ett sådant sätt att vem som helst skulle kunna bli misstänkt. Utom hon själv. Det var därför hon hade lagt ner energi på att lära sig att skära fel. När hon tänkte sig om kändes hela planen meningslös. Varför bemöda sig med att skära i en redan död människa bara för att försöka leda misstankarna bort från henne själv? Det kunde snabbt vändas till hennes nackdel i och med att det skulle ta betydligt längre tid i anspråk. Det enda hon egentligen var ute efter var att ta död på kräket. Ett snabbt stick skulle vara nog. Huvudsaken var att det tog där det skulle. Sedan skulle hon bara förpassa sig iväg utan att skära minsta lilla. Fast det var heller ingen gångbar plan. Annat var det med plan C.

Plan C: Förgiftning. Det var ett område Bridget behärskade. Lika bra som att skära och betydligt bättre än att skjuta. Något som hon hade visat sig vara helt hopplös på. Hon hade börjat specialstudera olika gifters verkan i kroppen. Klassiskt gift i form av arsenik kom så klart inte på fråga. Nu för tiden fanns det långtidsverkande gifter som var svåra att spåra. Till och med svåra att skilja från naturlig död. I den mån det var naturligt att dö vid 35 års ålder. Hon visste när Mark fyllde år och hur mycket. Från det att Mark fick giftet skulle det dröja ett tag innan han kände av effekterna. Men när giftet väl hade börjat verka skulle det gå relativt fort för honom att dö. Förhoppningsvis skulle det ske i god tid före bröllopet.

Hon visste att det fanns dödliga substanser som hon enkelt kunde få tag i på sjukhuset. Därför tänkte hon inte använda någon av dem. I stället skulle hon satsa på något som bara fanns att köpa på gatan. Substansen hon var ute efter var en klorförening som inte användes till någonting inom läkemedelsindustrin eftersom den ansågs för farlig. På gatan användes den dock för inhalering. I små doser var det inte så farligt. En helt annan sak var att lösa upp den i alkohol och dricka den. Det tog förvånande lång tid för substansen att börja göra skada. Den låg och vilade i minst en månad, utan att passera levern, innan den kom igång, men då gjorde den det med besked. Magsäck och tarmar frättes sönder på relativt kort tid och patienten hade små möjligheter att överleva även om den fick behandling med en gång. Det här var den perfekta mordmetoden för Bridget. Hon kände hur fegheten genomsyrade alla hennes porer och hon skulle behöva den trygghet det innebar att inte ens vara i närheten av offret när det låg och kämpade för livet någonstans långt borta. Själv skulle hon bara vakna upp någon vacker dag och få höra att Skylars tillkommande av någon mystisk anledning hade avlidit. Hastigt, men inte alls lustigt.

*

"Bridget, vakna! Frukostpannkakorna är klara. Du borde ha vaknat av doften för länge sen. Det finns färsk lönnsirap också."

Bridget vände sig om i sängen och stönade. Hon var trött och ville bara somna om. Sedan tänkte hon på i går kväll. De hade älskat passionerat. Ordentligt och nästan lite halvvilt. Inte konstigt att hon var så trött. Skönt trött.

"Vänta, jag kommer!"

Bridget satte sig vid köksbordet och läppjade på kaffet. Hon ryckte till när hon brände sig på tungan och satte ned koppen igen för att låta den svalna.

"Brände du dig, kära?" sa Skylar och smekte henne lätt över kinden.
"Det var tur i oturen att Mark försvann så där konstigt. Nu när vi har funnit varandra."

Bridget vaknade tvärt upp ur sitt dagdrömmeri. Det var en typ av drömmar hon alltid hade haft. Att Skylar plötsligt skulle byta sida och börja intressera sig för henne. Det var inte därför hon tänkte ta kål på Mark. Absolut inte! Hon var fullständigt klar över att Skylar inte var lesbisk, eller ens bifil och heller aldrig skulle bli det. Skylar skulle aldrig någonsin få reda på att det var hennes verk. Hon skulle kanske inte ens inse att hon hade blivit räddad från en skitstövel. Inte känna någon tacksamhet alls. Kanske skulle hon bara känna sorg. Men Bridget visste att i det stora hela, i ett större perspektiv, var det hon stod i begrepp att göra, det enda rätta.

*

Det fanns absolut en anledning till att ett par av rummen på övervåningen var låsta. Den gången Merrakess hade försökt öppna en av dörrarna och tjuvkika, blev hon stående med handtaget i handen utan att få någon lön för mödan. Då hade Bridget skyllt på att rummen var i oordning och behövde renoveras. Sanningen var en helt annan. Hon behövde ett utrymme där hon kunde pyssla med sitt. Fritt från insyn och med en ordentlig dörr som kunde låsas, i tillfälle at någon kom på besök. Det var där hon förvarade sina vapen. Salongsgevär, hagelgevär och pistol. Först hade hon till och med tänkt inreda stora salen till skjutbana. För att kunna träna ordentligt. Nu hade hon slutgiltigt övergivit skjutplanerna, men behöll vapnen tills vidare. I stället behövde hon använda rummen till sina medicinexperiment. Det blev som ett litet hemmalaboratorium. Passande för en läkare eller hobbykemist. Inget konstigt med det egentligen, med undantag för att Bridgets syfte var att hitta ett effektivt gift. Inte att underhålla sig själv.

Bridget såg på sitt privata medicinförråd. Det som hade varit henne troget sedan tidiga tonår. Hon bröt förseglingen på en av burkarna. Sedan la hon de tre små tabletterna i handflatan och såg på dem ett kort ögonblick. Därefter kupade hon handen en aning och kastade in pillerna i munnen. Hon svalde dem utan vätska. Det kändes mer då. Som att hon verkligen ville känna att hon var under medicinering. Ett tag hade hon slutat helt. Då blev hon sittande hemma om kvällarna och skrev listor. Nu var hon snart uppe på full dos igen och det kändes ganska komfortabelt. Om hon inte tog sina piller kunde hon bli tokig i det långa loppet. Eller i alla fall nedstämd och förvirrad. Hon tänkte på den tunna linjen mellan galenskap och genialitet. Hon, Bridget, den smarta tjejen, med IQ gott över 130, som hur enkelt som helst klarade medicinstudierna. Var hon så intelligent att det kunde slå över för henne? Hur många genier var det inte som fick agera skurkar i serietidningar. De var så smarta att de hade blivit galna på kuppen och ville ta över världen, eller åtminstone gå i land med det perfekta brottet. De utnyttjade sin begåvning till att göra ont i stället för gott.

För Bridget var det inte så. Hon var varken tokig eller ond. Istället gick hon den smala vägen. Var läkare och gjorde gott. Det kunde knappast någon neka till. Det här med att hon var tvungen att ta livet av Skylars blivande man, var bara ett nödvändigt ont. Hon njöt inte av det. Inte det minsta. Det var bara så att hon var tvungen. För andra var det kanske bara indicier och fantasifoster, men för Bridget var det allvar. Hon såg det andra inte såg eftersom hon hade stått Skylar så nära. Vad gjorde Mark här i stan förresten? Hade någon kontrollerat hur han skötte sig där han jobbade? Eller vilka flickvänner han hade svikit under resans gång. Skylar förstod inte sitt eget bästa. Det var bara därför Bridget var tvungen att hjälpa till. Det skulle inte räcka att skada Mark, till exempel att hälla syra i ansiktet på honom. Sådant skulle bara väcka medlidande. Mark måste upphöra att existera och ingen annan än hon förstod att detta var ett uppdrag som måste utföras. Sorgligt men sant.

XVII

Marielle öppnade den tunga ekdörren på Langdonhuset. Så som hon hade gjort så många gånger förut. Oräkneligt många gånger. Hur många gånger öppnar en människa egentligen sin ytterdörr på ett år? 730 gånger, minst. Om man går ut och in en gång per dag. Förmodligen betydligt mer än så. Säkert 2000 gånger. Nio år gånger 2000 öppningar. Det blir några stycken.

Entrén låg i anslutning till vardagsrummet. Marielle gick sakta över golvet innan hon stannade till vid den första fåtöljen. Hon såg den öppna spisen framför sig. Det var länge sen någon hade bemödat sig med att elda i den. Borta i korridoren låg köket och rakt fram, till vänster om spisen, fanns trappan som ledde till övervåningen och sovrummen. Allt såg onaturligt ordentligt och prydligt ut. Inte som ett levande hus där det bodde levande människor. Den uppenbara anledningen var att det var måndag, och att städhjälpen precis hade varit där. Det var alltid en speciell känsla att komma hem till ett tomt hus. Vetskapen om att här egentligen bodde livs levande människor, men att det just för tillfället var alldeles tomt och att hon skulle kunna göra som hon ville. Slänga upp fötterna på bordet, peta sig i näsan, eller slänga skräp i riktning mot den öppna spisen utan att träffa. Sådana små saker som överjaget egentligen hindrade en från att göra när man bodde tillsammans med andra och förväntades hålla sig inom godtagbara sociala och moraliska gränser. Sådana små saker som hon skulle kunna unna sig om hon bodde själv. Visst hade hon tänkt på det många gånger, speciellt nu när både Brad och Bridget var borta och i princip Skylar också.

Marielle hade inte sovit hemma den här natten. Hon gick direkt till jobbet från Stans lägenhet. Allt hade gått betydligt bättre än väntat med Stan. Det var ett bra tag sedan de hade träffats den där första gången på skidresan. Merrakess hade så klart hejat på och velat ha det till att Marielle hade ett jättekap på gång, men det hade hon säkert sagt om vem det än hade gällt. Sådan var hon. Sedan hade det dröjt flera veckor innan de hade setts på nytt, och då hade det inte hänt så mycket heller. Men nu, flera månader senare hade det smällt till och blivit övernattningsdate till och med. Vem hade kunnat tro något sådant?

Ekdörren öppnades på nytt och en välkammad Ron stegade in och satte sig i en av sofforna. Det var inte varje dag de hann ses nu för tiden. Ron tillbringade allt mer tid på firman nu när han var sin egen.

"Hej. Hur går det på jobbet nu då?", undrade Ron.
"Bara bra. Dom gillar mig. Tro det eller ej."
"Tro!? Det var ju ändå jag som rekommenderade dig."
"Dom betalar bra också. Precis som du sa att dom skulle."
"Det blir gärna så", sa Ron och la upp fötterna på bordet.

Han gjorde precis så som Marielle själv inte kunde tillåta sig att göra. Det var exakt precis i det ögonblicket som Marielle insåg att tiden var mogen. Ron kände sig som hemma i Langdonhuset, medan hon själv efter nästan tio år tydligen kände sig hämmad och upplevde att hon tassade omkring i någon annans hus och inte ens vågade slänga upp fötterna på bordet.

"Du, Ron. Jag ska förresten flytta."

*

Nu när Marielle äntligen hade fått tummarna ur, satte hon direkt igång med att leta bostad. Skulle hon satsa på hus eller lägenhet? Köpa eller hyra? Hon hade egentligen inget större intresse av att bo i hus. Se bara på Bridget. Hon fick ägna större delen av sin fritid åt hus och trädgård. Det var i alla fall det hon brukade säga när hon lämnade återbud till än det ena, än det andra. Hon var betydligt mer busy nu för tiden, som det verkade. Det fick bli lägenhet för Marielles del. Det gällde bara att hitta rätt objekt och rätt område. Kanske de nybyggda och flashiga lägenheterna nere i hamnområdet kunde vara nåt. Lite väl långt till jobbet kanske. Hon fick se. Huvudsaken var att processen var satt i rullning.

Marielle tog sig tid till att hälsa på Tammy. Det var länge sen sist. Det var henne av sina syskon som hon hade haft bäst kontakt med. Hon var också den näst äldsta i syskonskaran och bara tre år yngre än Marielle, så de hade i praktiken växt upp tillsammans. De två yngsta, Jonah och Jennah, bodde fortfarande hos storasyster Tammy. Dem kunde hon i bästa fall träffa på som hastigast. De var mest med kompisarna. Marielles planer om att få in dem i respektabla yrken, hade som sagt grusats en aning. I alla fall för tillfället. Förutom Tammy, Jonah och Jennah, så fanns de två mellansyskonen. Dem såg man inte mycket av. De hade bildat familj tidigt och bodde i helt andra delstater, ett par hundra mil bort. Hon tvivlade på att hon nånsin skulle se dem igen, möjligen med undantag för begravningar och bröllop. På tal om begravning så hade det gått ett drygt år sedan mamman hade jordfästs och det var dit hon och Tammy var på väg. De lastade barnen ur bilen och gick den sista biten fram till kyrkogården. Den var riktigt trevlig. Låg lite avsides i kanten av ett äldre bostadsområde, där de omkringliggande träden var av så pass hög ålder att de både gav skydd mot solen och fick hela området att verka tryggt och ombonat. Tammy utfodrade barnen med bullar och gav dem förmaningar om att låta bli att springa omkring och att hålla sig någorlunda tysta medan de befann sig på kyrkogården. Marielle hade ordnat med en gravsten i solid granit. Det var något ordentligt att ha som en fast punkt i tillvaron. Marielles pappa var antagligen inte begravd på det sättet. Hon visste inte ens var han kunde finnas. Förmodligen i Wisconsin eller Minnesota, där de bodde på den tiden. Det var något som mamman aldrig hade velat prata om. Marielle hade hur som helst inget minne av honom, eftersom hon bara hade varit knappt två år då han dog.

"Hur går det för Tyler nu då?, undrade Marielle. "Har han kvar det nya jobbet?"
"Jodå, det verkar gå bra. Tjänar visst bra också, som det verkar. Aldrig några problem om något ska betalas för barnen."
"Vad är det för sorts jobb då?"
"Jag vet inte egentligen. Men han reser en del och så tror jag att han tar hand om transporter och säkerhet. Organiserar och håller på. Han verkar vara någon slags allt i allo för chefen på företaget, så han är mer eller mindre bosatt där borta, utom dom helgerna han har barnen. Det måste vara i närheten där du bor, men jag vet inte exakt vad firman heter."
"Inget skumt då?"
"Det verkar det inte som. Det lilla jag vet. Tror att det är en helt vanlig firma av något slag."
"Så kul att allt går bra."
"Ja, tack vare dig och din kompis Ron."
"Ja, tror du det, men det var väl inte det som fällde avgörandet precis."
"Men, jo. Det var verkligen det. Tyler fick sig en ordentlig uppsträckning och sen var han from som ett lamm. Det vet du ju, eller hur?"
"Nej, men jag vet ingenting egentligen. Menar du att Ron kunde övertala honom?"

"Det var väl mer en fysisk övertalning, så att säga. Tyler fick ordentligt med stryk, helt enkelt."

"Herregud. Var det verkligen så? Jag visste ju att det var något, men aldrig på det sättet."

"Men, jag trodde att du visste. Egentligen. Att det var du som hade beställt det liksom."

"Aldrig! Jag skulle aldrig kunna göra något sånt. Jag hade verkligen ingen aning. Det här känns ju hemskt. Jag kommer ihåg att jag berättade för Ron vad som hade hänt, men att han tolkade det så..."

Marielle var utom sig av både förvåning och skam. Hon som såg sig själv som en i stort sett reko person.

"Men så ska du absolut inte ta det. Jag är ju bara tacksam. Det har jag varit hela tiden. Allt gick ju smidig med skilsmässan tack vare att Tyler var så foglig. Du kommer väl själv ihåg hur tystlåten han var när allt skulle skrivas på. Han till och med tog dig i hand och tackade för hjälpen", sa Tammy. "Som en söndagsskolegosse."

"Jo, men då var det ju av rädsla och inte av fri vilja. Vad ska man säga om sådant?"

"Men, det är okej, har jag ju sagt. Du vet. Vi här ute är mer vana vid våld och konflikter i praktiken. Du som lever ett så välordnat liv har kanske bara sett sådant i dåliga filmer. När allt kommer omkring så var jag en överviktig mamma med låg intäkt och man med kontrollbehov. Och en del av grannarna är likadana. Så jag har sett och hört en hel del om domestic violence och annat saftigt. Men det är inte sådant jag har haft lust att snacka med dig om. Jag skulle väl också vilja ha det så där sofistikerat och ordentligt som du har det. Du är ju min storasyster som jag alltid har sett upp till, men jag har liksom inte orkat. Har fastnat härute som en levande kliché, ungefär."

"Jag vet verkligen inte vad som kan ha flugit i Ron. Jag kommer ju ihåg att han hade hälsat på dig, men jag kunde inte ha anat att han hade gjort något med Tyler. Om han hade snackat med honom, okej, men att han skulle ha gett honom en omgång hade jag bara inte kunnat tro. Eller i alla fall inte velat tro."

"Det tog flera veckor innan Tyler repade sig ordentligt. Han var ganska förändrad om man säger så. Både fysiskt och psykiskt."

"Men vad hade Ron egentligen gjort med honom? Eller hans hantlangare."

"Han verkade ha ont över hela kroppen. Dessutom var underarmen bruten. Jag antar att han försökte spjärna emot i början och att armbrottet fick honom att ge upp. Jag räknar med att dina vänner också hade lovat honom mer av samma vara, om han inte var medgörlig i framtiden."

"Vänner och vänner... Och allt detta trodde du att din storasyster hade ordnat åt dig?"

"Ja, eller hur? Kanske inte. Det var därför jag inte sa det rent ut. Du bor inte här längre och är mer känslig än vi som gör det. Jag ville inte oroa dig i onödan. Huvudsaken är ändå att skilsmässan gick igenom så smärtfritt som den gjorde. Tyler hämtar barnen varannan helg och verkar vara en jättebra pappa. Jag kan verkligen inte tänka mig att saker och ting hade varit bättre om dina vänner aldrig hade dykt upp."

XVIII

Det verkade som att Merrakess skulle bli sist ut. Marielle hade redan bestämt datum. För Merrakess gick allting trögare. Det var som att hon var fast i sin egen bubbla av oföretagsamhet. En konstnär skulle väl inte behöva befatta sig med en trivialitet som att ordna fast bostad. Hon hade ju haft det så bra i Langdonhuset. Dessutom var hon glad för att hon hade sluppit finkan. Hon tänkte ofta på Ron. Han var verkligen en klippa. Hela huset Langdons schyssta storebror. Hon tvivlade på att det hade gått vägen utan hans hjälp. Efter Merrakess succébok hade hon slöat till en del och blivit bekväm. Succébok. Hon brukade faktiskt kalla den så. Den hade i alla fall sålt i så många ex att förlaget ville ha en uppföljare. Visst. Hon hade börjat skriva, men inte kommit så långt. Hon hade ju tjänsten på universitetet att tänka på. Och sin egen konst. Inte minst. Hon la merparten av sin fritid nere på galleriet. Det blev för mycket helt enkelt. Hon kunde inte pressa ur sig ännu en storsäljare så utan vidare. Inte ens en småsäljare. Det kunde bli helt fel. Hennes egen konst var det heller inte så mycket bevänt med. Än så länge. Men hon hade haft bra inflöde av andra konstnärer som ville ställa ut hos henne. Läget var perfekt i ena änden av en gågata där det konstant var en strid ström av folk i rörelse. Sist hon pratade med hyresvärden hade hon på eget initiativ kommit fram med en intressant lösning.

"Vill du köpa fastigheten, så får du", hade Mrs Brindle hävt ur sig. Sådär utan vidare.
"Jag ska försöka trappa ner och behöver avyttra en del av allt det jag äger. Om du bygger till på baksidan så kan du använda det som både bostad och galleri.
"Men jag vet inte om jag vill bo här, direkt."
"Vi ska nog bli eniga om priset."

Till slut hade Merrakess fått tummarna ur och skrivit på avtalet. Hon hade till och med anlitat hantverkare för utbyggnaden och renoveringen. Hon skulle behålla köket från galleriet, men bygga ut för vardagsrum, sovrum och on-suite. Det skulle dock dröja ett tag innan allt var klart, så hon skulle bo kvar i Langdonhuset ett tag efter att Marielle hade flyttat.

*

Marielle köpte ett objekt i ett lägenhets-condo. Knappt en halvmil västerut från Langdon. Det var en speciell våning i två plan med trappa emellan. Utsikten var fantastisk och hon hade mer än en gång sänt Ron en tacksamhetens, eftersom det var hans rekommendation som hade gett henne ett så välbetalt jobb att hon hade råd med den här typen av extravaganser.

Marielle skulle ägna helgen åt att röja upp bland sina tillhörigheter. Packa sina saker i lådor, så gott det nu gick. Det fanns miljoner saker att slänga, och miljoner saker att bevara. Nio år i huset hade satt sina spår. Det fanns mängder av små värdelösa saker som likaväl bar på minnen och erfarenheter, vars värde var omöjligt att uppskatta. Hon blev lätt sittande med någon liten papperslapp som hon hade antecknat något på någon gång i tiden. Kanske betydde det något för henne fortfarande. Kanske inte. Kanske något som hon gjorde bäst i att glömma, eller så hade det för länge sedan förlorat sin mening.

Hon tog en tur upp på vinden. Langdon var ett gammalt hus. Gammalt som ett spökhus, så det var knappast överraskande att både trappan och golvtiljorna knirkade i ungefär samma utsträckning som dörrarna gnisslade. Här och var stod det äldre och nyare möbler. De gamla hade förmodligen tillhört någon i Rons familj och de nyare varianterna kunde ha lämnats kvar av vem som helst. Förmodligen skulle de hamna på skrothögen förr eller senare. Eller varför inte som retroobjekt på någon loppmarknad. Marielle såg på lådorna som var staplade ovanpå varandra. Det var bara att ge sig på dem. Hon visste på ett ungefär vilka som var hennes. Den första var så klart inte det. Efter att ha borstat av det värsta dammet och dragit bort en tejpbit så fann hon att det bara var papper. Vems papper var svårt att säga, men det var i alla fall inte hennes. Hon bläddrade lite i det översta lagret men fick mest tag i broschyrer och pappersark med spretiga anteckningar. På en del av papperna verkade det finnas viss systematik. Det var datum och kryptiska krumelurer. Skulle kunna vara en slags dagbok eller kom-ihåg-lista. Hon måste erkänna att hon blev lite nyfiken.

19 mars 2000
21 april 2000
8 juni 3000
1 juli 800
7 juli 300
19 september 5000
2 februari 700
14 mars 900
3 april 200

Och så vidare. Vad det nu skulle betyda. Och så till slut:
27 maj. G. Och
23 augusti G.

Marielle sorterade fyra av sina egna lådor innan hon tröttnade och beslöt sig för att fortsätta med klädgarderoberna i stället och låta vinden få vila till dagen efter. Innan hon fortsatte, gick hon ner i köket och tog en macka med jordnötssmör.

"Är det nåt med den 27 maj?" frågade hon Merrakess som satt vid köksbordet och läste tidningen.

"Vaddå 27 maj?"

"Är det nåt speciellt med den 27 maj, menar jag. Händer det något speciellt då?"

"Det kan jag inte tänka mig. Det är i alla fall ingen allmän helgdag, vad jag vet. I alla fall inte i den här delstaten. Möjligen skulle Memorial Day kunna hamna på den 27 maj. Varför undrar du det?

"Ingen speciell orsak. Jag bara såg det datumet i några gamla papper när jag städade ur mina lådor." Marielle nämnde inte det faktum att det egentligen var någon annans papper. Hon ville inte bli känd som en sådan som rotade bland andras saker.

"23 augusti då?"

"Samma med den 23 augusti. Ingen aning."

"Ok."

"Fast Giffy begravdes ju då. Den 23 augusti."

"Är du säker?"

"Ja, det vet jag bestämt. Det var dagen innan min mamma fyller år. Du kanske skrev upp det för att komma ihåg begravningen."

"Men, då kanske han dog den 27 maj. Kommer du ihåg det också?"

"Nja, det var den 6 juni. Enligt dom datumen som stod vid begravningen. Fast det vet man inte bestämt. Det är ju bara ett estimat eftersom ingen vet exakt när Giffy ramlade i sjön."

Marielle kände sig aningen konfunderad. G? Varför hade någon skrivit upp Giffys begravningsdatum på ett papper?

"Giffy, ja. Det känns som evigheter sedan. Det var så äckligt att han gick och dog medan han bodde hos oss. Han var inte en av oss egentligen, men hörde ändå hit på nåt sätt."

"Ja", svarade Merrakess.

"Du kände väl ändå honom lite grand, eller hur?"

"Ja, eller nä. Det var Skylar som kände honom bäst. Fast vi brukade snacka om ditt och datt. Här nere i köket mest. Jag var ju hemma ganska mycket medan jag skrev på avhandlingen. Han satt ju här och åt upp vår mat allt som oftast."

"Jo, jag vet, men han hade väl inga pengar stackarn."

"Men, jo. Han hade pengar. Absolut. Han berättade att han hade fått ordentligt många tusen för sitt förstörda ben. Dessutom hade han sålt sin business. Så han var nog på grön kvist egentligen, även om han satt här och smaskade på vår bekostnad."

"Men, såg du några pengar då? Riktiga gröna sedlar alltså. Inte bara munväder."

"Jadå. En gång gav han mig en hundring och bad mig springa och köpa öl och vin. Det var den gången han ställde till med hummerfest."

"Så stora sedlar!"

"Ja, det måste väl tyda på att man har det gott ställt. Å andra sidan försökte han vigga mig på en femtidollar vid ett helt annat tillfälle, så det kanske ändå ligger något i det du säger."

*

Kunde det vara så att Giffy inte hade det så fett som Merrakess ville ha det till, utan att han i själva verket var ungefär så lusfattig som han såg ut? Marielle kunde inte släppa tanken på pappersarket hon hade hittat på vinden. Hon tänkte att det nog skulle gå att kontrollera ungefär hur ekonomin hade sett ut i Giffys bolag när han sålde det. Kanske skulle hon till och med kunna luska ut försäljningspriset, bara hon hade vetat vad hans företag hade hetat. Det gick knappast att söka på Giffy's bogserbåtar inc.

Marielle kontaktade sitt försäkringsbolag för att förhöra sig om ersättningsnivåer för olycksfall.
"Det är oftast fråga om stora belopp. Flera hundratusen. Det är ersättning för utebliven arbetsinkomst, tillpassning av bostad och liknande för att den skadade ska kunna leva som folk även efter skadan."
"Om man behöver sy sitt ben också? Fast utan att bli ordentligt skadad. "
"Nej, det tror jag inte. Om man ska kunna få något vidare på en vanlig försäkring måste man få bestående men, annars blir det bara småpengar för att täcka sjukvård och lite för sveda och värk."

Sedan hade Marielle frågat Ron om Giffy. Hon kände sig lite lätt avmätt och reserverad gentemot Ron, nu när hon var på det klara med vad han hade gjort med Tyler. Fast det var ju som Tammy sa. Att allting hade blivit så mycket bättre nu. För alla parter. Dessutom var det ytterst hon själv som hade beställt "jobbet", även om det inte hade varit riktigt så hon hade menat.

Ron kom precis ihåg vad Giffys business hade hetat.
"Nu var han ju inte i gång speciellt länge innan han kursade, men företaget hette bara G-Trading. Säger ju ingenting om vad han sysslade med egentligen."
"Kursade han? Så han sålde inte firman då, innan han kom hit till oss?"

Ron slog handflatorna i bordet och såg mer än munter ut.

"Nej, nej. Det går inte att sälja luft. Hela företaget gick i dass. Han hade inte pengar till löner och det fanns inte ett nickel i tillgångar. Skutan såldes exekutivt. Det var inget aktiebolag heller, så han gick i personlig konkurs så att säja."

"Så han var utfattig med andra ord. När han bodde hos oss."

Nu kom Ron av sig i gapskrattandet för några sekunder, men samlade sig fort.

"Det borde han ha varit, men den luringen hade grävt ner pengar. Ja, det är sant. Så som man gjorde förr i tiden när man inte litade på bankerna. Som en gammal gumma med pengar i madrassen. Så fordringsägarna kom inte åt honom."

"Var fick han pengar att gräva ner ifrån då?"

"Värst vad du är intresserad av gamle Giffy helt plötsligt. Jag antar att det var en del av dom pengarna han och jag tjänade på fiskechartern. En bra slant, skulle jag vilja säga. Det var tack vare min andel av dom som det gick så bra som det gjorde för mig."

*

Det var härligt att äntligen kunna flytta in för sig själv. I samma ögonblick som Marielle hade bestämt sig, den där eftermiddagen då hon hade kommit hem till ett tomt Langdonhus, hade hon börjat längta efter att flytta och kunna börja sitt nya liv. Det kändes som att hon hade ett helt slott att möblera. Med tanke på hur lite bohag hon hade med sig och på hur litet hon var van att bo. Undervåningen av tvåvåningslägenheten upptogs av kök, tvätt/hobbyrum, stort vardagsrum och en väl tilltagen balkong med utsikt mot floden. På övervåningen hade hon sitt master bedroom med on-suite och i tillägg två mindre sovrum med extra badrum. Hon skulle nog kunna trivas här. Årets understatement!

Flyttgubbarna hade ställt hennes kartonger i någorlunda prydliga rader, så det skulle inte bli allt för komplicerat att börja i rätt ände. Det första hon kom att tänka på var hennes dagböcker. Hon hade alltid skrivit dagbok. När hon var liten hade hon ofta gått tillbaka för att kolla vad hon hade skrivit. Det kunde finnas gamla saker att älta. Någon gång hade hon till och med suddat ut och ändrat saker som hon hade ångrat att hon skrivit. Till vilken nytta? Som vuxen hade hon inte utelämnat sig själv lika mycket i dagböckerna. Det blev mest små reflexioner. Ofta om vädret, tydligen.

Det hon var ute efter den här gången var så klart den 27 maj och den 23 augusti. Hade det hänt något speciellt i hennes eget liv då? Hon började med 1993.
23 augusti – Regn.
1994 – Ingen anteckning.
1995 – Giffy begravning. Rest in peace. Mirinda helskum!

Helt rätt, alltså. Merrakess hade alltid haft bättre minne än hon själv.

27 maj 1995 – Giffy fisketur.
28 maj – Var är fisken?? Jag bara frågar?? Och själva Giffy??
29 maj – Shopping med Skylar. Köpte INGENTING. Regn.

Enligt beräkningarna skulle Giffy ha dött den 6 juni, fast det visste man ju inte. Det var bara fejk egentligen. Det skulle likaväl kunna ha varit den 27 maj. Det stod ju så i hennes egen dagbok. Att Giffy hade varit på fisketur den dagen och kommit hem utan fisk. Eller rättare sagt, inte kommit hem över huvud taget. Varesig Giffy eller någon fångst verkade ha kommit hem den dagen. Men varför hade ingen frågat henne om det här? Naturligtvis för att ingen var misstänkt för något brottsligt. Den dagen, eller någon annan, och själv hade hon glömt vad hon hade skrivit. Det var ju inte förrän i augusti Giffy hade hittats död, och vid det laget hade han varit försvunnen från huset ett bra tag, kändes det som. Att Giffy var försvunnen var ju dessutom bara helt normalt. Han kom och gick som han ville. Ett par månaders frånvaro var inget ovanligt alls.

Marielle satte sig i sin nyinköpta soffa. Den stod i ett hörn och verkade övergiven i det till synes gigantiska vardagsrummet. Man upplevde det så eftersom rummet i övrigt var tomt på både möbler och väggprydnader. Mörkret hade fallit medan hon studerade sina gamla dagböcker och det kändes nästan lite kusligt att sitta ensam och tänka på en död person. Eller varför inte på den som eventuellt hade dödat honom. Nu när minnet var uppfriskat, kom hon faktiskt ihåg en hel del av vad som hände den 27 maj. Hon hade kommit hem i vanlig tid och det första hon hade sett var Rons van som stod med bakdörrarna öppna. Hon såg dock inte röken av Ron. Inne i huset mötte hon Giffy. Han hade smilat stort som bara den och sagt:
"Fisketur!"
"Då blir det god middag i morgon kväll, antar jag", hade Marielle svarat.
"Det kan du lita på!"

Det var också det sista hon hade sett eller hört av Giffy. Hon, om inte någon annan, men i alla fall hon själv, borde väl med en gång ha satt samman Giffys försvinnande med att han den 27 maj gav sig ut på fisketur. Åkte Giffy och Ron ut på fisketur i Rons van? Förmodligen. Även om hon inte hade sett innehållet i vanen. Hon hade bara registrerat i ögonvrån att den hade stått där. Sedan hade hon gått in och träffat en bortflyende Giffy. Förmodligen var Ron redan i startgroparna. Sedan kom hon egentligen inte ihåg så mycket mer från den tidsperioden. Den stora frågan var nu om Ron verkligen hade tagit livet av Giffy, och varför? Eller visste han åtminstone något som inte vi andra visste? Kunde siffrorna på Rons papper (hon utgick från att det var hans papper) vara summor som Giffy hade fått, eller fått låna?

Det var inte utan att hon rös till lite grand där hon satt i soffan. Vem var Ron egentligen. Hon visste ju att Ron hade gett Tyler en riktig omgång. Hon kände också på sig att han hade haft ett finger med i spelet när Merrakess blev frikänd för haschförsäljningen. Det skulle inte förvåna henne om Ron hade haft någon slags överenskommelse med åklagaren. Marielle fick mer och mer intryck av att Ron inte bara för en företagsam och hjälpsam person. Det verkade som att han gick sina egna vägar och kanske i själva verket fungerade som en slags Gudfader. Men vad skulle hon göra åt det? Hon och Ron var kompisar och det hon satt och funderade på var mest spekulationer.

*

Marielle älskade långa kyssar. Sådana som nästan fick en att tappa andan. Killar som delade ut långa kyssar växte inte på trän, så det gällde att passa på. Stan var inte överromantisk på något sätt, men han hade det där lilla extra. Han hade tagit med henne på en övernattningstur till The Randles, en grupp öar som bara låg 45 minuters båtresa ut från Masterson's beach. Båten gick mitt på dagen på lördagen och tillbaka ungefär samma tid nästa dag.

På eftermiddagen hade de strövat längs stranden och fikat på ett kafé. Öns enda, för övrigt. Dessvärre var det inget idealiskt badväder den dagen, eftersom vinden var allt för stark och därför effektivt kylde av öarna som låg utan skydd ute i havet. Men det var inte helt fel att gå längs stranden med Stan och det var också där han hade överraskat henne med den första långkyssen. Kvällen tillbringade de framför brasan på pensionatet. Det var bara de två och ett par gäster till den helgen, så det blev nästan övermåttan romantiskt av bara farten. Hon antog att de andra paren med avsikt lämnade dem ifred med soffan och brasan och de långa kyssarna. De hade väl också varit unga en gång i tiden. Marielle tog Stans hand och satte hans handflata mot sin egen. Hon såg att deras händer var ungefär lika långa, även om hans var betydligt grövre. Sedan lät hon sina fingrar glida emellan hans, så att deras händer blev knäppta i varandra. Det kändes som den perfekta romantiska weekenden för Marielle. Hon var trots allt lite löjlig med sådant när allt kom omkring. Ganska så tuff och strikt affärsjurist dagtid, men en betydligt mjukare person när omständigheterna var de rätta. Ett så här romantiskt ögonblick skulle kanske vara ett idealiskt tillfälle att ställa frågan om att flytta ihop, eller åtminstone om han ville följa med hem och bli presenterad för föräldrarna, om hon nu hade haft några.

"Hur gamla är dina föräldrar? Muriel och John."
"Dom är precis lika gamla, faktiskt. 63 år båda två. De träffades på universitetet och har hållit ihop sen dess. Nu har dom pensionerat sig också, så det blir mycket jobb i trädgården."
"Och resor!"
"Ja, det blir en hel del. Dom tillbringade hela sommaren i Europa."
"Så mysigt. Att hålla ihop så länge, menar jag. Skulle vara kul att träffa dom."
"Ja, vi får jobba på det. Dom kanske vill komma hit."

"Du har aldrig sagt vad det egentligen är du jobbar med",
sa Marielle. "Jag har ju berättat allt om mina långa dagar
på kontoret, men du har knappt sagt någonting."
"Det är inte så lätt. Jag kan inte säga för mycket."
"Är det hemligt, menar du?"
"Lite åt det hållet, ja."
"Men är det något inom polisen? Eller försvaret?"
"Det vet man aldrig. Jag kanske jobbar på en vanlig
konsultfirma."
"Det får vi inte hoppas."

XIX

En dag damp det ner ett kuvert på Brads skrivbord.

"Övertalighet. Förflyttning till Salina, Ks."

Brad trodde inte sina ögon. Skulle han förflyttas? Långt ut på prärien i Kansas. Varför det? Enligt sina egna kalkyler var han inte på något sätt i farozonen för att sparkas eller ens förflyttas. Vad hade nu hänt? Kanske felskrivning någonstans. Datafel?

Organisationskonsulternas arbete hade naturligtvis resulterat i att ett antal tjänster blev överflödiga. De som inte kunde eller ville bli förflyttade, skulle få lämna företaget. Vilka som fick gå avgjordes av personens scorecard. Det var en värderingsmodell som tog hänsyn till kompetens, resultat och det mest viktiga - den verksamhet man jobbade med. Brad jobbade inom ett fält som gjorde att han knappast skulle vara aktuell för förflyttning. Enligt personalavdelningen hade dock inga fel begåtts. Enligt all tillgänglig information skulle Brad förflyttas. Därmed jämnt.

Brad försökte få tag i den ansvarige i egen hög person. Det vill säga Stanton, men det var lättare sagt än gjort. Han satt i möte fram till lunch och därefter skulle hans kalender vara fri, såvitt tjejerna i receptionen visste. Men han brukade sällan sitta på sitt tilldelade kontorsrum. Som oftast var han i färd med att diskutera och ha små möten med chefer och underhuggare. Var Stanton kunde tänkas äta lunch någonstans hade Brad ingen aning om. Han kanske åt ute tillsammans med någon som han behövde diskutera någonting med. Han skulle likaväl kunna sitta med en sandwich inne på kontoret. I företagets lunchsal syntes han i alla inte till. Brad var ordentligt uppretad och kunde inte koncentrera sig på arbetet. Ritbordet fick klara sig utan honom. I stället höll han sig i rörelse. Tog en kopp kaffe här, och småpratade där. Han kunde inte låta bli att dra munnen när det slog honom att det på alla större företag fanns folk som alltid gjorde så. Gick omkring och drack kaffe och pratade utan att få så mycket gjort. Nätverkade, hette det nog om man skulle vara snäll. Vid ett tillfälle fick han faktiskt syn på Stanton. Han kom gående på en öppen bro som gick inomhus mellan två huskroppar. Tjugo meter nedanför bron låg foajèn och huvudingången. Brad vinkade åt Stanton, som inte såg, eller inte låtsades se honom och fortsatte i stället över bron och vidare in i den andra byggnaden. Brad satsade nu på en annan strategi. Han parkerade sig i en av sofforna som stod i den öppna ytan, inte långt från Stantons kontor. Förr eller senare skulle han väl behaga dyka upp. Ungefär var tionde minut dök det upp någon som hade sin arbetsplats i något av kontorsrummen och undrade om de kunde hjälpa till med något. Kanske ett uttryck för artighet, eller helt enkelt ovilja att låta en okänd människa husera i deras paussoffor. Till slut hörde han äntligen Stantons röst en bit bort i korridoren. Han stod vid en kopieringsapparat, i samspråk med någon som verkade tillhöra hans egen stab. Stanton ignorerade honom naturligtvis, så Brad blev tvungen att bara avbryta konversationen för att äntligen kunna ställa Stanton mot väggen.

”Vad har du gjort nu, Stanton? Jag kan knappast omplaceras utan att ha något reellt i mitt score-card. Om du inte ändrar själv så måste jag gå vidare med det här.”
”Du har väl den poäng du förtjänar.”
”Sluta löjla dig. Du vet mycket väl att jag inte ska ut.”
”Kanske inte, men du har nog tjänat ihop till det på annat sätt. "
"Så kan du inte göra. Jag tänker gå vidare med det här."

Stanton lade armen runt Brads axel och drog honom med sig bortom hörhåll.

" Packa ihop och dra nu lille Brad. Du kommer ihåg hur det gick för dig sist när du försökte sätta dig upp mot mig. Jag skulle inte tveka att göra det igen."

*

"Men det du säger är ju alldeles oerhört. Du menar alltså på fullt allvar att Stanton vill manövrera ut dig av gammal vana, bara för att han var en översittare när ni var småungar och lekte på gatan."

Brad satt tyst ett tag. Att döma av Braxleys tonfall, skulle det bli en svår nöt att övertyga honom.

"Han var jäklig när han var liten, ska du veta, och jag kan inte se att det finns något skäl för att jag skulle bli utvald annars. Något logiskt skäl enligt de uppsatta kriterierna, menar jag. Alltså måste han bara ha plockat ut mig. Jag tror det är så det är, faktiskt. Det låter illa, men ibland är saker verkligen så illa som de låter."

"Jag har fullt förtroende för Stanton. Det du säger är högst komprometterande för honom, om det nu stämmer. Sådana metoder kan vi inte ha här. Även en omorganisering måste skötas snyggt. Jag lovar att ta tag i det här, så att det inte blir något hängande i luften efter att allt är klart. Det hela har säkert någon naturlig förklaring."

"Det skulle förvåna mig."

"Jag hoppas verkligen inte att du har rätt", sa Braxley. "Jag hör av mig."

Braxley, avdelningschefen, suckade tungt när han bad Stanton sätta sig. Braxley hade kanske förväntat sig en och annan manöver från någonstans i företaget, i och med att organisationsförändringen inte helt oväntat skulle resultera i viss personalminskning. Men att den utomstående konsultchefen skulle ge sig på något så lågt som en personlig vendetta hade han knappast väntat sig.

"Jag har gått igenom kriterierna och jämfört med hur Brad borde ligga till och jag kan inte se att han skulle vara en av dom som måste gå. Jag hoppas att du har någon godtagbar förklaring, annars vet jag inte hur vi ska göra med resten av processen. Vi i ledningen har ju satt vår tillit till dig."
"Vem sa du? Brad, ja, men han borde väl vara en av dem som ska ut. I alla fall om man ser till hans score-card."
"Ja, men poängen är att scoren måste vara fel. Det ser ut som att du har saltat den lite grand efter behag."

Stanton skruvade på sig och drog högra handen genom håret ett par gånger. Tungan spelade över läpparna samtidigt som han ansträngde sig för att dra sig till minnes Brads case.

"Jag kan knappt komma ihåg honom. Menar du att jag skulle ha fipplat med siffrorna. Jag får se över dom en gång till. Kan hända att någon decimal har hamnat fel."
"Det har jag svårt för att tro, Stanton. Den unge mannen berättade också att du tydligen hade terroriserat honom när han var liten och nu när du låtsas som att du har glömt det mesta av ditt arbete, så är jag benägen att tro honom."

Stanton satt nu mållös i stolen med tom och uppgiven blick, utan ha få fram något vettigt till sitt försvar.

"Jag ska i alla fall se till så att beslutet om förflyttning dras tillbaka. Hur vi ska göra med dig och din firma återstår att se. Jag måste varsko de andra i ledningen. Vi får se."

Braxley såg ner i sina papper och väntade på att Stanton skulle resa sig för att gå. Det hände ingenting. I stället märkte han att Stanton böjde ner huvudet och gömde det i sina handflator. Braxley insåg att Stanton hade gett efter och brutit ihop. Kanske bäst så. Att han erkände alltihop och fick det överstökat. Stanton lyfte åter på huvudet, tog av glasögonen och torkade sig i ögonvrårna med ovansidan av pekfingret. Han fick hosta ett par gånger för att kväva en annalkande snyftning.

"Du har rätt. Du har helt rätt. Jag värderade inte hans kort ens. Jag bara satte honom på omplacering direkt, men hade jag bara vågat, hade jag satt honom i avskedandegruppen."
"Stanton, det är bra att du tar ditt förnuft till fånga och erkänner, men skyll inte ifrån dig för mycket på omständigheter. Det ser bara värre ut då."
"Men jag tror inte att du helt förstår vad det handlar om. Om du ser på mig och min alltför alldagliga kroppsbyggnad och jämför med Brads."
"Och?"
"Han är över sex fot och atletiskt byggd och skulle kunna ta mig hur lätt som helst."
"Varför i hela världen skulle han göra det då? För att hämnas för den gången när ni var småungar?"
"Det du inte vet är att han redan har hämnats. Han var en riktig jävel när han var liten. Han satte en kniv i mig så att blodet sprutade. Som tur är krävde mina föräldrar att han skulle byta skola. Och ett par år senare slog han ner mig i en park."
"När var det? Var ni vuxna?"
"Ja visst. Jag blev sjukskriven i flera veckor."
"Och du har så klart en kopia på polisanmälan?"
"Brad gjorde det väldigt klart för mig att om jag gjorde något så skulle det bli värre. En gång gick han till och med mot mig på gatan och hotade mig. Han var väldigt tydlig

med sitt budskap. Han har gjort det här inne på företaget också. Nu nyligen."

"Här inne? Du skojar! Hur ska jag kunna veta vad som är sant och falskt i den här härvan. Jag borde se till att ni avskedades bägge två. Ja, du är ju inte anställd, men din firma borde bli av med uppdraget på momangen och ge oss skadestånd för allt krångel. Det är inte sådant vi vill betala dyra konsulter för."

"Du får tro vad du vill. Jag vill i alla fall inte att någon ska behöva jobba på samma ställe som honom. Jag är glad att uppdraget snart är slut. Han har varit på mig flera gånger med sina insinuationer. Det är ett helvete att ha den typen av förtäckta hot hängande över sig dag efter dag."

Efter ytterligare en dryg vecka kallade Braxley in Brad på nytt. Brad kände sig komfortabel och var spänd på hur det hade gått för Stanton när de hade upptäckt att han hade manipulerat processen. Antagligen hade de väl slätat över det hela och gett honom fortsatt förtroende. Så brukade det vara. Att alla är duktiga och gör ett jättebra jobb, utom dem som gör ett något mindre bra jobb, men ändå väldigt, väldigt bra. Brad log för sig själv när han slog sig ner i Braxleys besöksstol. Braxley harklade sig och verkade obekväm med situationen. Han förklarade frankt att det var slut. Att Brad dessvärre måste ut. Han var avskedad. Erbjudandet om förflyttning var indraget.

"Tyvärr. Jag kunde inget göra. Dom andra i ledningen är så nöjda med Stanton att i ett val mellan dig och honom, var det ett enkelt beslut att fatta", sa Braxely samtidigt som han räckte över avskedsbeslutet till Brad.

"Men hur kan ni göra såhär? Ni följer ju inte era egna regler som ni själva har satt upp. Och hur kunde förflyttning plötsligt förvandlas till avsked?"

”Så är det kanske, men vi kan inte ha dig kvar eftersom du är våldsam.”
”Våldsam. Vad har jag gjort?”
”Enligt Stanton har du slagit honom halvt fördärvad.”
Brad höll på att tappa andan.
”Det har han fantiserat ihop. Det var ju han som var slagskämpen. Han slog väl var och varannan unge hemma på gatan. Speciellt mig.”
”Det vet jag inget om. Det jag vet är det här”, sa Braxely och plockade fram sitt ess ur rockärmen. Det var ett foto från en säkerhetskamera där man tydligt kunde se Brad fästa något som liknade ett knivskaft i byxlinningen .”
”Men, det där är ingen riktig kniv. Den är bara för självförsvar. Jag var rädd att han skulle ge sig på mig. Det är en leksakskniv. Den gör inte en fluga förnär."
”Tyvärr. Det spelar ingen roll. Vi kan inte ha folk som springer omkring med saker som liknar vapen i våra lokaler. Det borde du ha förstått.”

*

Brad hade letat sig tillbaka till Langdonhuset. Det var sällan han kom på besök numera, efter att han hade köpt hus och krupit in i sin förortskokong. Men den här kvällen passade det bättre än någonsin att dela ett antal six-pack med Ron. Han som alltid lyssnade och till och med kunde leverera användbara råd emellanåt. De hade huset för sig själva. Merrakess skulle övernatta på galleriet och Marielle var på konferens. De log gott åt Merrakess och hennes standardundanflykt. Att övernatta på galleriet, brukade vara hennes sätt att säga att hon hade en date. Förmodligen övernattningsdate med happy ending.

”Jag måste säga att du imponerar mer och mer på mig, Brad. Jag som alltid har trott att du var den snälle helyllekillen rakt igenom. Vem hade kunnat tro att du var i stånd till att gå omkring och vifta med kniv mitt på blanka dan. Och på jobbet till och med."

"Nu var det ju ingen riktig kniv. Jag hade inte kunnat få död på en fluga, om den så hade suttit och sovit."

"Det klart, men det är ju avsikten som räknas. Du ville ju få Stanton till att tro att den var riktig, eller hur? Jag vet inte om jag skulle ha kyla nog att smyga omkring med kniv. Att sedan visa fram den också. På ett trovärdigt sätt, dessutom."

"Det var inte riktigt så det var. Jag är allvarligt talat skiträdd för honom. Det där med kniven var något jag gjorde i ren desperation. Han var hotfull.

"Skumt. Så utan vidare?"

"Ja."

"Men han måste ha skrämt upp dig ordentligt för att få dig till att göra något sådant. Att dra med dig kniv på jobbet menar jag."

"Den typen har både skrämt och retat upp mig sedan jag var liten, som du kommer ihåg."

"Ja, fast det är ju evigheter sen."

"Fast det finns kanske andra saker som jag inte har orkat berätta."

"Var det illa?"

"Hur illa var det?", ändrade sig Ron till när han såg hur Brads blick såg än mer plågad ut. Ron öppnade en öl till och rätade på ryggen så att han kom upp ur sin lojt halvliggande ställning. Man såg både på kroppsspråket och ansiktsuttrycket att saken hade tagit en vändning som han inte riktig hade väntat sig. Trots att Brad låg risigt till, märktes det ändå att Ron snabbt fann sig tillrätta och blev märkbart intresserad.

Brad hade inte berättat allt som hade hänt mellan honom och Stanton. Han hade inte enbart varit en skitunge som hade bråkat med Brad när han var i 12-årsåldern. I själva verket var det så att de hade träffats vid ytterligare något tillfälle. Det var dock inte ett faktum som Brad var road av att prata om. Det var i stället ett typexempel på en pinsam erfarenhet som han inte ville berätta för vem som helst. Snarare något som han ville förtränga och glömma bort.

”Du kommer ihåg att jag berättade om hur säker jag var på att kunna ta honom. Den gången jag gick efter honom på gatan, när jag gick på High School.”
”Jo, jag kommer ihåg att du var vältränad och att Stanton mer hade blivit en alldaglig typ. Jag antar att han fortfarande är det.”
"Fast grejen är att han mentalt sett är allt annat än alldaglig. Han är extremt våldsam och manipulativ. Han är den typen som ser alldaglig och intetsägande ut. Verkar smälta in överallt, men när det verkligen gäller är han en psykopat."

Brad drog historien om hur han först gav Stanton en smäll i parken och att han några månader senare vaknade upp mitt i natten på en öde strand med blåslagen och blodig kropp.

”Men, det här är ju en helt otrolig historia”, utbrast Ron. ”Ett sånt svin. Vad hände sen då? Gjorde du något mer? Eller han? Gjorde han något mer?”
”Ingenting. Men jag blev rädd, faktiskt. Att han skulle försöka igen. Göra något ännu värre."
"Okej, då förstår jag bättre varför du gjorde dig omaket att ta med kniv in på jobbet. Vad känner du för att göra nu då? Ge honom en ordentlig omgång?
”Ingenting egentligen. Jag känner mest att jag vill komma så långt bort från honom som möjligt. Men det verkar ju som att han bara inte kan sluta. Nu har han dessutom kommit med en gammal klyscha om att han ska se till att jag inte kan få något nytt jobb, varken den här sidan

Klippiga bergen eller den andra. Jag hade hoppats att han var mer än nöjd den gången han lämnade mig medvetslös på stranden. Jag kunde inte tro att skulle börja om på nytt."

"Så patetisk han är. Vi borde verkligen göra upp räkningen med honom."

Brad lade märke till Rons formulering. "Vi."

"Du behöver verkligen inte engagera dig, Ron. Det är min ensak. Jag får börja om någon annanstans bara. Långt bort där jag slipper honom."

"Kanske det. Men det finns ju ändå något som heter principer. Det finns också något som heter vänskap och du ska veta att jag finns till för att hjälpa dig. "

"Tack. Jag vet. Vi får se. Kanske bäst att ligga lågt ett tag."

"Bara säg till när du är redo. Jag fixar det här."

XX

Merrakess tillhörde som bekant inte de monogamas skara. Hon behövde variation för att kunna fungera optimalt. Hur skulle en konstnär kunna prestera, instängd i ett förhållande med fasta rutiner? Det kunde inte hon i alla fall. Hon behövde äventyr för att inspireras. Det var lätt att göra jämförelsen med Marielle. Trygg, ordentlig och sexuellt hängiven till sin partner, när hon hade någon. Marielle var dessutom vacker. I alla fall vackrare än hon. Ändå var det Merrakess som var den som kunde konsten att ragga karlar. Marielle fick så klart en hel del förslag, men hon var selektiv och ägde samtidigt inte den där förmågan att själv kunna dra till sig de män som verkligen intresserade henne. Därför förblev hon blyg och utelämnad till ett begränsat urval. Det kanske var okej för henne och nu hade hon ju faktiskt fått tag i den här Stan. Merrakess hade bara träffat honom som hastigast på skidresan, men han verkade vara helt okej. Merrakess var inte någon klassisk skönhet. Ganska lång, men saknade former på de rätta ställena. Det hade ändå aldrig hindrat henne från att få tillgång till intressanta objekt. Nu var hon där igen. Objektifiering av det motsatta könet lät inte bra och det var väl när allt kom omkring egentligen inte det hon sysslade med. Det var bara så att hon hade valt att ha flera partners. Ibland flera på en gång. I vissa perioder inga alls. Och det var inte bara en fråga om sex. Det hände att de bara träffades och gjorde vanliga saker eller bara satt och snackade. Eller satte på varandra. Hon antog att hon kunde räknas som personifieringen av den moderna singeltjejen som var ute i svängen och tog för sig. Den som bara ville ha kul och inte kom med krav på att binda sig. Det var också en form av modern mytologi. Att killar bara var ute efter sex och inte ville binda sig. Hon råkade ständigt ut för killar som ville ha mer än det hon kunde erbjuda. Ville träffas oftare, ville planlägga saker, ville presentera för kompisarna, och så vidare. Eller vad sägs om att inleda ett förhållande med en nyskild kille som hade en sju månaders baby på släp?

Flyttlasset från Langdon hade gått för ett par veckor sedan. Strax efter att hantverkarna var färdiga med tillbyggnaden av galleriet. Dessutom hade de fixat till och öppnat upp köket så att det kändes mer modernt än det gamla kyffet till kokvrå. Det var både skönt och ensamt att äntligen bo för sig själv. Något som hon egentligen aldrig hade gjort tidigare i sitt kollektivistiska liv.

Igår hade hon bestämt träff med en av sina gamla bekantskaper. Det gick så bra för honom att han hade uppgraderat från hyrt hus på Upper West till ägd etagelägenhet i hamnen. Även här i stan var det populärt att göra om gamla hamnar och industriområden till moderna och flashiga bostäder med sjöutsikt. Något som attraherade ett köpstarkt klientel, i motsats till de mer sunkiga områden som låg där från förr.

Nu stod hon på balkongen och såg ut över hamnen. Det hade precis börjat ljusna och det var inte mycket aktivitet i hamnbassängen. Det var ännu alltför tidigt för dem som ägde jakter och segelbåtar att ge sig ut, även om vädret såg ut att arta sig. Längre bort syntes en enstaka medlem av den allt mer tynande lokala fiskeflottan tuffa ut mot öppet vatten. Hennes kavaljer sov sött mellan de dyrbara lakanen. Förmodligen skulle städhjälpen vända bort blicken och inte vilja tänka på hur de två hade svettats och utbytt kroppsvätskor natten före. Eller om han var av den pryda sorten. Den som städade innan städhjälpen kom. Den sorten som alltid hade rena underkläder på sig i händelse av att han skulle råka ut för en trafikolycka och behöva hjälpas av med kläderna av sjukvårdspersonal. Hon kände inte för att sova riktig än. Kroppen kändes orolig.

Det kändes som att den smärre sensationen från i går kväll fortfarande dröjde sig kvar i systemet och fick tankarna att rusa. Det hade då gått upp för henne varför Marielle hade varit så nyfiken den där gången för inte så länge sedan då hon hade förhört henne om Giffy. Det skulle kanske vara spännande att fråga ut Ron ordentligt om var han hade gjort av de där tavlorna hon kopierade åt honom, och inte minst, om han hade råkat svabba däcket med såpa precis innan Giffy gick ombord. Den där kvällen i slutet av maj.

På kvällen hade Merrakess och hennes kavaljer ätit på en av de gamla hamnkrogarna. Inte en av dem som låg i de nybyggda husen. Maten var så klart bättre där, men var man ute efter att ha det kul och avslappnat skulle man absolut hålla sig till de genuina hamnhaken. Där vistades fortfarande alla sorters människotyper. Från börsmäklare till hamnsjåare och lodisar. Barkillen var den pratsamma typen. Den sorten som gärna var du och bror med stamgästerna, och Merrakess kavaljer var tydligen en sådan eller näst intill. I alla fall tilltalade de varandra med förnamn. Merrakess hade ingenting emot att svara på barkillens mer eller mindre närgångna frågor. Det var bara kul. När hon hade nämnt Langdonhuset, hade barkillen sett ut som om han hade gjort en avancerad databassökning i bakre hjärnloben, och plötsligt hade han kommit ihåg alltihopa.

"Det är det där gala huset inne i South-East där det bor ett gäng intellektuella typer som vägrar bli vuxna. Är du en av dom?"
"Var! Jag har faktiskt fått tummarna ur och flyttat, men det där lät nästan som en komplimang. Jag trodde ryktena om oss var betydligt värre än så. Jag har hört både verklighetsfrånvända, förmätna, nerdrogade, omogna och arbetsskygga. Allt möjligt."

”Men Giffy var en hygglig prick. Jag antar att han tyckte det var bäst att skönmåla er lite grand.”
”Giffy! Ja, det var ett tag sen nu.”
”Jag kommer ihåg sista gången jag såg honom. Det känns som det var igår. Giffy och hans kompis kom inte inom baren den gången, som de alltid brukade annars. Jag bara såg dom köra förbi i vanen och vidare ner mot bryggorna. Det var en ren tillfällighet, men jag la märke till det eftersom det var dåligt med kunder den eftermiddagen.”

Det verkade som att det hade rasslat till ganska ordentligt i databasminnet på barkillen, så Merrakess passade på att fråga honom ett par saker till som kunde vara av intresse, med tanke på vad Marielle hade berättat för inte så länge sedan.

”Kommer du ihåg vilken dag det var också?”
”Nej, men jag kan kolla i almanackan om du vill. Det var samma veckodag som vi stängde två veckor för renovering, fast exakt en vecka före.”

Barkillen kom tillbaka och sa det som Merrakess gärna skulle ha velat utesluta. Att det var den 27 maj. Hon kunde räkna ut vems van det var han hade talat om, men ville vara säker.”

”Vem var med honom i vanen då?”
”Det var han från Langdon som brukade vara med. Putney.”
”Putney??”, utbrast Merrakess och la av ett gapskratt. Ron brukar väl aldrig presentera sig som Putney. Han avskyr ju sitt efternamn.”
”Ja, det vet jag väl, men Giffy kallade honom alltid Putney, när han pratade om honom. Inte när han pratade med honom.”

"Så ni sågs en del?"

"En del, men inte speciellt mycket. Jag bara har turen, eller oturen att ha bra minne. En gång kallade han faktiskt Ron för Putney, förresten. Men det var inte ett smart drag. Jag såg hur han riktig såg ner i bardisken för att behärska sig. Giffy tyckte om att showa och skulle väl trycka på en punkt där han visste att det gjorde ont. Då fick Giffy känna sig i överläge för en gångs skull. För i verkligheten var han ju bara en sorts lodare. Han hade sällan pengar."

"Men som jag fattade det hade han en hel del undanstoppat. Möjligt att han var snål."

"Inte som jag vet. Det var alltid Putney som betalade. Ron alltså. Giffy brukade köpa en del på krita och Ron nollställde hans konto med jämna mellanrum."

"Och vanen. Kom den tillbaka från fisketuren?"

"Det såg jag inte. Jag bara säger att det var sista gången vi såg till Giffy och det var egentligen konstigt, eftersom han sprang här var och varannan dag. Långt senare fick vi höra att han hade drunknat."

*

Dagen efter stod Merrakess i hörnet av Watford och Oak. Medan hon väntade tänkte hon halva tiden på historien om Giffy och Ron och halva tiden på sitt fåniga namn. Här står Merrakess Polatzky och väntar. Hur lät det egentligen? Varför hade hennes kära hippieföräldrar känt sig tvungna att kläcka ett så pass udda namn, och varför hade hon själv inte haft vett att ändra det, om det nu var så viktigt? Tusentals människor gjorde ju det. Varje år. Hade inte prästen undrat när hon döptes? Nej. Det var en omöjlighet eftersom hon givetvis inte var döpt. Hennes namn var bara registrerat, inte välsignat.

Vad fick henne då att stå i ett gathörn och hänga? Hon hade lovat att hjälpa Bridget. Som på den gamla goda tiden. Vem har förresten sagt att det inte fortfarande var goda tider. Även om de inte bodde i Langdonhuset längre, kunde de väl vara tillsammans som förr. Först hade hon tvekat. Hade Bridget blivit snurrig i huvudet? Varför skulle hon annars ge sig på att umgås med Mark, Skylars kille? Hon hade förklarat att hon ångrade sitt beteende mot Skylar och Mark. Hon hade varit negativ och knappt hälsat på Mark. Ja, så var det ju, måste Merrakess erkänna. Alla visste att Bridget inte hade godkänt Mark som blivande make till Skylar, men det var väl egentligen väntat. Hon hade ju alltid varit sådan. Överbeskyddande gentemot Skylar. Tagit med sig Skylar hem från fester. Bokstavligen tagit med, eller släpat. Skickat tillbaka blomsterbud som hade kommit till Skylar. Och så vidare. Bridget hade alltid varit lite speciell på det sättet. Kanske bara bra om hon hade insett sitt misstag och ville ställa allt tillrätta. Kunde kanske till och med räknas som en god gest och vem kunde motstå en sådan?

Planen var att Merrakess skulle haffa Mark när han var på väg hem från jobbet och bort till sin övernattningslägenhet. Idiotiskt så klart. Hade väl varit enklare att be Skylar att kommendera iväg Mark till en eller annan restaurang där hon och Bridget kunde ha mött upp. Hur länge skulle hon inte behöva stå här? Tänk om han skulle ut och äta middag direkt efter jobbet. I alla fall tänkte hon stå här så länge som krävdes. Hon tänkte inte svika Bridget så utan vidare. Hon stod så att hon kunde se ingången till övernattningslägenheten, samtidigt som hon inte skulle missa Mark om han kom gående på den vägen han borde komma gående på. Såvida han inte tog bilen, men det skulle hon också se därifrån hon stod. Det kändes på sätt och vis som att hon var i färd med att haffa Mark och ta med honom på något slags stag-party. Så besviken han skulle bli.

Efter en dryg timme kom han faktiskt. Han gick rakt fram med bestämda steg och verkade inte känna igen henne. Han ser ut som en glasögonorm utan vidvinkelsyn, hade Merrakess tänkt. Löjlig tanke, men den syftade på hans tomma blick som stirrade långt framför sig. Som om hans ögon inte kunde fokusera objekt som befann sig på kortare avstånd än 10 meter. Merrakess vände på klacken och småsprang efter honom.

"Hej. Mark. Det är jag, Merrakess. Hur är det?

Mark höjde på ögonbrynen och såg aningen förskräckt ut, innan han fann sig och besvarade hälsningen.

"Jaså är det du. Så kul. Vad gör du häromkring?"
"Det undrar jag också, men kan du hänga med bort till mitt galleri ett tag?"

Tystnad.

"Ja, det är inget konstigt alltså. Det är en överraskning till dig."
"Jaha, men jag är lite trött och vill gärna ta en tidig kväll. Kanske en annan dag", sa Mark och tog ett steg åt sidan som för att ge sig iväg.
"Men, snälla, det är viktigt." Merrakess tog tag i armen på honom och fick nästan ta till all sin kvinnliga charm för att locka med honom.
"Ja, okej då. Bara det inte tar för lång tid."
"Nejdå. Max en timme. Jag lovar. Kanske bara en halvtimme."

Mark mjuknade upp när han väl kom in i galleriet. Han var inte överdrivet konstintresserad, men verkade ändå betrakta det som hängde på väggarna med artigt deltagande. För tillfället hade hon två gästutställare i lokalen. Det var en lokal porträttmålare, plus Evings byster från New York som stod utplacerade lite på måfå. Merrakess tittade på klockan. Nu gällde det att underhålla Mark tills Bridget behagade dyka upp. Det borde inte dröja länge nu. Hon hade lovat att vara på plats senast halv sex, och klockan var mer än så.

"Hur går det med bröllopsförberedelserna? Är Skylar igång med att planera detaljerna? Huntington Hall är ju bara ett helt underbart ställe att fira bröllop på."
"Ja, vi hoppas på fint väder så att vi kan hålla första delen av mottagningen ute i parken."
"Och den lilla kyrkan ute bland fälten sen. Den är ju helt underbar. Jag ser nästan fram emot bröllopsfesten. Jag som inte brukar gillar sådan uppståndelse i vanliga fall."

Mark nickade och verkade nöjd med både förberedelser och gästlista.

"Skylar har lyckats få dit ett par celebriteter faktiskt. Jag kan inte säga vilka ännu, men det blir lite extra krydda."

Merrakess höjde på ögonbrynen och nickade sakta upp och ner ett par gånger.

"Coolt! Men vänta lite så ska jag hämta något att dricka. Sedan kommer överraskningen snart. No worries!"

Merrakess blandade till två svaga rom och cola. När hon gick ut i galleriet med drinkarna i händerna såg hon genom fönstret att Bridget var på väg. Sedan hände allt väldigt fort. När Merrakess hade gett Mark drinken, vände hon sig om mot dörren för att ta emot Bridget. Samtidigt kände hon en beröring. Först över axeln och sedan diffust och trevande över rumpan. Merrakess vände sig snabbt om och såg den där tomma blicken igen, sedan vände hon sig mot dörren på nytt och såg Bridget komma in med en stor handväska.

Merrakess sken upp, kramade Bridget på ett överdrivet käckt och välkomnande sätt. Hon kände att adrenalinnivån hade stigit på ett oroväckande sätt på grund av Marks oväntade beröring. Sedan tog Bridget över.

"Ja, det är jag som är överraskningen, om inte Merrakess har avslöjat det redan. Jag tänkte bara ta ett kort snack med dig, eftersom vi inte känner varandra så väl. Jag menar att jag har varit så tvär mot dig och Skylar. Hon har säkert berättat om hur överbeskyddande jag kan vara. I alla fall så vill jag be om ursäkt. Ett stort förlåt för mina sura miner och kommentarer."

Mark såg förvirrad ut, men förklarade att allt var okej. Inga problem. Han hade knappt tänkt på saken själv, sa han.

Bridget rörde nu sakta högra handen mot sin stora handväska som hon hade lagt vid sidan om sig i soffan. Merrakess stod med armarna i kors och lutade ryggen mot ena dörrkarmen samtidigt som hon såg hur Bridget fumlade med någon inne i väskan. Det blev helt tyst i rummet och det kändes som en evighet innan Bridget snabbt drog upp ett föremål ur väskan. Det var ett paket med snören runt.

"Jag har köpt bakelser. Vänta här så ska jag fixa drinkar också. Du kan väl underhålla Mark under tiden, Merrakess."

Merrakess gick i stället efter Bridget in i köket. Nu gällde det att hålla masken och inte avslöja något om Marks närmande. Nu när Bridget äntligen var lugn och på solskenshumör. Det skulle få Bridget att explodera. Knappast lämpligt beteende av en blivande brudgum.

"Jag har ju redan fixat drinkar. Tänker du hälla i honom ännu mer?"
"Jag har bättre grejor här. Rom och Cola är inte mycket att hurra för."
"Nä-nä. Det er ju ditt party."
"Ska du inte gå ut till Mark?" Det här tar ett par minuter."
"Nä. Han klarar sig nog."
"Tack för att du ställde upp. Det var schysst. Jag hade inte klarat det utan dig."
"Ingen orsak."

Merrakess stod och tuggade förstrött på knogarna. Såg kanske lite orolig ut. Hon var absolut inte rädd för Mark. Bara lite förvånad och uppspelt. En sån fräck typ. Tro att hon var överraskningen liksom. En sån tönt. Kvasi-macho, men egentligen en äkta tönt. Sedan iakttog hon Bridget. Hon hade tagit fram en stor flaska ur handväskan (hur mycket fick hon egentligen plats med i den). Därefter hällde hon innehållet i en gryta som hon satte på spisen.

"Varför ska du värma drinken? Är det något annat du behöver förresten?"
"Nejdå. Jo, förresten. Is massor av is. Det här är en drink som måste värmas för att få den rätta smaken. Du har ju ismaskin i frysskåpet, eller hur?"
"Det var värst. Kan han inte bara få en vanlig drink i stället? Det hade gått fortare."

Därefter såg hon hur Bridget tog upp ytterligare en sak ur väskan. Det verkade vara ett slags rör. Kanske något medicinskt från Bridgets sjukhus, tänkte hon snabbt. Men herregud, vad gör hon? Häller hon konstiga saker i drinken, och varför står hon och värmer den? Vem vill ha en varm drink egentligen? Is eller inte. De närmaste minuterna var Merrakess på helspänn. Det verkade Bridget också vara. Hon bekymrade sig inte det minsta över att Merrakess stod och såg över axeln vad hon gjorde. Och varför skulle hon nu det egentligen. Det var väl bara fantasin som skenade iväg med Merrakess. Innehållet i röret var kanske extra stark läkarsprit. Sådan som medicinarna brukade festa på. Det hade Bridget ofta berättat om när de bodde i Langdonhuset. Merrakess hade säkert själv smakat om hon tänkte efter. Merrakess beslöt sig för att andas ut och ta det lugnt. Hon gick in i galleriet och såg att Mark hade rest sig upp för att betrakta några målningar och la inte märke till att hon var där. När hon kom tillbaka in i köket hade Bridget öst upp is i ett drinkglas och stod precis och spetsade med sin specialmixtur,

"Ser gott ut. Får inte jag något glas?
"Nej."
"Nej?? Och du själv då?"
"Nej, det är bara till Mark."
"Bara till Mark. Får jag smaka då?

Merrakess sträckte sig efter glaset, men Bridget var snabbare och tryckte det mot bröstet samtidigt som hon la sig till med en trumpen Bridget-min. Uppspärrade ögon och stel mun. Sedan gick allting väldigt fort för andra gången den kvällen. Merrakess ryckte åt sig glaset. Hällde innehållet i vasken och blandade därefter till tre rom och Cola. Starka, den här gången.

"Nu är det bakelse och drink", sa Merrakess käckt och vinkade till Mark att komma och sätta sig, men inte i samma soffa som hon. Det verkade Mark inte ha något emot. Han började glufsa i sig av bakelserna med god aptit. Bridget sa i stort sett ingenting. Var det inte nu hon skulle ha slagit på stora charmen, tänkte Merrakess. Eller var hon nöjd med sin storskaliga ursäkt som hon hade hävt ur sig innan hon tänkte försöka förgifta Mark med någonting. Merrakess var nu ganska så övertygad om att så var fallet.

"Trevligt det här", sa Mark och reste sig upp för att gå. "Och gott. Vi ses på bröllopet. Och Bridget, du är min favorittjej! Hade du inte varit lesbisk så...."

Kort därefter reste sig Bridget också för att gå. Hon rafsade åt sig handväskan och skulle just öppna dörren då Merrakess tog ett par snabba steg och ställde sig mitt i vägen för henne. Bridget parerade och försökte smita förbi på ena sidan. Då ställde sig Merrakess där också.

"Bridget!"

Bridget såg bara ner i marken samtidigt som hon kramade sin handväska hårt, som om den vore ett litet spädbarn som myndigheterna ville ta ifrån henne.

"Bridget."
"Bridget. HAR DU KOMMIT IHÅG ATT TA DINA TABLETTER?"

*

Bridget slickade såren efter sitt misslyckade mordförsök. Den första veckan hade Merrakess och Marielle turats om att komma hem till henne för att tvinga i henne medicinen. Det var komiskt. Det var ju hon som var läkaren, inte de två. Merrakess hade så klart berättat för Marielle om vad som hade hänt. Marielle kunde inte tro att det var sant. Hon hade heller inte pratat med Bridget om det. När de försökte, snörpte hon bara ihop munnen och låtsades som ingenting. De gav upp ganska fort. Bäst att låta det vara och hoppas på att tabletterna skulle ha sin verkan. I alla fall verkade det som att luften hade gått ur henne och att detta förhoppningsvis var hennes enda existerande mordplan. Nu när den hade gått stöpet, fanns det ingen anledning att blanda in några utomstående. Absolut inte Skylar. Inte under några omständigheter.

Samtidigt hade både Merrakess och Marielle sina betänkligheter när det gällde Mark. Det verkade som att Bridget i alla fall hade haft lite rätt när hon trackade ner på Mark. Han var skum. Han var verkligen det. Marielle hade nämnt incidenten med telefonsamtalet. "Jag har satt dit den lille skiten." Och Merrakess hade så klart det taffliga förföringstrixet att referera till. Och så den där tomma och liksom frånvarande blicken. Han kunde mycket väl vara skum. Ordentligt skum. Eller bara lite osäker på sig själv. Vem kunde veta. I alla fall skulle de inte säga något till Skylar. Vare sig om det ena eller det andra. Just nu var det viktigaste att få Bridget på fötter. På fötter och med friskt huvud.

Så här i efterhand insåg Bridget att planläggningen hade varit katastrofal. Logistik var inte hennes starka sida. Det hade varit en helt igenom ihålig plan när allt kom omkring. Det var rena turen att Mark hade kommit hem till sin lägenhet i lagom tid. Han skulle lika gärna ha kunnat gått ut på stan, eller var som helst. Sedan hade Bridget i sin enfald trott att Merrakess inte skulle fatta nånting. I stället hade hon stått och sett på medan hon spetsade Marks drink. Eller mer precist. Medan hon hade kokat ihop en helt speciell brygd som inte alls påminde om något som partytjejen Merrakess hade sett förut. Klart hon blev misstänksam.

Ganska så omgående hade Merrakess och Marielle tvingat iväg henne till en läkare. Som om det inte räckte att hon själv var läkare. För det första var det komplicerat att redogöra för sin sjukdomshistoria inför en halvstressad läkare som hade nog besvär med att få beskrivningen att passa ihop med någon lätt identifierbar diagnos. Dessutom skulle en nedtonad version av förgiftningshistorien rullas upp. Hon skulle så klart inte berätta vad som hade utspelat sig i Merrakess galleri. Det fick räcka med att säga att hon hade drabbats av ångest den senaste tiden och blivit så uppskruvad att hon ville hämnas gamla oförrätter till höger och vänster. Det spelade ingen större roll, men det kändes ändå bra att ha gjort Marielle och Merrakess någorlunda till viljes. De var trots allt snälla och hjälpsamma. Precis så som riktiga vänner ska vara. Det enda läkaren hade konstaterat var att hon måste tillbaka på full dos. Sedan fick hon se till att komma på regelbundna återbesök, så att ångesten inte tog överhanden igen. Det var en lösning som alla verkade tycka vara bra. Problemet var bara det att Bridget redan var på full dos. Det tog hon sig friheten att hålla tyst om. De fick gärna tro att hon var lite lagom sjuk och galen. Det passade egentligen henne utmärkt. Då kunde hon verka i det tysta. Såvida inte Merrakess hade planer på att vakta på henne som en hönsmamma.

Dessutom visste Bridget något som varken Marielle eller Merrakess verkade ha fattat, och det var ingen ide att ens försöka nämna det för dem, så som läget var nu. När Bridget hade hälsat på Ron på hans kontor för ett par dagar sedan, hade han nämnt att Brad hade fått sparken och att det var ingen mindre än Mark som låg bakom. Det var bara en bekräftelse på det som Bridget hade tyckt sig se hela tiden - att Mark var den typen av människa som borde få ett kort liv.

*

Lördagen efter vaknade Merrakess tidigt. Väl medveten om att hon hade råkat "glömma" en kaffedate kvällen före. Det var nog till och med så att det var hon själv som hade tagit initiativ till den. Det var en kille, Alistair, som hon hade träffat ett par gånger tidigare utan att det hade hänt något speciellt. Inget fel i att dricka kaffe, men i går kväll hade hon mest känt för att slappa och plötsligt hade hon kommit på sig själv med att ligga och halvsova i soffan och insett att det var för allt för sent att göra sig i ordning för att hinna i tid till daten. Det var också för sent att ringa återbud eftersom Alistair säkert redan hade gett sig iväg. Hur som helst så tänkte hon ta nya tag redan i kväll. Förra helgen hade hon hållit vernissage för en bildkonstnär. Då hade hon kommit i samspråk med två män som ville att hon skulle komma hem till dem och se på deras etsningar, ungefär. Eller mer riktigt, de etsningar och konstverk som de hade förvärvat. I vilket fall så verkade de ha glimten i ögat och bjöd in henne på middag på stående fot.

Den ene mannen bodde på annan ort, men de skulle träffas hos den andre, i hans hus ute i Metcliffe. Det var ett varierat område som blandade nyare förortsvillor med lite äldre årgångar, mest från 20- och 30-talet. Mannens hus var ett vintagehus av den äldre sorten och lämpade sig mer än väl som samlarvilla. Han hade faktiskt en hel del att visa. De ägnade minst en timme åt diverse samlingar och objekt innan hon fick klart för sig vad de två egentligen hade i sikte. Det passade henne utmärkt. När den ene var tömd och urlakad kunde hon ägna sig åt den andre ett slag, innan det var dags för den förste igen. Så väldigt många rundor blev det kanske inte, men det var ändå en härlig känsla att riktigt få knulla ut. För en gångs skull.

Det var lördag kväll, så hon sov över. På morgonen satte hon sig ensam ute på terrassen för att ta en joint. Det kunde hon unna sig nu när det var helg och allting. Nedanför terrassen hade hon utsikt över de nyare villorna, som var mer strömlinjeformade med sina rektangulära plättar till tomter och tillhörande trädäck för hemtrevliga grillkvällar. Det låg leksaker slängda överallt och det skulle sannolikt inte dröja länge innan barnen kom ut och började larma, men då skulle Merrakess förhoppningsvis redan sitta i bilen på väg hemåt. Hon hade en del att pyssla med i galleriet.

Vid den bortersta villan stod det en yngre man och grävde i kanten av en rabatt. Det såg ut som att han skulle få problem med att få den flera meter långa kanten att bli så rak som den oskrivna husägarlagen förmodligen föreskrev. Hon log för sig själv och kände att hon var lyckligt lottad med sin minimala bakgård inne i stan. Ett par ordentliga skrap med foten så var nästan allt ogräs borta från gruset. Plötsligt slog det henne att hon var i Metcliffe. Det var ju där Brad bodde. Hon hade aldrig varit och hälsat på och så vitt hon visste var det bara Marielle som hade tagit sig tid att ta turen ut. Det tog egentligen inte mer än en halvtimme, men i folks medvetande kändes det som att Metcliffe låg vid världens ände. För Merrakess var det förstås extra knepigt, eftersom hon och Brad hade varit ihop ett tag för många år sedan. Julie, Brads sambo, var dessutom en snäll och ordentlig tjej, känd för att baka eget bröd. Vad skulle hon tänka om Brads femme fatal till ex dök upp och började gå husesyn? Nu insåg hon att det faktiskt var Brad som stod där borta vid horisonten och grävde. Merrakess började tjuvvissla och vinka, ända tills han äntligen fattade att det var hon. Hon hojtade till honom att han skulle komma bort till terrassen. Hennes bägge älskare sov fortfarande sött och hon hade egentligen ingen större lust att förklara för Brad vad hon gjorde i en villa i Metcliffe klockan åtta en lördagsmorgon.

Hon försökte med det gamla beprövade sova-över-hos-väninna-som-bor-hemma-hos-föräldrarna-trixet. Brad såg ut att svälja betet med hull och hår innan han till slut började le med hela ansiktet och påpekade att så vitt han visste var husinnehavarens dotter sju år gammal och bodde med sin mamma i Boston. Merrakess var sig lik. Charmig och tänkte ibland inte längre än näsan räckte. Brad delade resten av jointen med henne och de blev sittande ett bra tag ute på terrassen.

"Trivs du ute i villaförorten, då?"
"Det är jätteskönt faktiskt. Vi trivs kanon, bägge två, och det passar perfekt nu när vi ska bli tre också."
"Ja, det här måste vara rena paradiset för barnfamiljer. Bara du kommer ihåg att sätta krockkuddar på alla träd och vassa husväggar, så kommer allt att bli toppen. Hur går det på jobbet då? Ni blev visst uppköpta."
"Ja, men det blev ett nerköp för mig. Jag har faktiskt fått sparken. Fick reda på det nu i veckan."
"Men, du...Var inte du påläggskalv. I alla fall i den gamla firman. Vann pristävling och allt."
"Jo, men det blev omorganisering och rationalisering med en gång efter uppköpet. Vi kostade kanske för mycket."
"Ska du fixa nytt jobb då? Det behöver du väl nu när ni har barn och villa."
"Jo, men det är problem där också. Han som sparkade mig sa att han skulle fixa så att jag skulle få det mycket svårt på arbetsmarknaden i framtiden. Säkert bara munväder, men ändå. En riktigt aggressiv typ."
"Hur kunde det bli så? Du som är så hygglig."
"Kan man tycka. Men den jäkeln har varit efter mig ända sen jag var liten. Vi kommer från samma ställe och han var jävlig mot mig redan då och tydligen kunde han inte låta bli när vi träffades på nytt. Trots att han borde vara vuxen nu."

"En sån jävla psykopat. Hade det varit jag så hade jag blivit
så förbannad att jag hade mördat honom. Minst."
"Jo. Han skulle behöva sig en riktig omgång."
"Bara säg till, så hjälper jag till."
"Ja. Jag och Ron har faktiskt snackat om att ta honom på
en gratis åktur någonstans. Fast då hade vi å andra sidan
klämt ett par six-packs."
"Ron kan man alltid lita på. Även om han kan verka lite
skum ibland", sa Merrakess och tänkte på vad han
möjligen hade gjort med Giffy den där kvällen för några år
sedan.
"Ja, han är i en annan division på något sätt. Du har ju sett
hans kontor."
"Ja, verkligen uppe i smöret på bara några år."
"Med fin tavla i vestibulen."
"Med fin tavla i vestibulen. Den tog mig flera veckor att
måla."

XXI

Marielle hade beslutat sig för att ta ett snack med Ron. Det kändes enklast så. Det hade många gånger slagit henne hur lätt det var för henne att ventilera sina problem för Ron. Hon hade som vanligt också tänkt på det faktum att Ron allt som oftast hade förslag på hjälp och lösningar. Det kändes tryggt. Och enkelt. Kanske för enkelt, men det hon också insåg var att de andra säkert gjorde likadant. Kom till Ron med sina bekymmer och fick förslag på lösningar. Det innebar att Bridget också mycket väl skulle kunna försöka dra nytta av Ron. Kanske hade hon redan gjort det, med tanke på vad hon hörde den där gången hon kom nedför trappan i Langdon. Hon hade bara hört lösryckta fragment av en konversation som hon inte visste vad handlade om. Men i alla fall. Bäst att informera Ron om läget. Han var busy med jobb, men om hon kom in på kontoret framåt kvällen så skulle han hitta en lucka för henne.

Till sin förvåning möttes Marielle inte av Ron, utan av en bredaxlad man klädd i svart kostym. I öronen hade han små, nästan osynliga hörlurar med tillhörande mikrofon som löpte i en sladd längs kinden. Hans utseende förde tankarna till FBI eller Secret Service. När hon såg närmare på honom, rakt i ansiktet, var det absolut något bekant med honom. Mannen tog henne i hand och såg uppriktigt glad ut.

"Mary Jo. Det var länge sen."

Då såg hon vem det var. Tyler. Hennes före detta svåger. Samme svåger som Ron och hans hejdukar hade bankat upp för inte så många månader sen. Tammy hade visserligen sagt att han hade fått jobb någonstans i stan, hon visste inte exakt var, men det här var ändå en överraskning.

"Hur har du hamnat här?", var det enda Marielle kunde komma på att säga.

"Har fått jobb hos Ron. Som säkerhetschef. Fast jag är hemma ganska ofta, för att lättare kunna träffa Sander och Kirsten. Ron väntar på dig däruppe. Kom så ska jag visa dig."

Tyler öppnade dörren och visade in henne. Sedan försvann han iväg någonstans. Ron satt bakom skrivbordet i en gammaldags läderbeklädd stol. Bakom honom, på väggen, hängde en av Merrakess falska tavlor. Var det inte lite låg klass att hålla sig med kopior, eller var det på modet kanske? Marielle slog sig ner i besöksfåtöljen och kände sig lite lätt överväldigad. Det var ovant att se Ron på det här sättet. Så länge han var hemma i Langdonhuset, var han bara en vanlig kille som man kunde skämta med om vad som helst, men här på hans flotta kontor, var man tvungen att se annorlunda på honom. Sådan som han egentligen var kanske. Han var fortfarande samme gamle Ron, med samma lättsamhet och positiva utstrålning, men hela kontexten krävde att vem som än besökte honom visade en helt annan respekt. Han hade numera bortemot 100 anställda under sig, och det fanns tydligen behov för en hel säkerhetsavdelning också, med tanke på att han hade utnämnt Tyler till chef för den. Hon la märke till att man sjönk ner ganska ordentligt i besöksfåtöljen, på ett sätt som gjorde att man oundvikligen måste se upp till Ron där han tronade bakom sitt skrivbord. Se upp till, både bokstavligen och bildligt talat. Var det här kreti och pleti satt när de la fram sina ärenden till Gudfadern Ron?

"Hur i hela världen hamnade Tyler här? Hos dig."
"Ja, säg det. Vi talades vid som hastigast när jag besökte din syster Tammy. Efter skilsmässan var han i behov av att

rycka upp sig, så jag gav honom jobb som säkerhetschef här hos mig. Och han är duktig."

"Så konstigt att du inte sa något till mig om det."

"Ja, det kan du ha rätt i. Jag utgick nog från att alla i familjen redan visste om det. Varför skulle ni inte veta det, menar jag."

Så det var alltså så det gick till i Rons firma. Han ger folk så mycket stryk att de blir lojala tjänare. Hundar som följer flockledaren. Ron blev en allt större gåta. Gick från oklarhet till oklarhet, skulle man kunna säga.

"Men jag ville egentligen prata om Bridget. Det har gått lite snett för henne efter att hon flyttade ut."

"Okej. Det visste jag inte. Hon som blev klinikchef och allting."

"Det är det att hon egentligen måste äta tabletter för att hålla sig i form. Medicin alltså. Det är många som gör det, men om hon slarvar så kan hon komma ner i en dipp och bli lite lätt snurrig."

"Det har jag aldrig fattat."

"Det är egentligen bara Skylar som har känt till hela historien. Och själva problemet nu, är just Skylar, eller rättare sagt hennes blivande man, Mark."

"Ja, jag vet att hon inte brukar gilla Skylars pojkvänner."

"Vi tror att hon är ute efter att försöka få bröllopet att inte bli av på något sätt. Att hon ska försöka skada Mark."

"Okej.... Det låter ju helt otroligt, men har du sagt det så..."

"Ja, hon försökte kanske. Jag säger bara kanske, hälla gift i en drink som hon tänkte ge till Mark. Som tur var kunde Merrakess stoppa henne."

"Oj då." Ron såg allt mer förvånad ut. "Vad ska ni göra nu då. Vill du att jag ska hjälpa till med något? Ska jag sätta Tyler till att hålla koll på henne?"

"Nej! Nej, absolut inte. Det blir ju konstigt. Jag ville bara att du skulle veta, så att du inte går med på att hjälpa Bridget

med något som kanske syftar till att skada Mark. Hur oskyldigt det än verkar. Det var så hon kom åt att nästan förgifta honom för ett par veckor sedan. Hon fick med sig Merrakess som förkläde. Det är ju inte helt sällsynt att folk kommer till dig och ber om tjänster, menar jag."
"Förgiftat? Nej, vad är det du säger egentligen? Hur då?"
"Hon lurade med sig Mark med hem till Merrakess och blandade till en spetsad specialdrink."
"Det låter otroligt, men annars har du helt rätt. Jag vill verkligen inte medverka till att Skylar står utan brudgum i sommar. Dessutom verkar ju Mark vara en hygglig kille."
"Ja, precis."
Var det du som medverkade till att Giffy trillade i sjön, tänkte hon för sig själv, medan hon reste sig för att gå.

När Marielle hade gått, kände Ron sig lite illa till mods. Det var alltså så att Bridget kunde anses som psykiskt instabil. Det förklarade en del. Han hade inte nämnt det lite obehagliga faktum att de redan hade talats vid, han och Bridget. Det var den gången när Bridget hade varit på besök. Då Marielle fortfarande bodde kvar i Langdon. Han hade absolut inte tagit henne på allvar. Hon hade muttrat och klagat över Marks påstådda brister, som i hans egna öron var bagateller. Men han visste ju mer än väl hur det var med Bridget och hennes förhållande till Skylar. När andra såg komik, kunde hon likaväl se rött.

"Men kan inte du hjälpa mig på något sätt så att bröllopet inte blir av? Du skryter ju alltid om att du gör allt för att hjälpa dina vänner. Det går att ordna. Bara säg till så ordnar jag det. Eller hur?"
"Jo, det har jag säkert sagt några gånger för mycket, men då glömmer du att Skylar också är min vän, och hur hjälper jag henne genom att förstöra hela hennes bröllop?"

"Det är ju det som är poängen", sa Bridget med sin vanliga jargong. "Han är inte bra för henne och det är en win-win situation för alla. Du hjälper både Skylar och mig och en hel massa andra på en gång."

"Men jag är ingen äktenskapsmäklare. Jag kan varken prata in eller prata ut en person från ett förhållande. Det är inte min grej liksom."

"Nej, men det finns ju andra metoder."

"Gör det?"

"Han kan ju råka ut för något."

"Kan han?"

"Ja, det kan han. Jag tycker att han har förtjänat det."

Det hade varit en märklig konversation och Ron hade till slut lyckats övertala Bridget att det var bäst att glömma alltihopa.

För inte så länge sedan hade hon dykt upp här på kontoret, och då hade hon dragit upp samma gamla tema. Ron hade först inte tagit henne på allvar, då heller. Dumt nog hade han nämnt för henne att Mark hade gjort livet surt för Brad. Även om det så klart var ett känsligt tema, var det väl ändå något som man kunde prata om vänner emellan. Att Mark hade fått Brad sparkad på grund av att de låg i fejd med varandra som barn. Mer än så hade han inte avslöjat.

sedan hade hon kommit med en ganska oväntad replik.

"Du har väl varit med förr."

"Hur då menar du?"

"Hjälpt till att röja folk ur vägen."

Det hade han undvikit att svara på. Möjligen hade hon hört av Marielle att han hade varit behjälplig att få Tyler att ta reson. Och hon hade en poäng där. Han hade inte tvekat när det gällde att hjälpa Marielle. Då hade han till och med tagit i lite mer än nödvändigt. När det gällde Brad, ville han också gärna ställa upp. Det var en principsak att en ful fisk som Stanton inte skulle komma undan. Var det då så stor skillnad när Bridget kom till honom och bad om ungefär samma sak? Det var det kanske inte, men det hade ändå ringt en varningsklocka där. Bridget ville ha honom till att göra grovjobbet, samtidigt som hon själv skulle sitta inne med vetskapen om hur både Tyler och Mark hade fått på nosen. Så jobbade inte Ron. Det var alltid han själv som drog i trådarna. Inte tvärtom. Förmodligen hade han redan då också känt att det var något fel med Bridget. Något galet till och med. Dessutom visste han ganska lite om den här Mark, och han kände inte för att lägga ner tid på att ta reda på så mycket mer heller. Han lovade inte henne att hjälpa till med något som helst, utan hade bara skickat hem henne och bett henne glömma alltihopa. Men nu hade hon alltså på egen hand försökt förgifta Mark. Bridget som var en respektabel medborgare. Både chef och läkare. Otroligt!

*

På lördagen tog Marlelle och Stan en cykeltur. Hon hade kvar sin gamla tävlingscykel från studietiden då hon hade varit med på ett hörn i universitetets triathlonlag. Hon orkade aldrig lägga ner så mycket tid som krävdes för att nå några större framgångar, utan fick ta träningen som ordentliga motionspass i stället. Nu för tiden kom hon inte ut så ofta. Nu tog hon och Stan en runda som gick upp en sväng i bergen på serpentinvägar. Sedan ner i dalen och till slut längs Masterson's beach och förbi de gamla fiskelägena. Det hade gått över förväntan med Stan. Hon kände sig nästan på gränsen till att vara förälskad. Det lät lovande. Han såg bra ut på ett alldagligt sätt, men det var mer än så. En lång rad samverkande faktorer skulle hon tro. Kanske var det ändå mest de långa kyssarna ute på

The Randles som hade varit avgörande. Vem vet. När de tog en paus nere vid vattnet, sa han plötsligt något som hon knappast hade räknat med.

"Jag ska vara borta i tjänsten nästan en månad."
"Jaha..", sa Marielle och visste inte om hon skulle försöka låta besviken eller ironisk. "Är det nu du tänker säga att du inte är mogen för ett förhållande?"
"Ha-ha. Nej. Vi har väl redan ett förhållande. Så det är liksom för sent att börja slingra sig nu. Jag tänkte bara att det är bäst att jag avslöjar vad jag jobbar med."
"Okej. Så det är inte hemligt längre?"
"Det har det väl egentligen aldrig varit. Inte själva jobbet i alla fall. Däremot så är arbetsuppgifterna alltid hemliga. Jag brukar vara försiktig med att säga vad för slags jobb jag har. Folk blir lite avvaktande ibland. Tycker att det verkar farligt och obehagligt."
"Så, vad gör du då? Är du yrkesmördare? Eller legosoldat?
"Nej, men kanske något i den stilen. Jag är FBI-agent."
"Det var väl inte så farligt. Jag är ju jurist och är van vid sånt där."
"Jo, men många får för sig att vi är ute och skjuter var och varannan dag och lever James Bond-liv. Så är det ju inte riktigt. Det är mest pappersarbete."
"Vart ska du då?"
"Till huvudkontoret i Washington bara. På utbildning. Jag är klar med ett uppdrag här, så då passar det att ta det nu."
"Så kul. Vad jobbade du med här då? Eller är det också hemligt?"
"Ja, egentligen, men nu är utredningen nedlagd, så jag kan säga så mycket som att hade med stulna konstverk att göra. Tavlor. "
"Jaha. Det låter kanske inte så upphetsande."
"Nej, dom sätter gärna oss nybörjare på sånt. Alla får göra sina hundår."

*

På söndagskvällen tog Marielle med sig Stan bort till Langdonhuset. Hon behövde hjälp med att flytta det sista av sina grejor. Det var lite småsaker som hon inte hann skicka med flyttgubbarna.

"Hej. Ron. Det här är Stanton, eller Stan. Ni har väl inte träffats förr."

Ron tvekade. Han som annars alltid var den som hälsade först och var du och bror med alla nyanlända.

"Ron. Kul att ses."

Marielle log lite förläget. Nästan som att komma hem till sina föräldrar och presentera en ny pojkvän. Antog hon. Hon hade ju inte haft föräldrar på det där välordnade sättet, som folk i allmänhet hade.

"Stan ska hjälpa mig med dom sista kartongerna. Dom som jag aldrig fick med mig."
"Så bra! Känn er som hemma."

Ron verkade fortfarande lite tagen på sängen.

"Var kommer du ifrån Stanton? Jag har svårt att placera dialekten."
"Nordväst. Jag trodde det hördes väl."
"Ja, du har rätt. Jag var ouppmärksam. Är lite trött idag. Stanton. Är det ett vanligt namn i Nordväst?"
Frågan var bara menad som en artighetsfras. Ron hade redan andats ut från sina misstankar om att Marielles Stanton var samma person som Brads Stanton.

"Nej. Inte speciellt vanligt. Men han som Skylar ska gifta sig med heter ju också Stanton."

"Gör han?"

"Ja, i efternamn. Det är i stort sett lika vanligt att heta Stanton i förnamn som i efternamn."

"Som Chesney."

"Ja, som Chesney. Precis som Chesney", sa Marielle och himlade med ögonen för att visa att hon inte hade några som helst problem med att referera till gamla och uttjänta älskare.

"Men du menar alltså att Mark heter Mark Stanton?"

"Ja, Markus "Mark" Stanton. Har du inte läst inbjudningskortet?

"Knappast…. Jag vet inte någonting om Mark egentligen. Inte ens var han jobbar."

"Han jobbar på en konsultfirma, som bland annat har firman som Brad jobbar på som kund, men jag tror inte att dom har träffats där. Inte vad jag har hört i alla fall. Det är ju en stor firma.

*

"Vi måste göra något åt Stanton."

Brad skakade avvärjande på huvudet när han hörde Ron nämna Stanton vid namn. Han var fortfarande nere i en down-period och kände att han helst bara ville hålla sig undan den förhatlige Stanton.

"Jag vet inte Ron. Jag tror hellre jag ligger lågt ett tag. Det känns inte som att det är rätt läge just nu."

"Det är okej, Brad. Jag behöver egentligen inte blanda in dig, men det har tillstött en komplikation som gör att jag måste gripa in."

Brad nickade instämmande. Efter att ha umgåtts en del med Ron, hade han börjat förstå att Ron kanske inte helt var den person folk i allmänhet trodde att han var. Brads egna små knivviftningar var nog bara en västanfläkt mot vad som väntade den som jävlades med Ron, eller hans kompisar för den delen.

"Jag har själv inte fattat det förrän för några dar sen, men Stanton är Mark", fortsatte Ron.
"Är han? Och vem är Mark?"
"Det var längesen du träffade alla Langdonare på en och samma gång, va? Det är i och för sig inte säkert att du hade fattat det ens då, om du inte hade ställt de rätta frågorna."
"Jag fattar ingenting. Det har du rätt i."
"Skylars nye man. Han som hon ska gifta sig med. Vad heter han egentligen?"
"Ja, nu när du säger det kommer jag möjligen ihåg att han heter Mark. Antar att det är en förkortning av nånting. Men jag har aldrig träffat honom."
"Ja, det brukar vara Marcus, men i efternamn då?"
"Ingen aning. Det är Julie som är chef för alla sociala arrangemang. Jag har inte ens läst själva inbjudningskortet."
"Skylars blivande man heter Mark Stanton."

Nu blev Brad tyst ett tag och ville inte tro att det var sant. Visst hade han vetat att Stanton var ett efternamn och han hade också vetat att hans förnamn var Markus eller något liknande, men ingen kallade honom så. Han hade alltid varit Stanton. Då som nu. Men för Skylar var han kanske en gullig Mark, snarare än en burdus Stanton.

"Herre gud! Har du snackat med Skylar?"
"Inte än."
"Shit. Jag sticker dit med en gång. Hon måste få veta vem Stanton är, annars begår hon sitt livs misstag."
"Brad! Bry dig inte om det. Har du nånsin försökt tala en förälskad kvinna tillrätta? Hon skulle gripa efter varje

halmstrå för att försvara honom. Jag sköter det här på mitt sätt. Du kan bara slappna av."

"Vad ska du göra då?"

"Folk som den här Stanton ska inte få göra som dom vill. I alla fall inte med mina vänner."

"Men det gäller ju inte dig. Det är ju en sak mellan mig och Stanton. Ingen förväntar sig något av dig."

"Det gäller ju både dig och Skylar, och jag är inte den typen som bara står och tittar på. Vi har all rätt att göra något åt problemet Stanton."

"Hur tänker du göra? Hur långt har du tänkt gå?"

"Hela vägen, om så krävs, men oroa dig inte för det."

*

Brad var fri som fågeln, så att säga. Han hade fått lämna sin tjänst med en gång. Samma dag som Braxely hade meddelat att han måste sluta. Det var kanske lika så bra. Om han hade hållit käft hade han haft ett lysande erbjudande om att få flytta ut på prärien i Kansas. Det skulle han inte ha gjort i vilket fall som helst, men det som var mest jävligt var så klart att Stanton hade kommit undan med ett så billigt trick. Brad kände att han inte skulle kunna leva med att låta Stanton gå fri. Precis som Ron hade antytt, så var verkligen rättvisan på hans sida. Om ingen satte sig upp mot folk som Stanton och tydligt visade att nog var nog, så skulle han bara konsumera än mer av den energi som hans offer blev dränerade på, och växa sig allt starkare. En uppblåst typ som Stanton räknade inte med konsekvenser av sitt handlande. Han såg bara framåt och skulle förr eller senare hitta ett nytt offer, såvida han inte redan hade gjort det. Det vore inte mer än rätt om Ron tog med sig Stanton på en liten tur till någon mörk källare. Världen skulle knappast sakna honom.

Brad tog sig tid att åka upp till Julies föräldrars stuga i bergen. Det kändes lite oroligt att lämna henne så här nära inpå förlossningen, men hon kunde ta vara på sig själv och dessutom fanns det telefon i stugan. Och till och med kylskåp. Brad tog ut en iskall öl från kylen, la sig raklång på soffan och kände hur hela kroppen började slappna av. För att inte tala om huvudet. Stugan låg på så pass hög höjd att kvällarna kunde vara kalla, också mitt på sommaren. Redan i slutet av oktober kunde snön falla och lägga sig på granarna på ett sätt som närmast förde tankarna till ett julkort. Det fanns pister ett par mil bort, men i stugans närmaste omgivning var det mer eller mindre vildmarkslikt. Brad hade sett både svartbjörn och rödlo flera gånger. Han älskade att uppleva de stora rovdjuren i sin naturliga miljö och hoppades att de skulle klara sig även om trycket från fler stugor och fler människor blev allt större från år till år. Han var själv en av dem. En människa med rätt att leva. Med rätt att döda djur för att äta och överleva. En människa med rätt att tränga ut djuren från deras habitat. Han var också en människa som kunde välja att avsluta andra människors liv. Kanske av nödvändighet, kanske inte. Var det så Ron tänkte? Som Brad hade förstått det var Ron inte främmande för att döda om det var nödvändigt. Förmodligen var det bara något Ron hade antytt i stundens vrede. Brad kunde innerst inne inte tro något annat än att Ron hade för avsikt att skrämma upp Stanton och kanske ge honom ett par smällar. Det skulle kunna vara farligt för Ron. Brad hade upplyst Ron om hur det gick för honom själv när han hade försökt ge Stanton en smäll på näsan. Fast Ron var förstås av en helt annan kaliber.

Senare på eftermiddagen gav han sig ut på en löptur. Det var härligt. Han tränade inte lika mycket nu för tiden, men det var ändå skönt att kunna hålla igång kroppen. Han såg hur allt för många ute i Metcliffe började få putande magar, trots att de inte var mycket äldre än honom själv.

Det var inget för Brad. Han hade alltid hållit sig i form. I High School hade han varit en av dem som tränat allra mest. Först football, sedan allt mer friidrott. Tränaren var övertygad om att Brad hade möjligheter att hävda sig i OS och VM, bara han låg i och tränade målmedvetet. Friidrott var ingen stor sport. Inte alls som football, baseball eller basket. Mest något som universitetsstuderande sysslade med. Och de svarta killarna i Santa Monica. De flesta sprinters av världsklass. Där skulle inte Brad kunna konkurrera. I stället var det mångkamp som var hans grej. Både han och tränaren hade sett alla de spännande duellerna mellan Hingsen och Thompson, och räknade 10-kampen som det största inom friidrotten. Den som var mest allround var också den bäste atleten. Nu blev det aldrig så. En skada satte stopp för karriären redan innan den hade börjat och Brad fick nöja sig med att idrotta på motionsnivå.

Brad hade en del att fundera på. Ingenting kändes riktigt bra längre. Han skulle snart bli far för första gången, men glädjen solkades av att han hade fått sparken från sitt jobb på ett allt annat än trevligt sätt. Hatet mot Stanton vällde upp inom honom varje gång hans tankar rörde sig i den riktningen. Han skämdes. Mest för att han var så feg. Den gången när han var liten och gick i skolan, hade han svurit att aldrig bli en lipsill, utan en sådan som slog tillbaka med full kraft. Det var ett devis som han verkligen hade hållit. Sedan hade Stanton återställt ordningen och nu låg han här som en slagen lipsill. Nu kunde han ligga kvar här och lipa en stund till och vänta på att Ron gjorde processen kort med Stanton. Det skulle ändå inte kännas bra.

Det enklaste skulle så klart vara att bara låta allt vara. Att flytta till en annan del av landet och börja på ny kula. Eller att helt enkelt bli kvar. Det här med jobb skulle alltid ordna sig. I värsta fall kunde han ta hjälp av Ron. Han hade i stort sett redan lovat honom att hjälpa till. Ron var den typen av person som ställde upp för sina kompisar. Helt osjälviskt, som det verkade. Brad hade sällan kunnat hjälpa Ron med något av större vikt. Kanske kunde några sporadiska mattelektioner för många år sedan räknas som en tjänst. Ron hade i alla fall klarat sin tenta, möjligen tack vare Brads insats. Det kändes bra. Det som fortfarande inte kändes bra och som förmodligen aldrig skulle kännas bra, var det faktum att han fortfarande låg i en stuga långt upp i bergen och kände sig rädd. Han gömde sig för det äckliga svinet Stanton. Brad var uppfostrad i ett normalreligiöst amerikanskt hem och nu vände han andra kinden till precis som det anstod en god kristen människa. Hela kroppen kändes blytung. Brad visste att enda möjligheten att få kropp och själ att väga mindre var att lämna fjället, åka hem och berätta för Ron att han tänkte göra sin del i projektet Stanton.

*

"Jättekul! Jag kommer absolut."

Marielle hällde upp te tlll Skylar som sträckte ut sig i den nya soffan. Det var första gången Skylar var inne i Marielles lägenhet.

"Jag antar att alla dom andra kan komma också."
"Ja, i stort sett så verkar det som att alla kommer. Ska bli kul att ses en sista gång på nåt sätt."

Skylar hade bestämt sig för att hålla ett slags avigt house-warming party i Langdonhuset. Helt fel hus så klart, men då det knappast skulle gå att samla Langdonarna i LA, så fick det bli en sista natten med gänget i Langdon i stället. Det kändes som att det var 100 år sen de sågs tillsammans allihop.

Sedan kom Skylar in på ämnet Bridget. Helt av sig själv. Hon hade tänkt hälsa på Bridget i hennes nya hus, men aldrig haft tid. Nu när hon hade fått en lucka i schemat visade det sig att Bridget var sjuk och måste vila.

"Hon har haft det lite jobbigt ett tag. Var nära kollaps. Tror att jobbet som klinikchef sliter mer än hon hade räknat med. Det är många sena möten och en del resor hit och dit."
"Jo, jag har förstått det. Först trodde jag att hon inte ville träffa mig på grund av Mark. Hon gillar verkligen inte honom. Kan inte förstå hur hon kan haka upp sig på det sättet som hon gör ibland. Mark kan vara lite speciell, men det är knappast något hon kan ha lagt märke till. Jag antar att det är nåt hon inbillar sig. Det kanske är tabletterna. Hon måste väl fortfarande knapra."
"Är Mark speciell? På vilket sätt då?"
"Nä, inget speciellt. Alltså speciell som person. Det klart att han har sina sidor. Precis som alla andra."

Marielle satt tyst en stund. Tankarna flög inte iväg någonstans. Hon ville bara se Skylars reaktion.

"Va?", nästan ropade Skylar. "Menar du att det är något fel på honom? Tycker du också det? Är det därför du sitter tyst."
"Jag vet ju inte, men ingen rök utan eld, tänker jag då. Har han aldrig gjort något egendomligt?"
"Nähää-ä."
"Men allvarligt talat. Har han gjort något. Jag kanske är nyfiken, men om det är något så är det ju viktigt att få ur sig det."
"Så att jag ska säga nej och ställa in bröllopet?"
"Är det så illa? Blir du sur nu?"

Skylar reste sig ur soffan och slog ut med armarna. Sedan la hon dem i kors så att de helt täckte den smala bysten. Därefter gick hon med bestämda steg fram till Marielles sida av soffan, satte ena knäet mot soffkarmen, och stod nu så nära Marielle som hon kunde. Som om hon hade tänkt böja på halsen och viska en hemlighet i hennes öra.

"Men jag är inte sur", sa Skylar med låg och lugn stämma. "Det är bara det att man inte vill prata om sådant två veckor innan man ska gifta sig."

Skylar lät armarna sjunka ner längs sidorna och satte sig på karmen och drog till sig Marielles huvud så att det lutade lätt mot hennes sida. Nu var det som att det kändes lugnt och tryggt för henne att berätta.

"Det är nog ingenting egentligen. Men den sista tiden har han verkat lättretad och aggressiv. Inte mot mig, men i största allmänhet. Enligt honom själv är det en kille på jobbet som har ifrågasatt hans arbete på ett otillbörligt sätt. I alla fall så har den killen fått sparken nu, så han kanske återgår till sitt vanliga jag nu."
"Så du menar att du inte hade räknat med att han var den aggressiva typen."
"Precis, men vi har ju alla våra svagheter. Inte sant."
"Tror du att han har andra kvinnor?" Det var så klart incidenten med Merrakess i galleriet som hon tänkte på. Försöker han med ett så förbjudet objekt som henne, så kanske han försökte med alla möjliga.

Nu studsade Skylar upp från soffkarmen och blev med en gång betydligt mindre lågmäld.
"Nej, gud, nej, absolut inte. Så har jag aldrig tänkt. Varför tror du det?"

"Nej, det var bara något jag drog till med i farten. Det jag egentligen ville ha sagt var att jag också hörde honom säga något aggressivt en gång. Den gången i övernattningslägenheten. Då Bridget sprang iväg efter 20 minuter.

"Ja?"

"Jag har tryckt dit den lille skiten." "Det var vad han sa, alltså. I telefonen. Den stod ju i det där prånget jämte toaletten."

"Ja, jag är inte förvånad. Det är så han har uttryckt sig om den där killen på jobbet. Jag vet inte vem han syftar på heller. Det är en företagshemlighet, säger han. Det är väl inte NASA eller nånting han jobbar på. Han borde väl ändå kunna anförtro sig till mig i stället för att gå omkring och morra. Så vill man ju inte ha det."

"Nä. Jobbigt!"

"En annan grej är att han plötsligt är skeptisk till att ha Langdonpartyt. Fastän det nästan var hans idé från första början. Han pratar om att komma sent och gå tidigt och såna saker. Det känns också lite jobbigt.

"Det ordnar sig säkert."

"Ja, skönt att få det ur sig i alla fall. Du har alltid varit den man kan prata med, utan att känna sig dum och utsatt. Men hur går det med din kille förresten?"

"Bara bra, än så länge. Han heter ju Stanton han också, fast i förnamn.

"Ett namn skämmer ingen."

*

Brad hade satt sig i besöksstolen på Rons kontor. Han snarare halvlåg än satt. Stolen var låg i förhållande till det mer än ståndsmässiga antika skrivbordet bakom vilket Ron satt och tronade. Brad antog att eventuella besökare redan på förhand kände sig i underläge. Det blev verkligen en von-oben-situation. I alla fall ur Rons synvinkel.

"Nej, jag har inte ändrat mig. Jag kommer att ta ett snack med Stanton. Den sortens människor måste få klart för sig att dom inte kan bete sig hur som helst."

"Jag har däremot ändrat mig", sa Brad. "Jag tänker hjälpa dig med Stanton, eller rättare sagt, jag vill att du ska hjälpa mig. Det här är helt och hållet min grej egentligen."

"Brad, jag tror verkligen inte att det här är din grej. Det är schysst av dig att vilja hjälpa till, men det här är stora saker. Farliga saker till och med. Du är en bra kille, Brad. Överlåt skitjobben till sådana som mig. Det är det vi är till för."

"Ha-ha. Förstår vad du menar, men jag har verkligen bestämt mig. Det handlar inte om att hjälpa till. Det är en sak mellan mig själv och mitt eget samvete. Jag tänker inte bara sitta och se på medan du bankar upp Stanton. Jag måste göra det själv, annars kan jag aldrig bli hel igen."

Ron gav motvilligt med sig. Han lovade att låta Brad få hålla i trådarna. Själv skulle han finnas i bakgrunden och se till att logistiken fungerade. Det spelade honom ingen roll egentligen. Huvudsaken var att någon tog hand om Stanton. Det kunde kvitta om det var hans eget manskap eller Brad som utförde jobbet. Det enda som oroade honom var att Brad skulle vackla när det verkligen gällde och låta Stanton få övertaget. Ron hade en plan för den eventualiteten också. Han underskattade definitivt inte sin motståndare. Skylar var också ett problem. Det var hennes blivande make det handlade om. Ron hade pratat med henne, sist hon var hemma i Langdonhuset. Han hade förklarat för henne att Stanton hade manövrerat ut Brad från arkitektfirman och antytt att hon kanske borde tänka efter en extra gång innan hon beslöt sig för att genomföra bröllopet. Det hade självklart inte lett till någonting och det hade han knappast väntat sig heller. Syftet var mer att slå in en kil av tvivel. Skylar hade bara frankt konstaterat att det var en upplysning som förklarade en hel del.

"Mark har vägrat säga någonting, men jag har ändå förstått att det var någon på jobbet som hade försökt sätta käppar i hjulet för honom. Hade verkligen inte förväntat att det var Brad. Så tråkigt att Brad och Mark inte kunde komma överens."

Ron berättade också om episoden då Stanton hade släpat Brad efter en bil och lämnat honom medvetslös på stranden. På det hade Skylar bara konstaterat att Stanton hade nämnt en historia som gick ut på att en kille, som hon nu förstod var Brad, hade jagat honom genom gatorna och slagit ner honom.

"Och det här med kniven på jobbet. Kunde aldrig tro att Brad var sådan."
"Det är inte det som är poängen", invände Ron. "Brad var tvungen att försvara sig. Stanton är kanske inte den toppenkillen du tror. Var försiktig. Det är bara det jag menar. I all välmening."

*

Skylar förstod precis vad Ron talade om, men hon låtsades som om det regnade. Hon var mån om sin image som snäll, söt och relativt oskuldsfull flicka. Hon visste mer än väl att Mark hade sina sidor. Vem hade inte det, förresten? Hon visste vad det var som Ron antydde. Att hon hade fallit för en bad boy. En buse, kanske halvkriminell och att hon borde göra det rätta. Att avlysa bröllopet och skaffa en bra kille i stället. En sådan som andra gillade alltså, för hon var tvungen att erkänna för sig själv att Marks dåliga sidor varken hade skrämmande eller avtändande inverkan på henne. Det kändes mer som att känslorna blev starkare. Speciellt på det sexuella planet. Okej, det var synd att det hade blivit som det hade blivit mellan Mark och Brad, men Brad hade helt klart sig själv att skylla han också. Han var väl en vuxen man och Ron måste förr eller senare få klart för sig att han inte var hennes storebror, precis på samma sätt som Bridget inte var hennes storasyster.

*

Merrakess körde av Ligethy Express och vidare ut på East Coast Park Road. Det var snabbaste vägen till Masterson's Beach. När de studerade brukade de oftast köra gamla vägen genom fiskelägena. Det var få som fiskade på allvar längre, men de små byarna hade kvar sin charm och en hel del mysiga kaféer som var svåra att motstå. Ron ville alltid stanna på Wyndham's för att få sin Special P. En burgare med ett rejält stycke entrecote som kronan på verket. Precis vad en hungrig karl kunde behöva efter en ansträngande dag på stranden. Var Bridget med så blev de som regel tvungna att gå de 150 meterna ut på piren bara för att hon hade fått för sig att kaffeshaken var godast där, och det var väl egentligen ingen som kunde säga emot henne på den punkten.

Merrakess hämtade upp Marielle utanför kontoret nere i Downtown. Hon hade kunnat komma ifrån lite tidigare så att de äntligen fick chansen att tillbringa en kväll på beachen. Det var alltid lika skönt att komma ut dit och mötas av livräddartornen och de små krittavlorna som visade vindförhållande och luft- och vattentemperatur. Då kändes det som att man kom in i en helt annan dimension, fjärran från stadstrafik och jobbstress. De skulle inte ha tid med mer än ett par timmar i solen innan flaggorna plockades in och markerade att beach-dagen var till ända. Sedan skulle de sätta sig på en av de lite mer halvflådiga restaurangerna och slappna av medan solen letade sig ner bakom horisonten. Masterson's Dome var egentligen

Brads favorit, i alla fall de senaste åren då de fått bättre ekonomi allihop. Han älskade att sätta sig i relaxsofforna efter middagen och ta en whiskey eller någon smoothie, beroende på vilken form han var i. Merrakess och Marielle kände att de inte bara var ute på en härlig beachtur. De behövde verkligen prata om det som hade hänt den senaste tiden. Det var både tråkigt och roligt att de två satt där de satt den här kvällen. Roligt, för att de på ett oväntat sätt hade kommit närmare varandra och blivit riktigt goda vänner. Tråkigt, för att det var mycket som låg och gnagde just nu. Det var bara ett par veckor kvar till Skylars bröllop och nu visste de inte riktigt vad de skulle tro.

Marielle hade berättat för Merrakess om sitt samtal med Skylar, då hon hade avslöjat att Mark verkligen kunde ha sina ups and downs. Det var i vilket fall som helst Skylars eget val och det faktum att Mark kunde vara lite lynnig, rättfärdigade inte på något sätt Bridgets tilltag. Bridget hade för övrigt knappast någon kännedom om den här saken, utan hade agerat på ren intuition, så vitt Marielle visste. Marielle hade i alla fall fått Ron att lova att inte låta Bridget övertala honom till att hjälpa Bridget med saker. Hur oskyldigt det än verkade, med tanke på hur illa det höll på att gå när hon bad en intet ont anande Merrakess om hjälp.

"Men, då är väl saken egentligen klar. Eller hur? Bridget kommer knappast hitta på något mer, och hon är ju hur som helst tillbaka på full medicinkur. Det verkar i alla fall som att hon är mer eller mindre återställd."
"Ja, förhoppningsvis. Vi måste i alla fall hålla lite koll på henne, så gott det går."
"Jag sprang förresten på Brad häromdagen. Han hade fått sparken, sa han."
"Hade han? Så konstigt. Jag trodde det gick bra för honom."

"Ja, men tydligen så var det en kille på hans jobb, en
konsult, som hade fått ut honom. Ett riktigt svin."
"Okej", sa Marielle och drog på det. "Varför det liksom?
Hade Brad gjort något konstigt?"
"Kan jag inte tänka mig. Det verkade som att han och den
jävlar Stanton kom från samma stad. Tydligen hade han
jävlats med Brad redan när de var småkillar och sprang
omkring hemma på gatan."

Marielle tog plötsligt en cigarett ur Merrakess paket som
låg mittemellan dem på bordet.
"Är det okej?"
"Det klart. Ta för dig bara. Har du börjat feströka igen?"
"Väldigt sällan", svarade Marielle och började fumla en
aning med tändaren. Sedan satt hon tyst en stund,

"Ska vi gå då, eller sätta oss i Brad-sofforna en stund?",
undrade Merrakess.
"Jag vet inte riktigt. Men det är nog en sak till jag kom på."
"Ok?"
"Stanton."
"Ja, han hette visst Stanton, det där svinet. Vad mer vet jag
inte, men jag skulle gärna vilja veta, så att jag skulle kunna
köra upp nånting i honom. På det rätta stället."
"Stanton."
"Ja, Stanton säger jag ju."
"Mark heter Stanton i efternamn."
"Ja, det gör han kanske, men din kille heter ju också
Stanton. I förnamn, men det är ju ett vanligt namn."
"Ja, men Mark heter verkligen Stanton och han jobbar
verkligen på Bannister's. På samma ställe som Brad."
"Men jag trodde att han var konsult. Jobbade på
konsultfirma."
"Ja, men det är så det är. Han är organisationskonsult och
nån sorts chef på sin firma. Han tog ett uppdrag här i stan

för att kunna vara mer med Skylar, eller för att imponera på henne, vad vet jag."

"Hur kan du veta att det är han som har sparkat Brad då?"

"Det måste det vara. Skylar berättade att en av anledningarna till att han hade varit konstig den senaste tiden var att han hade haft problem med en kille på jobbet. En som hade bråkat och hotat och motsatt sig förflyttning."

"Det är ju helt maxat! Vad ska vi göra nu? Då kan det hända att Mark ligger risigt till. Brad nämnde att han och Ron tänkte ge honom en omgång. Fast vi var lite lulliga av jointen bägge två, så jag tog det inte helt på allvar faktiskt. Jag tror att jag själv lovade att hjälpa till också."

"Men, det är faktiskt lite allvarligt. Om Ron är med på det."

"Tror du?"

"Ja, han gav min svåger en riktig omgång."

"Bara så utan vidare."

"Nej, för att jag i stort sett bad om det, utan att tänka mig för. Utan att tro att det låg allvar bakom. Och tänk sen om han ska hjälpa Brad. Det är ju grabbar och polare."

"Usch. Så jobbigt! Vad kan vi göra åt det då? Säga till Skylar? Då blir det kanske inget bröllop."

"Eller så blir hon bara förbannad på oss. Hon har nog hört en helt annan historia om varför Brad fick sparken, om hon ens vet att det var Brad. Förmodligen inte. Hon sa inget till mig i alla fall."

Nu gick de bort och satte sig i sofforna. Solen hade redan gått ner och det blåste en svag sjöbris genom de halvöppna fönsterna som fick dem bägge två att rysa lite grand, trots att det fortfarande var ordentligt varmt i luften. De beställde in varsin drink och försökte hitta något alldagligt att prata om, men det ville sig inte riktigt. Merrakess skruvade lite på sig och satte sig sedan upp i soffan och la händerna på soffbordet för att komma

närmare Marielle som satt i en fåtölj på andra sidan
bordet.

"Du, jag tänkte på det där med att du gick omkring och
funderade på Giffy."
"Ja..."
"En gång för inte så länge sen snackade jag med en kille
som jobbade i hamnen, på en av barerna där nere. Han
mindes mycket väl den sista gången han hade sett Giffy.
Det var den 27 maj och han hade sällskap med Ron."
"Ja, det låter ju logiskt."
"Logiskt? Ja, det som är mest ologiskt är nog att ingen har
ställt sig frågan varför Giffy drog iväg på fisketur och sedan
inte kom tillbaka. Det låter ju som att nån har missat nåt
här."
"Ja, fast det är väl det att Giffy alltid kom och gick som han
ville. Svårt att knyta det till någon speciell händelse."
"Fast du visste väl redan det här. Att Ron och Giffy gav sig
ut på fisketur och att bara hälften av dem kom tillbaka. Det
var väl därför du frågade om den 27 maj och den 23
augusti."
"Ja, det har du rätt i. Jag ville inte att det skulle vara så,
men vi vet ju fortfarande inte om det bara är en ren
tillfällighet."

XXII

Skylar hade anlitat en cateringfirma. Det var en mix av medelhavsmat och asiatiskt. Skylar kunde aldrig få nog av vare sig dim sums eller vårrullar. Det slank ner betydligt mer än vad som var försvarligt för en modellik skådespelerska, men med sin naturligt smala figur hade hon en del att gå på. Hon la inte på sig i första taget och var som regel tvungen att äta lite mer än hon egentligen orkade, bara för att inte bli hungrig igen efter en timme.

Mark var på strålande humör och visade inte prov på någon av de negativa sidor Skylar och Marielle hade pratat om för en tid sedan. Han hade tagit på sig att fixa dricka. Det skulle inte gå åt allt för mycket öl när majoriteten av gästerna var tjejer. Rosévin däremot, var en vinnare en kväll som den här. Mark stod och hällde upp välkomstdrinkarna medan han småpratade med Merrakess och Marielle. Han berömde deras bakverk och hotade med att smaka på garnityren utan lov. Merrakess och Marielle hade gjort ett hästjobb. Till och med ställt sig och bakat chokladtårtor. Helt från grunden. Merrakess var av naturliga skäl avvaktande gentemot Mark. Hon kom alltför väl ihåg hans fräcka invit i galleriet. Marielle kände sig också lite tvekande och hörde mycket väl hur hon på ett konstlat sätt överdrev sitt skratt när Mark smickrade henne. Det var inte länge sedan hon hade fått klart för sig att det var Mark, och ingen annan, som hade sett till att få Brad sparkad. Brad hade hört av sig tidigare på dagen och lämnat återbud. Det hade varit något problem med deras nyfödda baby. Inget konstig med det egentligen, men Marielle hade förstått att den verkliga anledningen var att också Brad var medveten om att den blivande brudgummen var samme person som hans bittre fiende. Synd att Julie och Brad inte var där. Julie var genomtrevlig och ingen av dem hade sett babyn ännu. Annat än på bild. Stan, Marielles Stan, kunde inte heller komma. Han hade passat på att ta en långhelg med sina föräldrar innan de skulle iväg på en längre tripp till Syd-Afrika.

Merrakess och Marielle var medvetna om att de hade sitt vanliga uppdrag, utöver att baka tårtor. Nämligen att hålla koll på Bridget, så att hon inte gjorde något dumt. Ingen annan visste vad de två och Ron visste, och ingen skulle väl tro dem om de berättade att de var tvungna att hålla ett öga på Bridget nu när hon vistades i samma rum som Mark. Bridget hade varit helt och hållet medgörlig, allt sedan Merrakess kom på henne med att mixtra med Marks drink den där gången i galleriet. Hur allvarligt det var, visste de egentligen inte, men de visste absolut att Bridget hade tappat fotfästet en aning. Slutat äta tabletter och blivit lite lätt tokig. Dessutom visste de att hon kunde det där med kemi och substanser. Därför var det mer troligt än otroligt att hon verkligen hade kunnat åsamka Mark skada. De fick bara be en bön för att ingen avslöjade att Mark hade jävlats med Brad. Det skulle Bridget inte stå ut med. Hon kunde flippa rejält.

Tidigare på dagen hade Merrakess hämtat upp Bridget och samtidigt förbjudit henne att ha handväska med sig. I stället hade hon fått lov att lägga det nödvändigaste i Merrakess väska. Hon hade massor av plats. Bar inte handväska i vanliga fall. Bara en eller annan gång på fest eller i andra mer seriösa sammanhang, så hon hade inte för vana att samla på sig saker som absolut måste vara tillgängliga hela tiden. Bridget hade varit ganska så spak och utan vidare accepterat restriktionerna. Så fort hon närmade sig Mark, skulle Merrakess eller Marielle vara där och kolla. För säkerhets skull. Fast de misstänkte och hoppades att hon hellre skulle hålla sig undan.

Skylar hade bjudit in ett par av sina vänner. Sådana som aldrig hade bott i Langdonhuset. Det behövdes för att fylla upp huset och få ordentlig feststämning. Speciellt nu när Brad och Julie inte kunde komma. Några av tjejerna sjöng *Love and Marriage* som duett. Sopranen fick ta rollen som Sinatra. Annars var det ganska lugnt och städat. Mycket småprat och en hel del rosé.

Marielle mer smuttade än drack. Hon ville hålla sig någorlunda skärpt, nu när hon hade Bridget att tänka på. Hon registrerade i ögonvrån att Bridget stod med Ron och ett par av Skylars kompisar och såg ut att ha trevligt. Strax efter såg hon till sin förskräckelse att Bridget diskret drog med sig Ron förbi köket i riktning mot västra flygeln. Ron, som förstod vad som var i görningen, hade spjärnat emot lite lagom innan han följde med. Innan de var utom synhåll vände han sig om och mötte Marielles blick, samtidigt som han satte upp ena handen som ett stopptecken. Han ville tydligen visa att han var införstådd med att Bridget kunde ha något på gång, men att han hade allt under kontroll. Marielle väntade ett tag. Sedan följde hon efter. Hon borde kanske inte, men gjorde det i alla fall. Förbi köket och genom korridoren och ut i foajén. Där tog hon av sig pumpsen och fortsatte i strumplästen bort mot västra biblioteket, dit det verkade som att Bridget hade dragit med sig Ron för att kunna prata ostört. Hon var fortfarande inte säker på vad Ron och Bridget hade pratat om den gången då hon hade kommit ner för trappan. Som läget var nu, gjorde hon bäst i att följa med på vad som hände. Det hade Merrakess och hon lovat varandra. Hon var väl medveten om att dem hon tänkte tjyvlyssna på var en potentiell mörderska och en misstänkt mördare. Det lät inte helt ofarligt. Den här gången bestämde hon sig för att inte vara så hopplöst mesig och försiktig. I stället smög hon sig ända fram till dörrkarmen för att ha möjlighet att uppfatta vad de pratade om.

"Jag kan inte ordna något sådant förstår du väl. Det är ju helt out of the question. Skylar är vuxen. Vi måste låta henne ta sina egna val och lära sig genom att misslyckas."
"Men, det kunde du väl om du verkligen ville."
"Hur då tänker du? Se på dom här händerna. Det är kontorshänder. Inte stryparhänder."
"Giffy då?"

Ron tystnade tvärt, och det var tyst i flera sekunder.

"Giffy. Vad är det med honom?"
"Ni åkte iväg en dag, men det var bara du som kom tillbaka. Ingen verkar ha reflekterat över det, men det borde vara ganska uppenbart för den som hade haft lust att undersöka saken. Behöver jag säga så mycket mer?"

Marielles puls ökade. Ron, det ska inte vara någon paus här, tänkte hon. Du måste bara berätta att du inget vet. Ju längre sekundvisaren tickade iväg, desto säkrare blev hon på att hennes misstankar var allt annat än fantasier.

"Om så vore. Det innebär ändå inte att jag löper iväg och tar kål på Mark, bara för att du tycker det är en bra idé. Om du är orolig för Skylar kunde du ta initiativ till att prata med henne. Bara prata, Bridget, ingenting annat."

Marielle drog en lättnadens suck. Han verkade inte köpa Bridgets snack och det fanns fortfarande en god möjlighet för att Ron inte var skyldig.

"Du behöver inte vara orolig. Jag tänker inte försöka ange dig även om du inte vill göra som jag säger. Men du dödade Giffy. Eller hur?"

"Det vet du inget om, men om så vore, var det definitivt inget nöje ska du veta. Sådant borde du tänka på innan du pratar vitt och brett om att döda folk."

Då såg Marielle hur Skylar vinkade till henne borta i korridoren. Herregud. Varför hade hon ställt sig inom synhåll för allt och alla på det sättet, utan att ha tänkt på att någon kunde komma bakifrån? Ron och Bridget hade sänkt rösterna ytterligare och Marielle tog ett snabbt beslut. Hon satte pekfingret över läpparna som en signal till Skylar att vara tyst. Sedan smög hon bort mot foajén och drog med sig Skylar i riktning mot vardagsrummet och festen.

Ron var glad för att det inte hade blivit alltför många öl under kvällen. Bridget verkade verkligen psykiskt instabil. Lite lätt galen kanske. Varför skulle hon annars sitta här och prata om sådana saker? Samtidigt var han av en pragmatisk natur och beslöt sig för att ta chansen att få med Bridget i laget, nu när det ändå var som det var.

"Men lyssna på mig, Bridget. Du måste glömma allt det där snacket om att ta död på Mark, men det är ändå så att någonting kommer att ske."
"Ske vaddå?"
"Lite av varje. En del saker som du kommer att gilla, men då måste du lova att hjälpa mig. Nu ikväll."

*

Ron gick in i ett av sina två rum i västra flygeln och ringde till Brad.
"Vi kör nu i kväll."
"I kväll?
"Ja, det har kommit en öppning som vi inte får missa. Visste du om att Bridget är tokig förresten?"
"Va?"

"Glöm det. Vi tar det senare."

När Skylar och Marielle kom tillbaka satt de flesta i vardagsrummet. Merrakess såg allmänt lycklig och obekymrad ut. Märkbart påverkad av Rosé och kanske någon liten festjoint. Typiskt henne att varken märka att hon eller Bridget varit borta ett bra tag. Hon drog med sig Merrakess mot köket så att ingen annan skulle höra.

"Det kan vara något på gång i kväll. Vi måste hålla koll nu när alla ska iväg."
"Nej, tror du det? Vad skulle det vara? Hon vågar sig inte på något ikväll. Och jag har kollat henne hela tiden."
"Utom när hon var iväg och pratade med Ron."
"Ja, men Ron har väl inget med det här att göra. Han tänker väl knappast utrusta Bridget med en laddad pistol, även om han hade haft någon."
"Det skulle han mycket väl kunna göra."
"Nej?"
"Men, jo. Bridget satt och försökte övertala Ron att hjälpa till med att skada Mark."
"När du lyssnade?"
"När jag lyssnade!"
"Men, han skulle aldrig göra något sådant."
"Det skulle han absolut kunna göra."
"Det kan jag inte tro."
"Han dödade Giffy."
"Vad säger du? Det har vi ju redan pratat om. Kan hända att han har haft ett finger med i spelet, eller att han vet mer än vi tror. Men dödat. Hur kan du veta det helt plötsligt?"
"För att jag vet. Men grejen är att han inte behöver Bridget för att göra något med Mark. Han har kanske redan lovat Brad att ta hand om Mark. I alla fall så är det bäst att vi försöker få hem Bridget snart. Innan det händer något"

"Okej. Vi ställer fram tårtorna och försöker dra så fort som möjligt sen."

*

"Bridget. Jag har beställt taxi. Kommer du med hemåt?", undrade Merrakess.
Bridget stod jämte den öppna spisen och småpratade med Skylar.
"Skylar följer med mig hem en sväng, så att hon får se huset."
"Nu? Så här sent?"
"Det blir inte av annars", sa Skylar slog ut med händerna. Lika bra att ta en tur. Hon kommer att tjata ihjäl mig om jag inte följer med!"

Marielle vände ryggen åt Bridget och drog med sig Skylar en bit bort och fick nästan viska för att inte de andra skulle höra.

"Men Mark. Du vet. Är det så bra att ta med honom? Till Bridget?"
"Det är ingen fara. Ron skjutsar hem honom."

"Jag måste ändå bort en sväng till kontoret. Jag kunde likaväl bosätta mig där egentligen, nu när alla ändå har flyttat härifrån", hade Ron sagt och spelat övergiven.

"Kommer du, Marielle?", skrek Merrakess med taxidörren i handen.

Marielle tvekade. Ron skulle skjutsa Mark. Hon var kanske nojig, men det kändes inte alls bra. Det verkade verkligen som att Ron hade haft med Giffys död att göra och i så fall kunde Bridget ha någon hake på honom. För att inte tala om vad han skulle kunna göra på egen hand. Det kunde mycket väl vara så att det skulle hända något nu och hon kände att hon till varje pris måste följa med i bilen."

"Nä, jag väntar lite. Kör iväg ni! Jag måste sätta in det som blev över i kylen. Onödigt att det ska bli förstört."

Marielle satte in tårtorna och tog adjö av de sista gästerna. Mark var fortfarande uppspelt och verkade plötsligt betrakta Ron som en gammal polare som han hade delat six-packs med i åratal. Ron hade ofta den effekten på folk. Nu hade Mark till och med börjat tjata om öppna barer med möjlighet för efterfest.

"Det får vi ta en annan gång, Mark. Jag lovar att komma och hälsa på i LA. Då ska vi göra stan osäker."
"Skjutsar du mig hem också, Ron?", sa Marielle.
"Okej. Det blir ingen större omväg."

Marielle la märke till att bilen inte svängde in på Armstrong Avenue utan fortsatte rakt fram.
"Nu glömde du svänga. Det är ju mycket närmare att släppa av Mark först."
"Ja, men det kvittar egentligen. Jag ska ju tillbaka också så det blir ungefär lika långt."
"Och jag har öl hemma", fyllde Mark i på sitt nya grabbiga sätt.

Ron släppte av henne, men hon hade ingen lust att gå upp till sig, utan stod och såg på medan bilen försvann runt kvarteret. Vad skulle hon göra nu? Hennes bil var kvar på Langdon och hon var hur som helst aningen berusad. Taxi skulle ta för lång tid, så Marielle slängde av sig pumpsen för andra gången den kvällen och sprang ner i källaren och hämtade sin gamla triathloncykel. Formen var kanske inte lika god som förr. Hon hade hög puls redan innan hon var halvvägs uppför backen på Oak Street. Marks lägenhet var helt nedsläckt och det syntes inget spår av Rons bil någonstans. Marielle tog det enda beslut hon kunde ta. Ron kunde ha åkt var som helst, men möjligheten fanns ändå att han verkligen hade kört till kontoret. I annat fall skulle hon vara helt lost. Marielle trampade på allt vad hon kunde. Det var ingen tid att förlora.

Benen var stela och fulla av mjölksyra när hon kom fram till Rons kontor. Hon nästan stapplade uppför den korta trappan som ledde fram till entrén med de flashiga glasdörrarna. Sedan kom nästa problem. Hur komma in? Vad gjorde hon här egentligen? Inget spår av Rons bil här heller, men om han var här hade han förmodligen kört ner i garaget. Han ägde hela fastigheten, så vitt hon visste. Garaget också. Hon satte handflatorna mot glaset och såg in i den svagt upplysta foajén. Den guldkantade ramen på Merrakess tavla syntes tydligt på den bortre väggen, även om själva motivet inte gick att urskilja. Hon kunde ringa på. Skulle Ron öppna då? Eller sluta med att göra det han höll på med? Förmodligen inte. Plötsligt såg hon en mörk skugga röra sig längst borta vid hissarna. Hon ryckte åt sig händerna men fortsatte att spana in i halvmörkret. Skuggan var en mörk kostym och den som fanns inne i den verkade ha kommit för att hämta något på receptions-disken. Nu såg hon att det var Tyler, hennes före detta svåger. Hans arbetsgivare lät honom tydligen stå ut med en hel del obekväm arbetstid. Hon knackade på dörren. Tyler förde handen mot sidan, under kavajen. Tydligen var det där han förvarade sitt tjänstevapen. Marielle ryggade tillbaka en aning och höll upp händerna framför sig, som för att visa att hon var obeväpnad. Tyler gick fram mot fönstret med dragen pistol, men sänkte den snabbt när han kände igen Marielle.

”Vad gör du här mitt i natten?”, frågade han när han hade fått upp dörren.

”Skulle kanske säga detsamma. Är Ron här?”

”Han är däruppe, men det är lite olämpligt just nu. Jag tror inte att han vill bli störd. Kanske bättre att du kommer tillbaka i morgon. Vi kör en säkerhetsövning i kväll.”

”Men kom igen. Vi kan väl gå upp och kolla i alla fall?”

”Jag vet inte, men okej, bara för att det är du. Jag kan egentligen inte släppa in någon i kväll, men det är möjligt att han kan komma ner en liten stund. Vänta här då. Jag måste fråga honom först”

”Ok.”

”Vad vill du förresten, så här mitt i natten? Och varför har du inga skor?”

”Bara säg att jag kom på något viktigt om Bridgets tabletter.”

*

Skylar och Merrakess fick gå full runda med husesyn. För Merrakess var det andra gången. Den här gången stod alla rummen på övervåningen med öppna dörrar. De såg inte ut att vara i speciellt dåligt skick heller, i motsats till vad Bridget hade påstått sist hon var där.

”Vad kul att du var så snäll mot Mark i kväll. Du pratade ju till och med, med honom. Och log.”

Skylar ville driva lite med Bridget. Hon var mer än nöjd med att Bridget verkade ha accepterat läget.

”Log var kanske att ta i, men han har säkert sina ljusa sidor.”

”När han sover, tänker du?”

”Till och med när han är vaken i sängen, kan jag tänka mig. Någon nytta ska du väl ha av honom.”

"Men så bra. Då kanske vi till och med blir inbjudna till någon finare tillställning här uppe i ditt balrum."

Skylar tog ett par steg ut på parketten med sina högklackade skor, men kände sig som Bambi på hal is och blev tvungen att vända.

"Ja, kanske det. Den som lever får se."

Skylar och Merrakess gav sig av i taxi. Innan Merrakess gick ut, stannade hon till för att prata med Bridget. Hon ville försäkra sig om att allt var som det skulle, annars skulle Marielle garanterat förebrå henne för det.

"Vi ses innan bröllopet då, om inte förr. Jag hämtar dig i god tid."
"Ja, om det blir något."
"Ha-ha, du ger inte upp hoppet."
"Det kan faktiskt bli verklighet. Alltså, att det inte blir av."
Merrakess leende stelnade.
"Vadå? Menar du allvar?"
"Vem vet."
"En sån underlig kommentar. Har du tagit dina tabletter egentligen? Sov nu ut ordentligt, så ringer jag i morgon."

Bridget såg ner på sitt armbandsur.

"Det spelar hur som helst ingen roll längre. Det är antagligen redan över."

*

Tyler visade in Marielle på Rons kontor. Ron satt vid skrivbordet. Mark syntes inte till. Ingen annan heller. Allt verkade förvånansvärt lugnt och stilla. Marielle satte sig än en gång i Rons besöksfåtölj. Den som man sjönk ner och kände sig liten i. Hon var trött nu. Både fysiskt och mentalt.

Framförallt mentalt. En måttlig mängd rosé gjorde också sitt till.

"Vad var det med Bridget?", sa Ron och såg upp från sin pappersbunt.
"Jag undrade mest vad det var ni pratade om i biblioteket."
"Det var det vanliga. Hon antydde att jag borde hjälpa henne med Mark. Jag inser mer och mer att hon är lite lätt tokig. Skönt att du och Merrakess tar hand om henne."

Marielle kände att hon inte hade kommit hit mitt i natten för att småprata. Tröttheten gjorde att hon ville satsa allt på ett kort och få det överstökat. Hur farligt det än kunde vara.

"Var det så att du hade ett finger med i spelet när Giffy dog?"

Nu slog det Ron vad Marielle hade sagt strax innan: "Vad ni pratade om i biblioteket". Marielle visste alltså var någonstans han och Bridget hade suttit och pratat. Antagligen hade hon hört lite mer än vad som var hälsosamt för henne.

"Jag vet inte varför du tror det?"
"Jag kom på att du och Giffy gav er ut på fisketur, men som det verkade var det bara du som kom tillbaka."
"Det stämmer säkert, men det betyder ingenting. Giffy kom och gick som han ville. Han blev ofta kvar på nåt hak nere i hamnen när vi kom hem från turerna. Han ville skryta om fångsten och festa runt. Sen kunde han vara borta i dagar och veckor. Så var det ju alltid med honom."
"Jag tror att Giffy pressade dig på pengar. Det var nog därför du tog hand om honom. Jag förstod att du var

kapabel till det efter att du gav Tyler en omgång. Bara så utan vidare."

"Blev det inte bra då?"

"Jo, hur bra som helst. Men då förstår man ju att du har nåt på gång med Mark också."

"Mark är en bra polare. Vore dumt att göra något med honom."

"Polare och polare. Det är väl så att Brad har haft jätteproblem med honom, plus att Bridget har sina idéer. Och du brukar ju hjälpa dina vänner."

"Om så vore. Man måste skydda sig själv och sina vänner. Om man kan. Det har alltid varit min filosofi. Skulle inte du ha gjort detsamma om det till exempel hade gällt dina barn, eller nån bra kompis?"

"Men, det blir ju för mycket. Du blir ju som en maffiaboss. En slags gudfader. Det är ju sjukt."

"Kanske det, men det är så jag fungerar."

Nu kallade Ron till sig Tyler som hade sysslat med något i ett annat rum, utom hörhåll. Han viskade något i Tylers öra. Sedan försvann Tyler in i hissen. Marielle såg på pilens riktning att han var på väg nedåt.

"Ska du ta hand om mig nu också? Eftersom jag vet för mycket. Ska Tyler ner och hämta bössan?"

"Jag har känt dig så länge att jag inte tror att du berättar det vidare. Dessutom är det hopplöst när det bara finns indicier. Jag tror knappt att jag skulle bli dömd ens om jag erkände. Dessutom glömmer du att du också är min vän. Jag är känd för att hjälpa mina vänner. Inte för att mörda dem."

"Med undantag för Giffy då."

"Du har en poäng där."

"Och åklagaren när Merrakess hade sålt hasch. Mutade du henne?"

"Åklagerskan fick en dusör. Hon tog den så gärna."

"Hur ska det gå för Mark nu då? Han verkade inte vara hemma i alla fall. Har du redan fixat honom? Han har ju jävlats med Brad, och du och Brad har ju alltid varit kompisar. Skulle tro att han ligger illa till, såvida det inte redan är klart då? Eftersom du sitter här."

Ron slog ut med händerna och såg nästan lättad ut.

"Det är inte upp till mig. Det är inte mitt bord längre, så att säga."
"Vems bord är det då?"

*

Ron hade tänkt på det länge. Att göra sig av med Giffy. Han hade vridit och vänt på sin situation utan att ha kommit fram till någon vettig lösning. Annat än att göra sig kvitt honom. Ron och Giffy hade gjort det flera gånger förut. Tagit Rons båt och gett sig ut för att fiska. För utomstående såg det antagligen ut som urtypen för en idyllisk scen där två gamla kompisar lastade båten full med öl, mat och bete för att tillbringa dagen tillsammans. Skämtande med och om varandra. Alltid med glimten i ögat. I verkligheten såg Ron det mer som ett tvång. Giffy gick honom mer och mer på nerverna. Han hade plötsligt dykt upp och parkerat sig själv i Rons hus. Det klart att han hade försäkrat Giffy att han var hjärtligt välkommen hem till honom. När som helst. Fattas bara. Men det var väl så man sa. Det var kanske inte riktigt meningen att gästfriheten skulle infrias. Bara sådär. Och speciellt inte efter 10 år.

Det var heller inte bara det att Giffy var en snyltgäst och nagel i ögat. Han hade också börjat med det fulaste av alla trix. Även om han försökte få det att låta som någonting annat, så var det ren och skär utpressning han sysslade

med. Giffy log sitt allra bredaste leende. Mustaschen var borstigt ovårdad och växte från mungipa till mungipa, men kunde inte dölja de två luckorna i överkäkens tandrad.
"Jag kunde ha användning för en hundring eller två. Ska ner till Orleans och se till en båt."
"Ska bara ner och köpa ett par six-packs. Har du lite cash över?"

Vid ett tillfälle hade Ron lagt upp 5000 dollar på ett bräde och sagt att det här var det sista han skulle få. Sedan fick det vara bra. Då hade det varit lugnt ett tag. Förmodligen tills Giffy hade gjort av med pengarna. Sedan hade han varit tillbaka i samma gamla trall, som om ingenting hade hänt. Då Ron gjorde antydningar, hade Giffy bara lett och ryckt på axlarna. "Det kanske kostar mer att låta bli." Mer hade han inte behövt säga. Han visade på sitt eget informella sätt att han hade varit med förr. Visste hur en slipsten skulle dras. Det hade bara varit för Ron att fortsätta betala. Det var inte det att han inte hade råd. Det var mest prestigeförlusten det handlade om. Hur kunde han låta en avdankad, halvgammal lodis köra med honom. Han som inte lät någon köra med honom i onödan.

Giffy borde ha blivit misstänksam. Ron tog aldrig initiativ till fisketurer nu för tiden. Han borde ha insett att något var i görningen. Ron hade packat in det vanliga. Bete, smörgåsar och öl. En skvätt whiskey också. Det skulle Giffy uppskatta.

Det var kanske inte allmänt känt att Giffy inte kunde simma, men Ron visste det mer än väl. En gång i Orleans då Giffy hade hamnat i plurret mitt när de var i färd med att dra upp havsabborre, hade de varit tvungna att hala in honom med båtshake och livboj. Han hade inte ens klarat av att trampa vatten med någon reda. Enligt många skeppare var det inte alls ovanligt att gamla sjöbussar som hade jobbat med fiske i hela sitt liv, inte var simkunniga. Det hade inte funnits tillstymmelse till simundervisning när de gick i skolan och det hade heller inte funnits någon tradition att simma för lek. Den som hamnade i vattnet gjorde det som regel till följd av olycksfall i arbetet och då fanns det oftast folk till hands för att dra upp dem. På fritiden tog de det säkra före det osäkra och höll sig undan djupt vatten.

När de var klara med att montera ned sågverket uppe i Minnesota, hade det gått upp för Ron att det fanns pinsamt många hål i Giffys planer. Allt eftersom deras räkningar förföll till betalning stod det klart att Giffy var en mästare på glädjekalkyler. Naturligtvis borde Ron själv ha försökt dubbelkolla på förhand, men det var inte det lättaste när man hade att göra med någon av Giffys personlighetstyp. Giffy höll mycket för sig själv och den som frågade honom fick oftast till svar att alla han gjorde affärer med var hans kompisar. Pålitliga alltså. Killen som hade tagit hand om transporterna mellan sågverket och pålastningsplatsen nedanför forsarna skulle ha betalt i cash. Det visade sig att han inte tänkte nöja sig med avtalat pris. Han ville i tillägg ha betalt för en sönderkörd drivaxel som enligt honom hade orsakats av den undermåliga vägen som ledde upp till sågverket. Vinterväglaget hade dessutom gjort det extra besvärligt. Giffy menade å sin sida att skadan var att betrakta som normalt slitage, som inte han som kund kunde hållas ansvarig för. Efterhand som dispyten fortgick, blev chaffisen allt mer fräck i mun och Giffy som var känd för att ha kort stubin, tände till rejält och började fäkta med armarna i luften, trots att han nyss hade kommit ut från sjukhuset efter olyckan med balken och knappast var i form för att ge sig på en 120-kilos klump till lastbilschaufför. När chaffisen tog tag i Giffy och började se ohälsosamt aggressiv ut, gick Ron emellan.

Det passade chaffisen utmärkt, eftersom han tyckte det var meningslöst att slå på en krympling. Han måttade i stället ett slag mot Ron, som dessbättre lyckades göra en undanmanöver och i nästa moment också få in ett ordentligt slag i magen på chaffisen. Chaffisen vacklade till och det hala underlaget fick honom att falla i marken med huvudet före. Ron gick fram till chaffisen och fann att han låg orörlig och verkade avdomnad. Nu blev bägge två oroliga och fann för gott att sticka därifrån innan han vaknade till och blev ännu mer besvärlig att ha att göra med. Giffy petade in kuvertet med pengarna i chaffisens jackficka. Sedan gav de sig vidare ner till den väntande pråmen.

Till en början hade Ron inte förstått vad Giffy var ute efter. Han hade räknat med att Giffy skulle stanna ett par veckor och sedan försvinna tillbaka till Orleans eller varthän han nu hade tänkt sig. I stället blev han kvar. Vecka efter vecka. Det var också tydligt att han ville att Ron skulle sponsra honom med cash då och då. Det var ett subtilt tiggande. En tia till öl. En hundring för att betala en gammal skuld. Det var inte förrän Giffy plötsligt hade viftat med en gammal tidningsartikel som Ron fullt ut hade förstått vad det handlade om. Det var en artikel i en lokal Minnesota-tidning och gällde en lastbilschaufför som hade hittats ihjälfrusen i närheten av sin lastbil. Det framgick också att polisen var intresserad av att få tala med dem som hade sett mannen i livet senast. Även om det såg ut som ett olycksfall kunde man inte utesluta att någon typ av brott kunde ligga bakom, eftersom området var fullt av fotspår. Giffy menade att det ju egentligen var han, Ron, som indirekt hade dödat mannen. Ron hade blivit urförbannad. Han kunde inte fatta att Giffy gav sig på simpel utpressning. Var inte deras vänskap värd mer än så? Hade de blivit sådana främlingar att Giffy bara såg honom som en mjölkko som skulle klämma fram sedel efter sedel?

Giffy hade inte så mycket som andats något om att han behövde stålar. Han hade aldrig ens frågat om Ron kunde ge honom pengar eller låna honom pengar. Av ren vänskap. I stället hade gett sig på den tarvligaste och mest lågtstående metoden att tillskansa sig pengar.

Anledningen till Giffys pengabekymmer var hans misslyckade satsning på egen skuta. Då Ron drog tillbaka norrut hade Giffy varit på strålande humör. Han hade framtiden för sig och räknade med att starta firma och köpa sig en egen bogserbåt. Det var det som hade varit hans stora dröm. Det skulle inte vara några problem för honom att få uppdrag. Han kände folk överallt och alla visste att han var skicklig. Tack vare det ihopsparade kapitalet från fiskechartern, hade banken blidkats och han hade till slut fått sitt efterlängtade lån.

Till en början gick det bra. Sedan kom problemen, ett efter ett. Giffy hade anställt ett par killar, men hela verksamheten byggde på att han själv styrde skutan. Redan den första månaden blev det en blöt kväll för mycket och Giffy kom inte upp på morgonen, varför lasten aldrig kom iväg. Sådana avbräck hade han egentligen inte råd med. Dessvärre var det inte enda och sista gången. Ekonomi och skatteinbetalningar skötte han inte heller. Det var bland annat sådant han skulle ha behövt en kille som Ron till. Någon som hade förmåga att planlägga och ha koll på världsliga ting. Till slut hade han inte pengar till att betala ut lön och de anställda hotade honom med stryk. Kort tid efter stack de iväg, efter att först ha försett sig av båtens inventarier som kompensation för den uteblivna lönen. Situationen blev snabbt ohållbar och Giffy hade inte en krona till avbetalningar och ränta och det dröjde inte länge innan båten togs i pant.

Efter att ha slickat såren kuskade han runt i Orleanstrakten i flera år och livnärde sig på kortare påhugg. Han blev allt mer lik en luffare och hade ingen fast adress. Sedan dök han upp hos Ron under förevändning att han behövde en veckas semester. Dessutom ville han återuppliva gamla tider. Först sa han ingenting. Men ganska snart förstod Ron vad som var i görningen. När Giffy till slut hade presenterat tidningsartikeln hade Ron mitt i sin besvikelse undrat om han inte var rädd att han skulle döda honom också, nu när han ändå hade dödat den där lastbilschauffören. Giffy hade bara öppnat en öl till och fortsatt le. Då hade Ron talat om för honom att han kunde glömma fler sedlar. I stället rekommenderade han honom att fisa hem till New Orleans igen. Det hade Giffy inte gjort. Efter en veckas stiltje hade han på nytt börjat med sina små tiggerier. Det var också i den vevan Ron hade gett honom ett större belopp och bett honom var nöjd med det. Ron insåg senare att det var det absolut dummaste han hade kunnat göra. Det var att visa svaghet. Något som Giffy absolut skulle komma att utnyttja. Och mycket riktigt. Efter ytterligare ett par veckor började han med sina små trevare igen. Enda skillnaden var att det nu allt mer sällan rörde sig om tior. Det var alltid tresiffriga belopp. Det var då Ron bestämde sig för att döda honom. Visst skulle det ha varit betydligt enklare att bara låta Giffy ta sin tidningsartikel och anmäla honom. Om han nu vågade, med tanke på att han själv automatiskt skulle bli inblandad. Förmodligen skulle det inte leda till någonting. En chaffis som faller på isen och tuppar av. Det var inte hans fel, men det skulle kunna leda till en dom för vållande till annans död. I värsta fall, och det var illa nog med tanke på att Ron var mitt uppe i en framgångsrik karriär. Han ville verkligen inte ha någonting med en trasslig rättsprocess att göra. Hur som helst brydde han sig inte längre. Även om han inte skulle ha trott minsta lilla på att polisen skulle bry sig om Giffys skvaller, så hade han bestämt sig. Den lille skiten skulle dö.

Det var en bra dag på sjön. Svag bris och inga vågor att tala om. Det skulle bli svårt att skylla på vädret om Giffy hittades samma dag. Det skulle han nu inte. Giffy hade fått i sig ett par öl och lika många whiskey och började bli sådär lagom dragen. Salongsberusad som du så vill. Han drog sina gamla vanliga historier om tiden i Orleans och på floden. För Ron betydde det ingenting. Han hade varit ung och nyfiken på livet. Nu hade han gått vidare och det kändes som en mardröm att han hade hamnat i den här situationen. Nu var det för sent att vända om. De tvivel och samvetsbetänkligheter han hade haft den sista veckan var lagda åt sidan. Nu fanns det bara en väg. Framåt.

Det var ett enkelt jobb. Ron kom bakifrån och stjälpte den lilla, kompakta kroppen över bord. Giffy hann skrika till och ta tag i relingen med ena handen. Ron hade tagit med det i beräkningen och stod beredd med en hammare. Han slog hårt och resolut. Giffy släppte taget och började flämta. Hans fäktande armar skulle kunna hålla honom uppe ett antal sekunder. Oklart hur många. För säkerhets skull backade Ron båten ett tjugotal meter. Sedan stod han och såg på medan Giffy dog. När kroppen sögs ner under vattenytan var han tillbaka med båten. Han tog båtshaken och lät den gå in Giffys gula jacka. Det var tillräckligt för att säkra att han inte skulle sjunka eller driva iväg. När han kände sig säker på att Giffy var död, drog han upp liket i båten, fäste rejäla sänken runt båda benen och lät honom åter falla över bord. Först när repet som bar upp sänket hade förmultnat eller skadats på annat sätt, skulle Giffys kvarlevor kunna flyta i land.

*

Marielle satt kvar i Rons besöksfåtölj och kände sig uppgiven. Hon räknade med att något skulle ske med Mark. Kanske hade han förtjänat det, kanske inte, men det borde inte ske på det här sättet i vilket fall som helst. Ron hade sagt att det inte var hans bord. Att han inte skulle ha något med Marks eventuella bestraffning att göra.

"Vems bord är det då? Är det Bridgets bord kanske?"
"Hon hjälpte mig bara med att ta med sig Skylar hem så att jag fick fri tillgång till Mark."
"Din polare Mark, menar du."
"Nu är det helt upp till Brad. Det är han som tar hand om Mark. Jag har bara hjälpt honom på traven."
"Så då blir det inget bröllop på lördag?
"Det är upp till Brad. Jag vet faktiskt inte. Jag är lika spänd som du."

*

Brad satt i bilen, på väg till Rons kontor. Ron hade förvarnat honom om att det kunde bli vilken kväll som helst. De hade misslyckats på lördagen och söndagen. Då hade det inte varit läge att plocka in Mark Stanton. Han var tillsammans med Skylar non-stop. I värsta fall, om tiden började rinna iväg, skulle Rons killar bli tvungna att ta honom på öppen gata. Varje obstruktion gjorde Brad olustig och än mer nervös. Han behövde ett enkelt recept och en problemfri väg att gå längs. Helst borde det finnas en knapp på en instrumentpanel där det stod "Ordentlig omgång." Ett par minuter senare skulle Stanton stå fix och färdig på sina knän för att be om nåd.

Nu hade Ron i alla fall fixat till det. Tydligen var Bridget inblandad på något sätt. Visste han att Bridget var tokig, hade Ron frågat. Nej, det visste han inte. Det hade han aldrig tänkt på. Det spelade hur som helst ingen roll. Han hade kanske hört någon gång att hon åt tabletter, men det gjorde å andra sidan var och varannan människa. Brad var helt fokuserad på sin uppgift. Det hade han varit ända sedan han kom hem från stugan i bergen. Förlossningen hade gått helt fint. Det var en liten kille på 3,5 kilo som alla sa var lik honom. Det sades att naturen hade ordnat det på det sättet. Att avkomman alltid var mest lik fadern de första åren, eftersom han då skulle intressera sig för att ta hand om och försörja sina barn i större utsträckning än om han misstänkte att det var brevbäraren som hade varit framme. Det var ju kul att det i alla fall stämde i hans fall.

Tyler släppte in honom genom garageporten. Sedan gick de vidare in i byggnadens källarlokaler. Där skulle de kunna operera ostört. Mark, eller Stanton. Markus "Mark" Stanton som inte alls hade fattat galoppen när Ron hade förklarat för honom att han hade en cool festlokal på firman. Mark var fortfarande på partyhumör och såg fram emot en omgång pool och lite nattamat med en öl eller ett par shots. Det skulle bli som en extra svensexa med den nyfunne polaren Ron. Förvåningen var inte så liten när Tyler bryskt föste in honom i ett kalt källarrum, utan tillstymmelse till biljardbord eller förfriskningar.

Tyler låste upp dörren till källarrummet och följde med Brad och Ron in. Det var också i det ögonblicket som Mark upphörde att vara Mark. De närmaste timmarna skulle han vara Stanton för hela slanten. Brad bar en sportjacka med huva. Han lät huvan vara uppdragen över huvudet, trots att de var inomhus. Förutom att det kändes bekvämt, så var det också en del av planen. Det var inte meningen att Stanton skulle känna igen honom med en gång. Möjligen skulle någon cell långt bak i Stantons hjärna mana fram en minnesbild av en kille i huva som jagade honom på gatorna. Den gången hade Stanton varit rädd och underlägsen. Kanske mindes han inget av det nu, men det blev ändå ett slags effektsökeri i syfte att förstärka den redan spända och onaturliga situationen.

Stanton var förvirrad och kunde inte fatta varför han hade blivit instängd i en kall och tråkig källare, men när nu både Ron, Tyler och också en tredje person dök upp, återvände förhoppningen om att festen snart skulle komma igång på allvar. Tyler vred om låset och ställde sig demonstrativt framför dörren med händerna bakom ryggen. Han såg ut som den säkerhetsvakt han faktiskt var. Brad förhöll sig passiv och Stanton hade knappast förstått vem han var eller vad som var i görningen.

"Det är en person som vill träffa dig, Stanton", sa Ron lugnt.
"Vad kul", utbrast Stanton. "Svårt att se vem det är, så länge han har huva på sig. Nån hemifrån kanske?"
"Det kan man säga. Fast han är inte här för att festa. Han är duktigt förbannad på dig och tänker förmodligen ge dig en riktig omgång. Det är i alla fall så jag har uppfattat saken."

Stanton bara gapade. Sedan gav han till ett gällt skratt samtidigt som han började dra vänsterhanden genom håret upprepade gånger. Den fria handen darrade och man kunde tydligt märka att han var ur balans och inte riktig visste om det var skämt eller allvar. Som väntat gick han nu igenom ett antal obligatoriska faser. Han började med att ta det hela som ett svensexeskämt. "Kom igen grabbar. Var har ni gömt ölen?" När han insåg att det verkligen var allvar, blev han ordentligt uppretad och började skrika åt dem att släppa ut honom. När det inte hjälpte, började han kasta ut tomma hot som gick ut på att om de inte släppte ut honom direkt. Nu, eller med en gång, så skulle han se till att allt möjligt otrevligt skulle hända dem i framtiden.

"Vi har inte tänkt släppa ut dig över huvud taget", meddelade Ron kallt.

Det bet ändå inte helt och hållet på Stanton. Han bara ställde sig mitt framför Ron, spände ögonen i honom och beordrade honom än en gång att släppa ut honom. I annat fall skulle han se till att få honom kastad i fängelse.

"Det enda jag kan göra för dig är att lämna rummet, så att du och han som vill träffa dig får chansen att bekanta er med varandra."

Nu märktes det än mer tydligt att Stanton var pressad. Han ville inte höra fler dåliga nyheter och såg samtidigt hur Tyler demonstrativt blockerade den låsta dörren. Stanton blev allt mer desperat och gjorde till slut ett fåfängt försök att ge sig på Ron, vilket gick mindre bra, eftersom Tyler snabbt var framme och fällde honom med ett välriktat slag i mellangärdet. Stanton låg kvar på golvet och hulkade. Betydligt längre än vad som borde vara nödvändigt. Förmodligen mest på grund av den psykiska spänningen. Kanske också för att betrakta mannen med den uppdragna huvan som stod ett par meter bakom de andra. Nu tog Brad äntligen ner huvan och spände ögonen i Stanton.

Stanton hade kravlat sig upp till sittande ställning, men var inte i stånd att säga något. Därefter tog Ron upp en silverfärgad pistol och la den på en piedestalliknande möbel som stod strax intill dörren.

"Det är den modellen du ville ha. Jag lägger kulorna vid sidan om, så får du göra som du vill."

Ron och Tyler lämnade rummet, medan Brad stoppade på sig de sex kulorna. Ron gick upp till kontoret och Tyler tog en av sina vanliga rundor i byggnaden. Det var Brads önskan att de skulle hålla sig undan och låta honom ta hand om Stanton på egen hand. Det var onödigt med vittnen. För Brad var det viktigt att få göra upp med Stanton mellan fyra ögon, annars skulle han inte kunna få frid i sinnet.

Nu kom Stanton kvickt på fötter. Han hade förmodligen bara legat stilla för att kunna samla kraft och bedöma situationen. Han la på ett brett leende, slog ut med händerna och gav intryck av att han var beredd att ge Brad stora famnen.

"Kom igen Brad. Det kan hända att jag gick lite väl långt när jag fick dig sparkad, men jag blev rädd helt enkelt och tog det säkra före det osäkra. Ska vi säga att jag har lärt läxan och att vi sticker ut och tar en öl i stället för att stå här och tjafsa?"

Stanton var lika hal som vanligt. Han hade talets gåva och var förmodligen van att snacka sig ur obehagliga situationer, på samma sätt som han var van att snacka och ställa sig in i alla möjliga sammanhang. Smicker och inställsamhet ena dagen och vassa armbågar och fula metoder nästa.

"Du är ju en schysst kille, Brad. Vi borde hellre vara kompisar än fiender. Jag har inte sagt något till Skylar om allt det här heller. Det får stanna mellan oss. Vi är ju egentligen vänner alla tre. Du, jag och Skylar."

Stanton trodde sig ha funnit en svag punkt hos Brad i Skylar. Det skulle nog inte dröja länge innan Brad insåg att det skönaste för honom skulle vara att gå ut från det obehagliga källarutrymmet och ta den där ölen. Då skulle han bli fri från alla fixa idèer om hämnd. Stanton tog försiktig ett par steg framåt och försökte ge Brad en vänskaplig klapp på axeln, något som direkt fick Brad att ta lika många steg tillbaka. Han räknade med att Stanton snart nog skulle försöka sig på något.

"Det där med pistolen fick mig nästan att skita på mig. Det ska jag villigt erkänna. Ni är verkligen duktiga på att skrämma folk, alla tre. Ge mig handen nu Brad, så stryker vi ett streck över den här idiotiska historien."

Brad såg nästan lite förlägen ut. Han hade kanske inte räknat med att Stanton skulle lägga sig platt på det här sättet. Det var frestande och enkelt att bara ta den utsträckta handen. Allt för enkelt. En sådan handling skulle bara leda till otillfredsställelse och oförrättat ärende. I stället gav Brad Stanton ett snabbt slag på armmuskeln. Exakt på det där stället där Stanton hade brukat slå honom. Sedan vräkte han omkull Stanton, så att han än en gång låg på cementgolvet och hade ont. Nu insåg Stanton att han inte skulle kunna snacka bort Brad så utan vidare. I stället släppte han lös all den uppdämda ilska som han hade tvingat sig själv till att spara och ha i beredskap till senare, när den godtrogne Brad skulle ha släppt ut honom oskadd från källaren. Nu satsade han allt på ett kort och kastade sig mot Brad och försökte suga tag i hans kläder. Desperationen var så stor att saliven sprutade ur munnen på honom, samtidigt som han fräste och kastade osammanhängande haranger mot Brad. Det var dömt att misslyckas. Brad vacklade till en kort sekund, men la på nytt ner Stanton i golvet. Hans ena kind skrapade i cementen och drog upp ett minimalt sår som dock lämnade en blodfläck efter sig. Stanton var snart uppe på benen igen. Den här gången for han efter pistolen som Brad hade lämnat kvar på piedestalen, väl medveten om att den var ett slags lockbete, trots att den ännu inte var laddad. Brad var kanske onödigt nonchalant, men han tyckte att det var mer sport att låta Stanton få intryck av att han kunde klara sig undan. Brad vräkte bort honom utan större problem. Då rusade han i stället mot dörren och ryckte desperat upp och ned i handtaget, medan han gallskrek efter hjälp. Utan något som helst resultat, så klart. Tyler hade låst dörren när han lämnade rummet och Brad hade egen nyckel. När Stanton vände sig om gav Brad honom ett hårt slag. Han hade lindat knogarna med idrottstejp, så att hans egen smärta blev uthärdlig när knytnäven träffade den hårda käken och samtidig slog ut två av Stantons framtänder. För Stanton var det värre. Han hade segnat ner på knä och det var enkelt för Brad att slå honom på nytt. Den här gången över näsan, där det borde smärta som mest. Nu var Stanton mör nog för att kunna lyssna på det obligatoriska anförandet om varför han egentligen var där. Det fanns alltid en poäng i att inte bara puckla på ett offer utan uppehåll. Naturliga pauser gav offret möjlighet att hämta andan i några ögonblick och samtidigt få tillfälle att tänka över sin situation. Det gav också Brad större tillfredsställelse att se Stanton sväva mellan hopp och förtvivlan.

"Du är ett sånt svin. Du kunde inte nöja dig med att jävlas med mig när jag var en liten oskyldig kille. Du var tvungen att dra mig i asfalten efter en bil och som kronan på verket får du mig sparkad. Bara för att jävlas. Så jävlar onödigt. Du ger dig på oskyldiga människor utan att visa någon som helst ånger eller empati." Brad talade lugnt, men med eftertryck. Orden var vassa och det märktes att de bet ordentligt. Speciellt slutklämmen.

"Det kommer att kosta dig livet."

Stanton var helt nere i golvet och väntade på fler slag, men Brad avvaktade fortfarande. Förmodligen ville han höra sitt offers undanflykter och böner om att få bli lämnad i fred. Stanton vred på huvudet så gott han kunde och såg rakt på Brad.

"Det är du som har terroriserat mig. Om och om igen. Du hade ingen anledning att sticka upp hela tiden. Hade du bara vetat din plats, som alla andra, så hade du klarat dig fint.
"Tyvärr", svarade Brad. "Har aldrig intresserat mig."
"Att släpa dig efter bilen var egentligen för lindrigt. Du har alltid varit en nosig jävel."
"Jag var hemma från jobbet i över en vecka efter att du slog mig den där gången på gatan. Sådant glömmer man inte i första taget. Och nu har du slagit mig igen. Kan du släppa ut mig nu? Jag ska inte hämnas den här gången. Det lovar jag. Jag ska gifta mig nästa lördag."
"Problemet för dig, Stanton, är att du inte ska gifta dig nästa lördag. Du ska inte lämna det här rummet levande."

*

Stantons var både farlig och oberäknelig. Den där gången för flera år sedan hade hans underhuggare brutalt släpat Brad efter en bil och lämnat honom medvetslös på stranden, trots att det hade varit flera månader sen Brad hade sett Stanton senast. Det hade tagit lång tid att återhämta sig. Det var också en tydlig fingervisning om att Stanton inte var att leka med. Trots sin slätstrukna framtoning var han definitivt en person som inte fick underskattas. Han kunde konsten att behärska sig och vänta ut sin motståndare. Det var också därför både Ron och Brad hade förberett sig noga. Dörren till rummet där han och Stanton befann sig var låst. Pistolen var inte laddad och skulle heller inte bli det förrän tiden var inne. Trots försiktighetsåtgärderna var inte tanken att Stanton skulle vara försvarslös och bara stå och ta emot stryk.

Eftersom Brad var ensam med honom i ett låst rum, skulle Stanton teoretiskt sett ha chansen att övermanna honom och på så sätt komma undan. Han skulle säkert hitta Brads nyckel och kunna ta sig ut ur byggnaden samma väg han kom. Det var naturligtvis inte att betrakta som en fair deal, eftersom Brad var fysisk överlägsen. För Brad var det i stället den mentala biten som var problemet. Han var i grund och botten en snäll kille som var tvungen att lära sig bruka våld. Han måste stålsätta sig för att inte känna medlidande med sitt offer och låta honom få överhanden. Det var en påtaglig risk, men också något som var nödvändigt för att Brad skulle kunna bli hel igen. Han måste övervinna snällheten och ge Stanton det han förtjänade.

Stanton var fortfarande i dålig form, samtidigt som adrenalinet pumpade ordentligt i Brads kropp. Nu gav han sig på Stanton på allvar. Han slog honom om och om igen. Omväxlande på kroppen och i ansiktet. Sedan slutade han tvärt. Det var en kombination av att han började bli trött av att slå och att han ville hålla Stanton på lagom nivå. Brads händer hade trots tejpen börjat spricka upp och blöda av närkontakten med Stantons kropp och klädesplagg. Han betraktade kallt kroppen som låg framför honom med ena kinden i golvet. Stanton var fortfarande vid medvetande, men trotsigheten och överlägsenheten verkade ha fått ge vika inför Brads slagserier. Kanske hade Stanton insett åt vilket håll det barkade. Både tarmar och blåsa hade tömt sig och färgade cementen runt honom i en mörk nyans. Luften började också ändra karaktär och doftade av en mindre tilltalande blandning av källarfukt, blod och exkrementer. Stanton sluddrade så gott det gick med den lilla del av munnen som fortfarande var brukbar.

"Släpp ut mig. Jag är slut."

Brad visste inte om Stanton var slutgiltigt knäckt eller om han bara spelade för att göra ett sista försök att komma undan. Brad tänkte att Stanton såg ut som ett slaktdjur. Han hade också betett sig som ett sådant ända sen han blev inlåst i källarrummet för en knapp timme sedan. Till att börja med helt oförstående om vad som var på väg att hända. Därefter fåfänga försök att slita sig lös. Sedan kapitulation. Det enda som skilde honom från ett djur var människans förmåga att verbalt kunna be om nåd för sitt liv. Djuret var hänvisat till att använda sina bedjande ögon, vilket förmodligen gav bättre utdelning. Nu låg han där hjälplös och alla hans instinkter sade honom att det var slut. Det enda som återstod var nya rop om nåd och till slut det som var ofrånkomligt. Det avgörande slaget. Brad tog upp pistolen från piedestalen och tryckte in kulorna i magasinet.

*

Brad gick igenom förutsättningarna en sista gång. Han kunde gå därifrån nu med en gång och låta udda vara jämnt, men då skulle han aldrig kunna leva ett harmoniskt liv. Han skulle alltid vara orolig för att Stanton skulle få nya krafter och ge sig på honom eller hans familj. Summa summarum, var Stanton en person som passade bäst i de icke levandes skara. Visserligen hade Ron antytt att han visste receptet på hur man domesticerade besvärliga personer, men han hade också betonat att valet helt och hållet var Brads eget. Ron hade ordnat pistolen som han hade bett om. Sedan hade han fria händer. Blev utfallet det värsta, skulle Ron och Tyler se till att spåren inte ledde till honom. På frågan hur Ron skulle klara det faktum att folk kunde ha sett honom själv tillsammans med Stanton innan han dog, hade Ron bara svarat att han skulle klara sig utan problem. Brad antog att det inte var första gången han hjälpte folk på traven med att lämna jordelivet. Vissa människoliv var inte mycket att spara på. Det skulle kännas som en befrielse för honom själv och sannolikt också för samhället i stort om han befriade världen från Stanton. Visst, han kunde få leva, slicka såren ett tag och sedan gå vidare i livet och finna nya offer. Det skulle säkert tillfredsställa någon kulturarbetare som vurmade för dåliga människors möjlighet att bli laglydiga och hedervärda samhällsmedborgare. De skulle få chans på chans och helst figurera i käcka reportage och TV-soffor, för att kort tid efter ertappas med ytterligare förseelser, som dock gick medierna obemärkt förbi.

Moraliskt då? Kunde han, Brad, verkligen ta sig rätten att råda över liv och död? Precis som många andra amerikaner, var Brad religiös. För husbehov. Gud hade alltid varit en naturlig del av familjens liv. Inte något överdrivet, men ändå en kvällsbön här och ett kyrkobesök där. Ungefär som folk i allmänhet. Borde han inte vända andra kinden till och överlåta beslutet om liv och död till Gud? Brad hade trots allt en något mer pragmatisk syn på sin religionsutövning. Gud hjälpte den som hjälpte sig själv. Brad kom fortfarande ihåg den där vikariens ord, den gången han var liten och satt och grät efter att Stanton hade gått lös på honom. "Ingen gillar en lipsill. Bara att foga sig efter dom som är starkast", hade idioten till vikarie sagt. Brad skulle varken foga sig eller gå omkring som en lipsill och beklaga sig över att Stanton hade jävlats med honom än en gång och till och med fått honom sparkad från jobbet. Brad skulle slå tillbaka. Det tjänade inte mycket till att sitta med knäppta händer och vänta på rättvisa. Kanske skulle rättvisa skipas den dagen man eventuellt kom till himlen. Eller om han nu skulle bli tvungen att ta en trappa ner i stället. Skylar skulle stå utan man. Var det verkligen lämpligt att ta livet av sina vänners blivande makar? Alla de faktorer Brad hade ramsat upp för sig själv var bara dimridåer. Det hade egentligen ingenting med saken att göra. Det enda som var relevant var om han själv ville att Stanton skulle få leva eller inte.

Stanton sluddrade fortfarande. Det var ett slags gråtljud som ibland avbröts av rosslande böner om nåd. Kanske hade en gnista av hopp trots allt tänts i hans korrupta hjärnbark. Brad tog upp pistolen, siktade och sköt. Först en gång, sedan en gång till. Därefter vände han sig om, låste upp dörren och gick ut i korridoren. Strax därefter kom Tyler ut ur hissen.

*

Marielle hade rest sig ur fåtöljen och tog sats för att uttrycka sin frustration över Rons maffiametoder och tvivelaktiga personlighet, men hann bara öppna munnen halvvägs då en dov smäll hördes. Långt nedifrån trapphuset någonstans. Det var knappast en dörr som slog igen. Det var något betydligt mer distinkt. Kort efter kom ytterligare en. Nu var Marielle säker på att det var pistolskott. Ron rörde inte en min, men såg fortfarande spänd ut. Förmodligen visste han precis vad det rörde sig om.

"Nu är det bara att vänta på Tyler och se vad han säger."

Marielle sjönk ner i fåtöljen på nytt. Det kändes overkligt att sitta här och var medveten om att det hände en massa hemska saker som hon inte hade någon kontroll över. Hade hon varit hjältinnan i en actionfilm, skulle hon för länge sen ha oskadliggjort Ron. Sedan löpt ner i källaren och parkerat Tyler med ett välriktat karateslag och klarat livhanken på Mark genom att ha övertalat Brad att ge sig. Men nu, i verkligheten, var det alldeles för sent. Hon var bara Marielle. En vanlig hygglig tjej som på ren impuls hade sprungit ut i natten och funnit precis det hon inte hade velat finna.

Nu hördes det ett svagt vinande ljud från hissen. Det tog bara ett par sekunder för den att ta sig upp de tre våningarna från källaren, men för Marielle fick det gärna vara ett par timmar. Hon visste inte vad som skulle hända nu eller vad hon skulle få veta, så det kunde mer än gärna skjutas på framtiden.

Brad var den förste som kom ut ur hissen. Han hade någon slags joggingkläder på sig. College-jacka med huva. Sedan kom Tyler. Han fick i stort sett släpa Mark efter sig, så illa tilltygad var han, men i alla fall vid liv. Marielle andades ut och hoppades att det var klart nu. Att inget mer skulle hända.

Ron höjde på ögonbrynen och såg både lättad och nöjd ut. Allt hade varit upp till Brad, hade han sagt, men kanske hade han ändå väntat sig ett annat utfall. Tyler placerade Mark i framstupa sidoläge på mattan.

"Bra! Tyler, kan du snygga till honom lite grand? Han ska gifta sig nästa vecka."

*

Marielle vaknade sent. Det gjorde ingenting. Hon hade lagt sina semesterveckor på hemmaplan i anslutning till bröllopet. Hon hade svårt att smälta det som hade skett dagen innan. Vad skulle egentligen hända nu? Mark hade blivit ordentligt påpucklad och kunde knappt stå på benen. Hon kunde inte förstå att det skulle vara nödvändigt med så mycket våld. Kanhända förtjänade Mark någon form av uppsträckning, men det här var väl ändå att gå för långt. Hon skulle kunna berätta för sin Stan om vad som hade hänt. Han skulle veta vad som skulle göras. Fast då skulle hela historien med Giffy rullas upp. Den med Tyler också. Bridget skulle också kunna åka dit. Brad och Ron var hennes kompisar. Skulle hon ange dem? Till vilken nytta? Eller bara låta Mark hålla i bollen. Ville han göra något mot dem så var det egentligen upp till honom. Honom och Skylar. Vad sa egentligen Skylar när Mark kom hem och var blåslagen?

Senare på eftermiddagen ringde telefonen. Det var Stan som var på väg hem och ringde från flygplatsen.
"Vad skönt att du ringde. Jag saknade dig jättemycket igår."
"Jag också."
"Hade önskat att jag kunde ha ringt dig då, men jag hade ju inte ens dina föräldrars telefonnummer."
"Nä. Men vi har fått mobila telefoner på Byrån nu, fast dom ska inte användas privat. Jag antar att dom är avlyssnade på något sätt också.
"Jag har funderat på att köpa en egen", sa Marielle. "Fast dom är så himla dyra, och klumpiga."
"Ja, det lär nog aldrig bli någon storsäljare. Det är inget för folk i allmänhet."

*

Skylar hade blivit lite orolig när hon kom hem till en nedsläckt lägenhet. Sedan hade hon tänkt att Mark och Ron förmodligen hade tagit någon extra runda för att svira lite grand. Mark hade antytt något i den riktningen när de skildes åt. Han var inte speciellt berusad då, men det skulle säkert Ron se till att han blev. Skylar hade sovit ett bra tag när hon märkte att Mark var på väg in. Han gick rakt in i duschen. Sedan la han sig ner på sängen och stönade. Det var först då Skylar såg hur han såg ut. Full med blemmor, både på överkroppen och i ansiktet. När hon ville ringa polisen var han helt omedgörlig. Han vägrade bestämt att göra något annat än att sova. De fick diskutera saken nästa dag när han förhoppningsvis var lite piggare och mer meddelsam.

På morgonen gick det åtminstone att få ur Mark ungefär vad som hade hänt, men Skylar hade svårt att förstå vad Mark skulle på den där baren nere i hamnen att göra, och varför kunde inte Ron ha haft tid att se efter honom, i stället för att bara släppa av honom så där. Hon visste att Mark kunde vara spydig om han var på det humöret, och då var hamnen verkligen inte rätt plats att vara på. Det blev en dyrköpt läxa, hade Mark konstaterat och sedan gått och lagt sig på nytt.
"Jag ska aldrig mer gå dit, eller till några andra såna ställen heller."

Skylar var riktigt förbannad på Ron. Var det hans sätt att hämnas för den där historien med Brad? Var det därför han hade lämnat av Mark nere i hamnen i stället för att vara schysst och ta hand om honom. Visste han kanske att det fanns aggressiva personer just där? Förhoppningsvis skulle Mark repa sig så pass att giftermålet kunde genomföras om en dryg vecka. Allt annat vore en jättebesvikelse. Den planerade middagen med de båda föräldraparen fick i alla fall ställas in. Mark var inte i form för något annat än rast och vila. På stället.

*

Brad hade satt båda skotten på behörigt avstånd från Stanton. Kulorna fastnade i väggen, men hade inte gjort någon större materiell skada. Stanton hade likafullt skrikit som om han verkligen hade blivit träffad, trots att kulorna gick långt över huvudet på honom. Brad visste egentligen inte hur han skulle göra förrän precis i skottögonblicket. Modet hade inte svikit honom. Han hade bara insett att

det inte var rätt grej för honom att skjuta ihjäl Stanton.
Han nöjde sig med att ha förödmjukat honom.

Ron och Tyler hade tagit ett snack med Stanton, där de alla
tre hade blivit överens om att det var bäst för honom att
inte göra någon anmälan. Stanton skulle så klart när som
helst kunna bryta överenskommelsen och ge sig på både
Brad och Ron, men förmodligen insåg han att han hade
gett sig ut på ett skarpt minerat område och att det bästa
för honom själv och Skylar var att låta saken bero. Skötte
han sig väl, skulle Ron hädanefter vara hans polare också,
precis som Tyler hade blivit. Tyler berättade sin historia
och kunde intyga att bättre bundsförvant än Ron gick inte
att få. Ville man bråka var det betydligt smartare att bråka
med någon annan.

Tyler hade borstat av Stanton och skjutsat honom till en av
Rons kontakter som var läkare. Han plåstrade om honom
och tog en check av de inre organen. Stanton skulle
förmodligen behöva göra återbesök om ett par dagar.
Sedan såg Tyler till att han kom hem som han skulle. Vid
det laget hade det redan börjat ljusna.

Bridget hade ringt redan samma dag. Flera gånger, ända
tills hon hade fått tag i Ron.

”Du ska ha tack för hjälpen, Bridget. Utan dig hade vi inte
klarat det. I alla fall inte den kvällen.”
”Fixade ni honom då?”
”Absolut. Han kommer att vara betydligt medgörligare i
fortsättningen.”
”Så han lever och frodas?”
”Lever, men frodas på ett annorlunda sätt än förr. En win-
win situation, som du själv brukar uttrycka det.”
”Så bra.”

XXIII

Det var något i vinden den dagen. Merrakess kände det redan när hon klev ur bilen och rättade till kjolen. Både den och överdelen var valda med omsorg för att inte sticka ut, så som det fort kunde bli när en konstnär valde kläder. På ett bröllop var det bruden som skulle stå i centrum. Merrakess såg ut över fälten som sträckte sig vida omkring den lilla bykyrkan där den vilade uppe på krönet. En halv kilometer bort, nere i en sänka, hade vinden fått tag i en liten bal av ihoprullat hö och drev den fram och tillbaka över den kala åkern. Här uppe på kullen kändes det i stort sett vindstilla. Hon hade tänkt att det omvända vore mer logiskt. Att det borde ha blåst uppe på kullen och varit vindstilla i sänkan. Det var hett. Sydstatsklimatet gjorde sig extra påmint så här i slutet av augusti. Det doftade inte av sommaräng, utan mer en svårbestämbar blandning av gödslad mark och stubbåker. Hon hade tänkt på att den pittoreska bilden av kyrkan och de stora almträden inte stämde överens med den fräna doften. När det fläktade till lite grand förstärktes nästan doften, och tydligen var det vinden som bar den med sig. Det spelade nu knappast någon roll, eftersom doften inte var speciellt påträngande, såvida man inte stod blick stilla och verkligen tänkte på det. Då kunde det fungera som en förstärkande negativ faktor för den som till äventyrs redan kände sig nervös och därför tolkade varje avvikelse från det förväntade som extra besvärande. Merrakess skulle inte gifta sig den här dagen och hade egentligen ingen anledning att känna sig orolig. Det var nog mest stundens allvar. Däremot skulle en av hennes bästa och äldsta vänner gå uppför altargången om en dryg timme, och visst kändes det lite extra pirrigt.

Dessutom hade både hon själv och Marielle lovat varandra att hålla sig i närheten av Bridget i händelse av att hon skulle behöva stöd. Bridget, som trots allt hade repat sig bra efter den där olycksaliga kvällen i Merrakess galleri.

Det var inte ett ämne som de kunde tala rakt ut om. De ville inte rota i det som var infekterat. Det var ändå så att Bridget hade varit i full färd med att försöka förgifta Mark, den blivande brudgummen. Förmodligen i syfte att ta död på honom. Bridget hade heller inte gjort minsta lilla försök till dementi eller till att lägga fram någon trovärdig förklaring för sitt handlande. De hade sett till så att Bridget hade blivit sjukskriven och fått tala med en kollega på sjukhuset. Såvitt de förstod det, hade Bridget också gå tillbaka till full dos tabletter. Tills vidare. Kanske för alltid.

"Oroa dig inte. Jag har kommit ihåg att ta mina tabletter", hade Bridget sagt när Merakess hämtade upp henne tidigare på dagen. Det kändes bra att Bridget inte verkade alls lika nervös som hon själv, och att hon till och med visade prov på glimt i ögonvrån.

Merrakess och Bridget hade anlänt bland de första. Bara Skylars föräldrar var där, i tillägg till ett oproportionerligt stort antal fotografer. Ryktet sa att x antal kändisar eller åtminstone halvkändisar skulle finnas bland bröllopsgästerna. Kändisfotograferna tog varje chans, trots att Merrakess visste att den ende som skulle kunna ge dem valuta för sin nedlagda energi var Johnny Marco och den fotomodell som för tillfället var hans partner. Marielle kom strax efteråt, tillsammans med Stan. Kyrkan låg en halvtimmes resa från staden, mitt ute bland fälten. Skylars föräldrar hade också gift sig här och hade blivit mer än förtjusta när Skylar ville göra det samma, fast 37 år senare.

Fast det var över en timme kvar till ceremonin skulle börja, strömmade gästerna redan till så smått. Ron, Brad och Julie kom också i god tid. Mark kom tillsammans med sina föräldrar, syster och best man. Tala om att vara nervös, tänkte Merrakess. Mark var inte vit i ansiktet. Snarare aningen blemmig, som om han hade fått eksem i ansiktet och sedan försökt täcka över med någon kräm. I alla fall verkade han stel som en pinne. Tyngd av stundens allvar, han också. Mark såg inte åt deras håll, utan var sysselsatt av sina föräldrar, som verkade mer uppsluppna, även om de såg hur det var fatt med deras son. Mamman gjorde sitt bästa för att torka bort små svettdroppar och insekter från Marks ansikte. Det hade säkert också någon form av lugnande inverkan.

Det var ett traditionellt bröllop där tanken var att brudgummen skulle stå och bida sin tid i altargången en lagom lång stund, som förmodligen kändes som en hel evighet. Sedan väntade hela sällskapet på att Skylar skulle anlända och slutligen ledas in kyrkan och överlämnas till brudgummen av sin far.

Marielle var den enda som kände till vad som hade hänt i förra veckan. Hon hade inte kunnat med att berätta hela historien för Merrakess, trots att hon hade all rätt att få veta, med tanke på allt sjå de hade haft med Bridget. Hon hade för övrigt inte varit helt oskyldig den här gången heller. Hon borde verkligen vara nöjd nu när Mark hade fått sig en läxa. Marielle såg bort mot Mark. Han såg lagom nervös ut. Ungefär som brudgummar brukade. Hon undrade vad som skulle hända efter bröllopet. Både Ron och Tyler var här. Ron som gäst. Tyler som... Ja, vaddå? Hade toastmastern räknat med säkerhetsvakter? Ron hade till och med varit framme och hälsat på Mark, som hade reagerat ungefär som att han var en gammal polare som kom och önskade honom lycka till. Dunkat honom i ryggen och varit allmänt högljudd. Det var kanske ytterligare ett prov på Rons diplomatiska förmåga att samla folk omkring sig. Eller kanske hans förmåga att domesticera folk.

Allt fler bilar hade parkerat utanför kyrkogårdsmuren och det kändes som att det började dra ihop sig på allvar. Plötsligt såg Marielle ett bekant ansikte. Det var en liten ljushårig tjej i solglasögon och beige klänning. Tjejen bar på en inslagen present, något avlång till formen. Marielle såg till sin förvåning att hon gick fram till Bridget, som stod och småpratade med en av Skylars kusiner. Hon snabbkramade Bridget och gav henne paketet. Sedan gick hon vidare mot Marielle och de andra.

"Marjorie! Marjorie!", skrek Marielle och kastade sig runt halsen på henne. Förvirringen blev stor bland Langdonarna. "Skylar sa inget om att du var bjuden."
"Nej, det är alltid roligare med överraskningar."

Sedan tog det minst fem minuter innan alla hade samlat sig någorlunda. Det var så mycket som skulle sägas. De hade inte setts på närmare fem år. Det var då Marjorie hade flyttat västerut. De hade inte besökt varandra en enda gång, trots att hon och Marielle hade varit bästisar under Langdontiden. Merrakess var den som först erinrade sig att Marjorie hade haft med sig något åt Bridget.

"Men vad var det du gav åt Bridget? Har ni träffats innan?"
"Ja, som hastigast i går. Hon bad mig ta med en extra bröllopspresent."
Merrakess såg sig omkring i folkvimlet, men förgäves. Var befann sig egentligen Bridget nu?
"Hon hade mycket att bära och ville inte proppa din bil full, Merrakess. Det var vad hon sa till mig i alla fall. Jag vet inte så noga."
"Jag? Jag hade ju hur mycket plats som helst."

Nu fick Marielle syn på Bridget som stod ungefär 50 meter bort med ryggen åt dem. Hon stötte till Merrakess i sidan och pekade i den riktningen där Bridget befann sig. Allt såg lugnt ut. Marjorie fortsatte att berätta om vad hon hade haft för sig i Kalifornien.

"Du ser oförskämt fräsch ut", sa Ron på sitt vanliga pojkaktiga sätt.

"Ja, eller hur. Inte lika glåmig som när jag satt vid brasan i Langdonhuset och huttrade. Jag kom ihåg att jag fick blåa tår dom gånger jag gick hela vägen hem på vintern."

Så kul att hela Langdongänget var samlat igen, tänkte Merrakess. Sånär som på Bridget. Varför kommer hon inte bort till oss andra? Jag får snart gå bort och hämta henne, så att hon inte får solsting eller nåt. Då fällde Stan en kommentar som fick henne att rycka till ordentligt. Strax efteråt sprang Merrakess allt vad hon kunde mot Bridget och skrek för allt vad hon var värd.

*

"Det ser ut som att Bridget har tänkt ge presenten till sig själv", sa Stan. "I alla fall har hon slitit av omslagspapperet. Undrar vad hon ska med den till."

Bridget hade fått veta av Skylar att Marjorie var bjuden på bröllopet. Det var egentligen tänkt som en överraskning så hon lovade att inte säga något till de andra. När bröllopsdagen väl närmade sig hade hon bestämt sig för att ta kontakt med Marjorie. Det kunde tänkas att hon ville bo hos Bridget under tiden bröllopet varade. Marjorie hade avböjt och förklarat att hon skulle ta med sig man och barn och bo hemma hos sina föräldrar som bara bodde en timmes resa från kyrkan. Däremot hade hon inte haft något emot att ta en fika med Bridget och samtidigt ta med sig en av Bridgets paket, eftersom Bridget hade så mycket annat att ordna med.

"Bara ge mig det i god tid innan vi går in i kyrkan, så blir det bra", hade Bridget sagt. "Då har jag hunnit ge ifrån mig en del av det andra."

Vad hon egentligen menade med "det andra" visste Bridget inte riktigt själv, men det hade funkat utmärkt som svepskäl. Marjorie lämnade paketet utanför kyrkan som avtalat. Som väntat uppehöll Marjorie de andra Langdonarna tillräckligt länge för att hon skulle få nog med tid att göra det som skulle göras. Hon var inte det minsta nervös. Hon visste vilka tabletter som förhindrade sådana reaktioner utan att för den sakens skull få henne att vara helt dizzy och nerdrogad. Det gällde att snabbt, men utan hastiga rörelser som kunde väcka uppmärksamhet, riva av papperet och öppna det meterlånga fodralet. Hon var tacksam för vad Brad och Ron hade åstadkommit, men det var inte nog. De fick gärna tro att hon var tokig, men faktum var att ett svin som Mark Stanton aldrig kunde få nog. Hon kände den typen. Och hon visste också på ett ungefär vad han hade gjort mot Brad, och säkert en hel del andra oskyldiga offer. Det lilla Ron hade avslöjat var nog bara toppen på isberget. Bridget kom mycket väl ihåg vad kufen i skytteklubben hade sagt.

"På det avståndet kan du omöjligen missa."

Bridget tog ett par steg framåt. Det verkade som att Marks bestman såg rakt på henne utan att alls förstå vad som var på väg att hända. Förmodligen hann han bara registrera att det stod en något rundlagd och glasögonprydd bröllopsgäst med någon slags antikvitet i famnen. När hon förde upp antikviteten i höfthöjd, förstod bestmannen möjligen vad som skulle ske, men då var det alldeles för sent. Bridget tog ytterligare ett snabbt steg framåt och avfyrade det avsågade hagelgeväret två gånger.

Skottsalvorna överröstade tillfälligt Merrakess hysteriska skrik.

"BRIIIIIIDGET!!! BRIIIIIIDGET!"

Båda skottsalvorna tog rakt i bröstet på Mark. Hagelsvärmarna hade en något oregelbunden spridning och åsamkade därför mindre blessyrer på dem som befann sig i Marks omedelbara närhet. För Mark fanns dock inget hopp. Det som kufen hade sagt stämde mer än väl.

"En sån smäll överlever ingen som är gjord av kött och blod."